BERNADETTE SCHOOG

MARIE KOMMT HEIM

ROMAN

KRÖNER EDITION KLÖPFER

Bernadette Schoog
Marie kommt heim
Roman

1. Auflage
Edition Klöpfer
Stuttgart, Kröner 2022
ISBN: 978-3-520-76301-3

Umschlaggestaltung: Denis Krnjaić

Unter Verwendung eines Fotos von Mona Eendra

Gesamtherstellung: Friedrich Pustet Regensburg

Für Margarete, Florentine, Fabian und Peter

Eure Kinder

Eure Kinder sind nicht eure Kinder.
Sie sind die Söhne und die Töchter der Sehnsucht,
des Lebens nach sich selbst.
Sie kommen durch euch, aber nicht von euch,
und obwohl sie mit euch sind, gehören sie euch doch nicht.

Ihr dürft ihnen eure Liebe geben,
aber nicht eure Gedanken,
denn sie haben ihre eigenen Gedanken.
Ihr dürft ihren Körpern ein Haus geben,
aber nicht ihren Seelen,
denn ihre Seelen wohnen im Haus von morgen,
das ihr nicht besuchen könnt,
nicht einmal in euren Träumen.

Ihr dürft euch bemühen, wie sie zu sein,
aber versucht nicht, sie euch ähnlich zu machen.
Denn das Leben läuft nicht rückwärts
noch verweilt es im Gestern. (…)

KHALIL GIBRAN
(1883–1931)

1.

Marie atmete tief durch, setzte ihre Sonnenbrille auf, warf die Handtasche auf den Beifahrersitz und setzte sich entschlossen hinter das Steuer ihres kleinen schwarzen Autos. Sie versicherte sich mit einem Blick, dass alles an seinem Platz war: Wasserflasche, Handy, ein Schokoladenriegel für zwischendurch, Bonbons und eine kleine Plastikwanne für Notfälle aller Art. Nichts dem Zufall überlassen, gerüstet sein. Nach dieser Devise hatte sie die letzten Jahre ganz gut hinter sich gebracht. Keine überbordenden Freuden, keine großen Leiden – nun ja, das stimmte nicht ganz. Doch diese höchst unschönen Erinnerungen waren im Dunst der Verdrängung nur noch schemenhaft zu erkennen. Damit konnte man leben.

Sie startete den Motor, der satt und lässig brummte, ein Geräusch, das ihr Souveränität verlieh. Automatisch fühlte sie sich all dem besser gewachsen, was da auf sie zukommen würde, zumindest würde dieses Gefühl eine Weile anhalten und den Start ins Ungewisse erleichtern.

Nachdem sie noch den Spiegel zurechtgerückt hatte, fuhr sie los. Ja, ins Ungewisse, so musste man es wohl bezeichnen, dahin, wo sie so lange nicht mehr gewesen war, wo ihr nur noch in der Erinnerung an längst vergangene Tage alles vertraut war. Helle Schwaden aus Kinderlachen und Gänseblümchen Pflücken, Bilder von sich selbst an der großen, warmen Hand des Vaters, zärtliche Vertrautheit und die Gewissheit, eine Prinzessin zu sein. All das wurde umwabert von Wolken aus Traurigkeit und Ohnmacht, Kälte und Weihrauch, der einem den Atem nahm. Kreuzte sich zu einem Gemisch aus Wonne und Angst, wie sich überlagernde Kondensstreifen, die ein mehr und mehr verblassendes Muster in den Himmel ritzten. Doch nun würde durch die Zeit der Abwesenheit ein völlig neues Bild auf ihrer Gedächtnisleinwand entstehen, davon musste sie ausgehen. Eines, das sie nicht kannte, eines, das sie mit Anspannung, aber durchaus auch mit einer Spur Neugier erwartete.

Am Morgen hatte sie einen Anruf bekommen aus dem Pflegeheim, in dem ihre Mutter schon so lange lebte. *Lebte* war an sich nicht das richtige Wort für die letzten fünf Jahre, in denen sie ihren Alltag nur noch mit dieser Form von Betreuung hatte meistern können: verdammt zur Untätigkeit, zum Warten, bis man sie weckte, sie wusch, ihr das Essen brachte, Besuch sich ankündigte, sie wieder schlafen gelegt wurde und sich am nächsten Tag das Ganze wiederholte. Ein vorweg genommenes Nirwana, eine Unendlichkeit der Langeweile, für deren ersehntes Ende der Preis der Tod war. Einziger Lichtblick waren an manchen Sonntagen die Ausflüge in den nahen Dom, wenn einer ihrer Bekannten aus dem Priesterhaus vorbeikam, um sie abzuholen und ihren Rollstuhl in die vorderste Reihe beim Hochamt zu schieben. Da saß sie dann, andächtig, gottergeben, und wünschte sich zum x-ten Male, dass sie bald davonfliegen dürfte, plötzlich leicht geworden, ohne Schmerzen, ohne Einsamkeit und ohne Lebensballast, einfach aufhören zu existieren und frei sein. Sie wartete schon lange auf den Tod, der nun offenbar kurz bevorstand, denn es gab nichts mehr, wofür es sich gelohnt hätte auszuharren. Der Ton der Pflegerin am Telefon war dringlich gewesen, es schien wirklich zu Ende zu gehen. Diese

Person, die Marie nur vom Telefon kannte, hatte sie inständig gebeten, doch noch einmal vorbei zu kommen. Ihre Mutter wünsche sich das so sehr und es bleibe nicht mehr viel Zeit.

Jetzt also doch.

Wenn Marie ehrlich war, hatte sie schon länger auf diesen Anruf gewartet. Dass sie ihn erhofft hätte, wäre zu viel gesagt, eher hatte sie ihn in ihre Gedanken mit einbezogen, ihn einkalkuliert, um einen Schlussstrich unter so viele Fragen setzen zu können, selbst wenn diese am Ende unbeantwortet bleiben sollten. Nun, wo es wohl soweit war, verspürte sie Traurigkeit und wunderte sich gleichzeitig darüber. Es gab noch so viel zu bereden, so viel zu bereinigen, so viel auszusprechen, so viele Missverständnisse zu klären. Wo anfangen, wenn ein ganzes Leben zuvor nicht ausgereicht hatte?

Fraglich, ob ein befriedendes Annähern jetzt überhaupt noch möglich war; sie kannte den Zustand ihrer Mutter nur unzureichend, gerade so viel, wie die Schwestern in ihrer stetigen Zeitnot ihr bei ihren seltenen Anrufen hatten berichten können. Wenn sie überhaupt richtig zugehört hatte. Es war wichtig zu fahren. Wollte man sich denn den Rest seines Lebens selbst vorwerfen, die eine letzte Chance nicht genutzt zu haben? Also kein Zaudern, keine Ausreden, beherzt dorthin gefahren, noch einmal in den Abgrund aus Abhängigkeit und schlechtem Gewissen geschaut, der sich einem immer wieder auftat, um danach Ruhe zu finden. Vielleicht. Ein letztes Mal versuchen abzuschließen, die nächsten Stufen zu erklimmen, die kein Rückwärtsschauen mehr nötig machten, kein Stolpern provozierten, die Schritte nicht mehr beschwerten, als klebe Beton an den Füßen.

Aufmunternd klopfte sie mit der Handfläche im Takt zur Musik, die aus dem Radio kam, aufs Lenkrad und versuchte so, etwas wie Vorfreude zu erzeugen.

Sie hatte schnell einen kleinen Koffer mit dem Nötigsten gepackt, in der Buchhandlung angerufen, um zu sagen, dass sie wegen dringender familiärer Angelegenheiten für ein paar Tage verreisen musste. Mehr wollte sie nicht erklären, mehr musste sie nicht erklären. Frau Schüblein war nicht indiskret und wusste, dass Marie triftige Gründe für ihre Reise haben würde.

Während sie aus der Stadt hinausfuhr, in der schon geschäftiges Treiben die Straßen füllte, befiel Marie auf einmal eine bleierne Schwere. Wie lange schon hatte sie ihre Mutter in diesem tristen Dasein sich selbst überlassen. Es hatte sich nicht ergeben, beruhigte sie die Schuldgefühle, die ihr langsam kalt den Rücken hinauf krochen, sich dann auf ihre Brust setzten, schwer wie Mühlsteine. Sie schluckte mehrmals, ihr Atem beschleunigte sich und ihr Herz begann an ihren Brustkorb zu hämmern. Tief durchatmen, befahl sie sich, tief durchatmen, das half normalerweise gegen die Enge, die ihr den Hals zuschnürte. Und nochmal – tief durchatmen.

Sie kannte dieses Gefühl. Es erwischte sie immer wieder wie aus heiterem Himmel. Es war die *Muhme Angst*, die anklopfte. Nicht polternd, nicht grob, sondern leise, dezent, aber ohne einem die Chance zu lassen, sich tot zu stellen. Die *Muhme Angst* kam stets in Trauerkleidung, hochgeschlossen bis zum faltigen Hals, wo ein kleiner Spitzenbesatz dem strengen Schnitt fast etwas Frivoles verlieh. Das altmodische wollene Kleid umfing ihren dürren Körper wie ein Panzer, dennoch zeichnete sich deutlich der Witwenbuckel darunter ab, und endete knapp unter den mit groben Strümpfen bedeckten Knien. Die Füße steckten in schwarzen, flachen Spangenschuhen, bei denen das Leder vom vielen Tragen an manchen Stellen schon leicht rissig geworden war, besonders da, wo sie die Ausbuchtung des gekrümmten großen Zehs nachbildeten. Die grauen Haare wurden mit einer Unzahl von Klämmerchen aus dem spitzen Gesicht gehalten und mündeten am Hinterkopf in einem Haarknoten, auf dem ein schwarzer Pillbox-Hut mit kleinen Schleierdetails an den Rändern balancierte. Immer blass um die Nase, lächelte die *Muhme Angst* säuerlich und verlangte unmissverständlich Einlass. Sofort. Nur kurz. Da half keine Ausrede, kein Türe-Zuhalten, kein schneller Gedanke an Schönes. Sie kam rein, schaute sich neugierig um, fuhr mit dem Zeigefinger wie beiläufig den Staub prüfend über ein Regalbrett, um sich dann am Küchentisch niederzulassen und ihr mit der Hand zu bedeuten, ebenfalls Platz zu nehmen, sie habe mit ihr zu reden. *Ach ja*, sie sprach meistens verständig und leise und tätschelte Marie dabei mit ihren knorrigen Fingern die Hand. *Jetzt hast Du Deine Mutter ja auch schon lange nicht mehr besucht. Na, kannst ja nichts dafür, wann solltest Du das auch tun?* Kurze Pause, seufzen, *wie lange es die gute Frau wohl noch macht? Ob Du es noch schaffen wirst, zu Lebzeiten zu ihr zu kommen? Sie wird doch wohl nicht vor lauter Gram vorher sterben und Du kannst nur noch am offenen Grab stehen? Ach, das wäre arg für Dich, nicht wahr?*

Wenn man sich schließlich stark genug fühlte und alle Kraft zusammennahm, konnte man die *Muhme Angst* aus dem Haus schmeißen. Dann schwebte sie beleidigt genauso schnell wieder hinaus, wie sie sich Einlass verschafft hatte. Manchmal waren es harmlose Vorwürfe, die sie in petto hatte: *Na, alles gut bei Dir, mein Kind? Ja, der Sommer ist schön, so ein Ausflug ins Grüne würde mir auch gefallen, die Zeit muss man sich einfach nehmen … ach was, die unerledigten Aufgaben. Aber – hast Du auch den Herd ausgestellt, als Du losgefahren bist? Das Fenster geschlossen? Die Türe verriegelt?* Es war leichter, mit solchen Mahnungen fertig zu werden. Aber wenn sie schwere Geschütze auffuhr wie gerade jetzt, war ihr kaum beizukommen.

Das Auto vor ihr bremste abrupt an einer roten Ampel, die sie gar nicht registriert hatte. Es gelang ihr gerade noch, rechtzeitig zum Stehen zu kommen. Das passierte, wenn man sich so hineinsteigerte, wenn man der immer im unpassendsten Moment auftauchenden *Muhme Angst* so viel Raum gab. Der Vordermann schaute sie im Rückspiegel vorwurfsvoll an, Marie wich seinem Blick aus.

All die alten Tanten und Bekannten, die ihre Mutter besuchten. Manche sahen aus wie die leibhaftige *Muhme Angst*, oder so, wie Marie sich diese Geistergestalt mit ihren ständigen Vorwürfen vorstellte. Menschen, mit denen Marie nichts zu tun hatte und die ihrer Mutter so viel näherstanden als die eigene Tochter. Das war immer schon so gewesen; sie hatte sich in die Rolle des lästigen Anhängsels gefügt.

Besonders wenn die Kleriker des Wallfahrtsortes sich angekündigt hatten, hatte Marie nur im Weg gestanden. Mit diesen Herren, meist fünf oder sechs an der Zahl, ausgestattet mit unterschiedlichen kirchlichen Würden, pflegte die Mutter eine fast intime Beziehung, so nervös und aufgekratzt war sie, wenn deren Besuch bevorstand. Dann wischte die Mutter das Haus, polierte die Gläser, bereitete Schnittchen und Käse-Igel vor. Sie schmückte sich mit auffälligen Perlenohrringen, die sie sonst nie trug, suchte ihr bestes Kleid aus dem Schrank, griff sogar zu etwas Make-up, und kurz vor dem Eintreffen der sehnlichst erwarteten Besucher zog sie sich die Lippen in einem fast vulgär zu nennenden Rot nach. Für Marie hatte sie dann keine Zeit mehr. Und wenn der Dechant, der Bischof und ein paar ausgewählte Mönche aus dem Priesterhaus schließlich Sessel und Sofa belagerten, sich in das Gemütliche des gastlichen Wohnzimmers hineinquetschten, war endgültig Schluss und Marie wurde auf ihr Zimmer geschickt. Erwachsenengespräche. Oft hatte Marie durch den Türspalt gelugt und gebannt zugeschaut, wie sich die Herren mit ihren apoplektischen Wangen die Häppchen reinschoben, auf dem Weg zum schon freudig geöffneten Mund Tomatenstückchen verloren, Mayonnaise auf ihren Westen verteilten, Käsebröckchen auf ihren Hosen oder Soutanen sammelten. Die Mutter sah ihnen stolz dabei zu, in Erwartung einer vollmundigen Anerkennung für so viel gelungene Gastfreundschaft. Wenn alle satt waren, falteten sie wie auf Kommando wohlig die Hände über dem Bauch zusammen, kauten und schmatzten noch ein bisschen, spülten mit einem Glas *Liebfrauenmilch* nach und begannen ihre Sicht der Welt zu erörtern. Sie kommentierten, was die Menschheit gerade bewegte, erlaubten sich Urteile über alles und jeden, schüttelten bedenkenschwer den Kopf, wenn es galt, Abwege zu verurteilen, vergaßen derweil aber nicht, den süffigen Moselwein, den die Mutter extra für diese Zusammenkünfte vorhielt, gönnerhaft schmatzend zu loben. Sie durften sich von Gottes Gnaden als den Mittelpunkt der Erde betrachten; wer, wenn nicht sie, sollte wissen, was gut und böse, richtig und falsch war? Die Mutter nickte ergeben dazu und maßte sich niemals an, eine eigene Meinung zu haben, hörte über allzu Selbstgerechtes hinweg, denn einem Kirchenmann zu widersprechen, wäre einer Sünde gleichgekommen. Außerdem war sie ja nur eine Frau, dafür aber die bestmögliche Gastgeberin.

Je älter Marie geworden war, desto stärker war ihre Abneigung gegen diese regelmäßigen Treffen geworden, und gegen die Mutter, die sich nicht scheute offen zu zeigen, wie sehr sie es liebte, wenn diese von Weihrauch und Kampfergeruch umwehte Truppe in ihr Leben einfiel. Marie saß dann in ihrem Zimmer, kniff die Augen zusammen und verwünschte sie alle miteinander. In Gedanken belegte sie sie mit sämtlichen Schimpfwörtern, die sie kannte – und die ihr im Beisein der Mutter einen fulminanten Streit eingebracht hätten. Manchmal fluchte sie sogar hörbar, wenn auch mit unterdrückter Stimme, und fühlte sich dabei ungeheuer rebellisch. Wenn der Spuk vorüber war, brachte die Mutter ihr ein paar der übrig gebliebenen Häppchen, die Marie selbstverständlich verschmähte. Der Mutter war es egal.

Als Kind hatte es sie traurig gemacht, von diesen nachmittäglichen Festakten ausgeschlossen zu sein. Es hatte ihr wehgetan zu sehen, wie offensichtlich die Mutter diese Zeit genoss. Eine solche Freude hatte sie zusammen mit Marie nie gezeigt, da überwog das Seufzen, das Stirnrunzeln, das Schmallippige. Als Teenager verspürte Marie dann nur noch Verachtung für dieses mütterliche Anbiedern an den Klerus. Nichts anderes war es in ihren Augen, und es war ihr peinlich gewesen, als hätte sie der Mutter bei einem Liebesakt zugeschaut.

Diese Treffen hatten vor allem dann stattgefunden, wenn der Bruder ihrer Mutter, der seit einigen Jahren Bischof in Südamerika war, auf Heimatbesuch zu seiner geliebten Schwester Elisabeth gekommen war. Es gab zwar viele Schwestern und Brüder in dieser alteingesessenen Josefsburger Familie, aber Onkel Heinrich und Maries Mutter, genannt Elsje, hatte offenbar schon immer eine innige Übereinkunft verbunden, stärker und anders als bei den übrigen Geschwistern der Großfamilie. *Hänsel und Gretel* hatten die anderen sie genannt. Für Elsje war eine Welt zusammengebrochen, als Heinrich irgendwann ins Kloster gemusst hatte. Erst als Heinrich zum kirchlichen Würdenträger ernannt worden war und damit öfter auf Heimatbesuch hatte kommen dürfen, hatte sie ihren Frieden mit seiner Berufung zum Priester gemacht. Für alle war klar gewesen, dass der seltene Gast aus Übersee seine Urlaubswochen, die er alle zwei Jahre in Anspruch nehmen durfte, bei seiner Elsje verbrachte. Den beißenden Spott der Verwandten, die ihr den Spitznamen *der Generalvikar* gegeben hatten, wischte sie beiseite, obwohl der Name ihr tatsächlich ganz gut gefiel.

Bischof Henrique, wie er in Brasilien genannt wurde, hatte ein freundliches Gesicht, schütteres Haar, war schlank, und zurückhaltend, von bescheidenem Wesen. Sein schmaler Mund mündete rechts in eine Narbe, die von Granatsplittern aus dem Zweiten Weltkrieg zeugte und sein Lächeln immer ein wenig schief aussehen ließ. Heinrich nahm das als Bürde, die man ihm von höherer Stelle auferlegt hatte, und dankte Gott in seinen Gebeten dafür, dass ihm nichts Schlimmeres widerfahren war.

In Brasilien genoss er höchstes Ansehen bei den Menschen, die er vom katholischen Glauben überzeugt hatte, aber auch bei denen, die er nicht für seine kirchliche Gemeinschaft hatte gewinnen können. Man respektierte ihn als Menschen, der half, ohne Ansehen dessen, wem man huldigte. Er betrachtete seinen Glauben als Angebot, nicht als Erpressung. Sie schenkten ihm Mate-Tee, auf den Oberschenkeln gerollte Zigarren, bestickte Tischdecken, Federschmuck oder Kuhfelle, die sie zu Teppichen gegerbt hatten.

All das trug er im Gepäck, wenn er die Heimat besuchte, bestaunt von den Beschenkten, die sich damit auf einmal sehr exotisch und weltgewandt fühlten. Allerdings scheute er den öffentlichen Aufruhr, den Elsje in dieser Zeit für ihn veranstaltete. Manches versuchte er abzuwenden, doch meistens fügte er sich, seiner Schwester zuliebe, besonders in die Zusammenkünfte der kirchlichen Honoratioren. Er gönnte ihr diese seltenen Gelegenheiten zu gesellschaftlicher Anerkennung und sah dabei großzügig darüber hinweg, dass sie ihm wortreich einen unsichtbaren Heiligenschein umband, der ein wenig auch auf sie abstrahlte.

Als Heranwachsender war er, wie in Josefsburger Familien üblich, stellvertretend für seine ältere Schwester in ein Kloster geschickt worden, hatte dort, weit weg von seinen Eltern, von Elsje und den anderen Geschwistern, die Schule besucht, Abitur gemacht, studiert, um dann als Missionar nach Südamerika geschickt zu werden. All das hatte der Junge klaglos über sich ergehen lassen, bis er schließlich selbst daran geglaubt hatte, dass das sein vorbestimmter Weg war. Für die Eltern, die im Sommer ein großes Pilgerhotel führten, war es Ehrensache gewesen, eines ihrer Kinder in ein Kirchenamt zu schicken. Nachdem Bernhardine, die eigentlich ins Kloster hätte gehen sollen, frühzeitig gestorben war, schien Heinrich der geeignetste.

Bei seinen Heimatbesuchen im Haus seiner Schwester wurde die schön verzierte Mitra immer gleich neben den Eingang auf der Hutablage an der Garderobe platziert, gut sichtbar für jeden, der herein kam. Allerdings musste sich Elsje bei den für ihn einberufenen Konventen in ihrem Wohnzimmer damit abfinden, dass ihr Bischof-Bruder nur den langen, schwarzen Talar mit seinen Dutzenden kardinalroten Knöpfchen einigermaßen widerstandslos anzog. – Und wer musste die Dutzenden kardinalroten Knöpfchen schließen? Natürlich war Marie diese Aufgabe zugedacht, die Nichte und Onkel gleichermaßen unangenehm war, was manchmal durch ein verlegenes Lächeln zwischen den beiden bekräftigt wurde.

Marie hatte schon studiert, als Onkel Heinrich im fernen Südamerika gestorben war und ihre Mutter sich endgültig auf das Ende ihres Lebens eingestellt hatte. Alles, was übrig geblieben war, war ihr Stolz auf die Tatsache, dass seine Gebeine in einem Sarkophag aus hellem Marmor in der Kathedrale seines Wirkens aufbewahrt wurden. Elsje hatte es mit eigenen Augen gesehen, als sie zum ersten Mal in ihrem Leben geflogen war, um seiner Bestattung beiwohnen zu können. Zuvor hätte sie sich niemals für so viele Stunden in eine solche Höllenmaschine gesetzt, um auf einen anderen Kontinent zu fliegen. Aber um Heinrich die letzte Ehre zu erweisen, hatte sie alles auf sich genommen, neben dem vielen Geld für den Flug, das sie sich hatte zusammenleihen müssen, auch die Unannehmlichkeiten eines dreiwöchigen Aufenthalts unter sengender Sonne und mit Insekten, die ihr noch lange Alpträume beschert hatten. Man hatte ihr als seltenem Gast aus Deutschland alle Ehren zuteilwerden lassen, die die brasilianische Gastfreundschaft bereithielt, inklusive eines überdimensionierten Steaks beim abendlichen Grillen vor dem Haus, in dem der Bischof gewohnt hatte, und eines königlich zu nennenden Polstersessels in der ersten Reihe während der Bestattungszeremonie. Sie war seine Schwester. Sie war *der Generalvikar*. Unzählige Fotos mit den immer gleichen Motiven und Menschengruppen hatte sich Marie danach anschauen müssen; ihr war die Lust vergangen, selbst dieses Land kennenzulernen.

2

Marie hatte ihre Wahlheimat im Südwesten der Republik nun hinter sich gelassen und bog auf die Autobahn ein, deren Schilder, Ausfahrten und Kurven sie seit Studentenzeiten auswendig kannte. Unzählige Male war sie anfangs, nachdem sie von zu Hause weggezogen war, diese Route gefahren. Manchmal sogar nachts. Wie oft hatte sie mit anderen Studenten und Freundinnen in ihrer WG nahe der Universitätsstadt zusammengesessen, getrunken, sich schwindelig diskutiert und gleichzeitig dieses unangenehme Ziehen verspürt, das sie genötigt hatte, kurz die Mutter anzurufen, um zu hören, wie es ihr ging, ihr zu zeigen, dass sie an sie dachte. Dafür musste man an die Grenze gehen, denn Marie wohnte mit ihrer Wohngemeinschaft auf der französischen Seite, in einem alten Backsteinhaus mit verwildertem Garten, in dem sie ein paar Kaninchen hielten, die Bukowski, ihrem Kater, beim Mäusejagen zusahen. In Frankreich tolerierte man solche Wohnformen eher als auf der deutschen Seite, billiger war es noch dazu. Aus der Küche hatten sie alle zusammen ein Stück Mauer herausgebrochen, so dass es eine Durchreiche zum dahinterliegenden Wohnzimmer gab. Zwei Mitbewohner studierten Architektur; man wusste, wie es ging. Altes Mobiliar erfüllte seinen Zweck, jeder hatte ein Zimmer, mal größer, mal kleiner. Maries lag im obersten Stock und war winzig, mit einem sehr kleinen Fenster zum Garten hinaus, aber es war ihr eigenes Reich. Die Mutter hatte sie dort nie besucht, es war ihr nicht ganz recht, dass Marie auch mit einigen jungen Männern zusammenlebte, selbst wenn sie diese aus Josefsburg kannte. Alle aus gutem Elternhaus, aber: Man wusste ja nie, und in Josefsburg hatte der Begriff *Kommune* die Runde gemacht. Ein Wort mit schrillem, ja, alarmierendem Klang, denn er wurde begleitet von süßlichem Haschischgeruch – oder von dem, was man dafür hielt –, den alle rechtschaffenden Menschen bei Nennung des Unsäglichen sofort in der Nase hatten. *Kommune* sagte doch schon alles; man spuckte den Begriff mehr aus, als dass man ihn sprach. Je nach Breite des Dialekts zogen manche aber das *u* derart lang, dass sie dabei unfreiwillig einen Kussmund formten …

Ihre Bedenken hatte die Mutter Marie ein ums andere Mal einzuschärfen versucht, doch ohne Erfolg. Immer wieder hatte sie aufgebracht die Worte einer befreundeten Mutter zitiert, die ihr, Elisabeth Hagen, attestiert hatte, ihre eigene Tochter nicht mehr im Griff zu haben; sie sei mit ihren Möglichkeiten wohl am Ende. Schon das war eine ausgemachte Unverschämtheit dieser einfältigen Bauersfrau, die ihr Gesicht mit den durch ihre Brillengläser unglaublich vergrößerten Augen so nah an Elisabeth Hagen gehalten hatte, dass diese das Zischen ihrer Kritik wie einen feinen Sprühregen auf der Haut verspürt und Angst gehabt hatte, im Schlund ihres starren Blicks zu verschwinden. Dieses als Schmach empfundene Urteil einer Frau, die nach Elisabeths Meinung nun wirklich nichts vom Leben wusste, wurde noch schlimmer dadurch, dass der Streit mit Marie über den nahenden Umzug zum Studium fast täglich neue Eskalationsstufen erreichte, sie ihre Tochter also tatsächlich nicht mehr im Griff zu haben schien.

Dass Marie gegen den erbitterten Widerstand der Mutter ihren Willen hatte durchsetzen können und mit den anderen in das weit entfernt liegende französische Haus gezogen war, hatte ihr ein Gefühl von Freiheit gegeben. Doch es zog auch ganz schnell ein schlechtes Gewissen nach sich. Sobald sie in der Wohngemeinschaft ihr Zimmer eingerichtet hatte, war schon die *Muhme Angst* auf der Bettkante erschienen und hatte verlangt, ihr Rede und Antwort zu stehen. Sie war wie immer aus dem Nichts gekommen und hatte nicht locker gelassen. Wie ein Sack, den man Marie auf den Rücken geschnallt hatte, kam sie ihr vor, ein Dämon, ein Kobold, der sich von ihr durchs Leben schleppen ließ.

Kurzfristig abschütteln konnte sie diese Gestalt nur, wenn sie dem Impuls nachgab, über die Grenze zur Telefonzelle zu laufen, sich dort in die Schlange der Wartenden einzureihen und dann endlich am anderen Ende der Leitung die Stimme ihrer Mutter zu hören, die ihr bestätigte, dass es ihr gut ging. Ein unausgesprochener Pakt, der Maries Schuldgefühle abmilderte und der Mutter die Sicherheit verschaffte, dass sie ihre Tochter doch noch nicht ganz verloren hatte.

Aber wehe, wenn nach dem langen Anstehen vor der Telefonzelle auf das Wählen der Nummer, die Marie auswendig kannte, nur das Freizeichen folgte. Dann zwängte sich die *Muhme Angst* zu ihr in die Telefonzelle und raunte ihr mit bebender Stimme ins Ohr: *Ob die Mutter wohl weggefahren ist? Aber dafür ist es doch schon viel zu spät. Liegt sie vielleicht bewusstlos am Boden, hingesunken nach einem plötzlichen Herzinfarkt, ohne Hilfe rufen zu können? Oder gar am Fuße der langgezogenen Treppe, gestrauchelt, gestolpert, mit gebrochenen Beinen, einer Wunde am Kopf, hilflos dem Tod durch Verdursten und Verhungern ausgesetzt?* Entsetzt schlug die *Muhme Angst* die Hand vor den Mund und sah Marie erwartungsvoll an.

Wenn diese Bilder sich in Maries Kopf festhakten, hatte sie keine andere Wahl, als sich in den alten gelben R4 zu setzen, den sie von ihrem Ersparten gekauft hatte, um nach Josefsburg zu fahren und nach dem Rechten zu sehen. Ihr war völlig klar, dass die Mutter wahrscheinlich einfach früh schlafen gegangen war, fernsah, das Klingeln des Telefons einfach nicht hörte oder noch auf ein Glas Wein bei Bekannten saß. Aber was, wenn nicht? Gepeitscht vom unablässigen Lamento der *Muhme Angst* trat sie dann aufs Gaspedal, in dieser eigenartigen Melange aus der furchtbaren Angst, ihre Phantasien könnten sich in Realität verwandeln, und dem bewusstem Kalkül, alles in bester Ordnung vorzufinden und der Mutter so zu zeigen, wie sehr sie sich um sie sorgte. Mitten in der Nacht, gegen zwei oder drei Uhr, kam sie dann dort an – und fand die Mutter immer friedlich schlafend in ihrem Bett vor. Erleichtert, aber irgendwie auch wütend über ihre völlig sinnlose Aktion. Sie war sich mal wieder selber aufgesessen, genauso wie der *Muhme Angst*, die sich wie immer ungefragt an ihre Fersen geheftet und ihr mit ihrem blödsinnigen Sorgengequatsche die Ohren vollgeheult hatte. Auch die Mutter hatte diese Besuche eher mit missbilligender Verblüffung und Stirnrunzeln als mit Freude oder gar einem gerührten in den Arm Nehmen quittiert. Wieso habe Marie sich denn auf einmal diese Sorgen gemacht … Sie hätte ja auch nicht wegziehen müssen, selber schuld.

3

Es tat gut, sich nur auf den Verkehr und die Landschaft zu konzentrieren, die im spätsommerlichen Licht an ihr vorüberrauschte. Es war fast Mittag, viele Autos unterwegs, aber kein Stau. Marie drehte das Radio noch lauter und sang mit, wann immer sie die Lieder erkannte. Die sanften, grünen Berge ihrer Region waren einem Fluss mit angrenzenden

Weinhängen gewichen. Massive Burgen und Wehrtürme säumten schon seit Jahrhunderten diesen Strom, auf dem wimpelgeschmückte Schiffe Touristenscharen von einem Ausflugsziel zum nächsten brachten.

Mit 10 oder 11 hatte sie genau hier Ferien mit einer Jugendgruppe machen müssen. Eine Freizeit mit Gleichaltrigen, die sie nicht gekannt hatte und sicher auch nicht mögen würde, so dass sie vor lauter Heimweh ganz krank geworden war.

»Jetzt komm', wir machen eine Wanderung zum Mäuseturm«, rief die Gruppenleiterin ihr zu. Marie stand etwas abseits von den anderen, die mit fröhlichem Gequietsche und Gelächter hin- und hersprangen, ein neues Abenteuer vor Augen. Sie trug ein Kleid, das die Schneiderin ihrer Mutter für sie genäht hatte. Nicht etwa, weil diese so vornehme Modelle gefertigt hätte, sondern weil die pummelige Marie keine Kinderkleidung von der Stange tragen konnte. Zu dieser Schneiderin zu gehen, kostete Marie einiges an Überwindung. Sie war eine stämmige Person, stets in bunter Kittelschürze, mit kleinen, mühsam eingelegten Locken auf dem Kopf und die Worte, die aus ihrem spitzen Mund kamen, hatten einen merkwürdigen Klang. Als sie die Mutter einmal nach dieser komischen Sprache gefragt hatte, hatte die nur mit einem vielsagenden Blick »Vertriebene« geflüstert.

Was das bedeutete, blieb für Marie unklar, doch konnte es nichts Gutes sein, denn das Gesicht der Mutter hatte genau den gleichen mahnend-schaudernden Ausdruck gehabt, wie wenn sie von evangelischen Leuten sprach. Diese Schneiderin mit den lang gezogenen Worten und dem rollenden *R* hatte, und das war das Schlimmste für Marie, drei alte Pudel, die nicht nur entsetzlichen Lärm machten, sondern auch noch nach den Kunden schnappten, sie in die Waden zwickten, und den ganzen Ankleideraum mit dem grässlichen Gestank nach altem, feuchtem Fell erfüllten, der aus ihren Pudelhaaren strömte. Am Schlimmsten war es, wenn man vor dem bodentiefen Spiegel stand und die Schneiderin, mit Stecknadeln zwischen den Zähnen, auf den Knien um einen herum rutschte und letzte Korrekturen absteckte, denn dann war man ihnen und ihr restlos ausgeliefert. Wehe, man bewegte sich.

Die Mutter mochte auch keine Hunde, aber sie hielt, einem Schutzschild gleich, den springenden und bellenden Pudeln ihre überdimensionierte Handtasche aus Kunstleder entgegen, so dass sie nicht an ihre Beine kamen. Dabei drehte sie sich so geschickt, dass sie keine Angriffsfläche bot, vollkommen auf ihren eigenen Schutz konzentriert und gänzlich unempfänglich für Maries Ängste. Auf sie stürzten sie sich am liebsten, weil sie mit nackten Beinen für die Anprobe absolut stillstehen musste. Das Ergebnis dieser quälenden Nachmittage war dann am Ende ein sackähnliches Kleid, für das die Mutter der Schneiderin größtes Lob zollte. Für die Ferien im Jugendlager am Rhein hatte ihr die Mutter dazu einen leichten beigen Sommerblouson gekauft, wie ihn auch ältere Herren gerne als Freizeitkleidung trugen.

Marie war kreuzunglücklich, denn am Abend zuvor hatten die anderen Kinder ihr einen Streich gespielt. Als sie sich schnell in ihren Schlafanzug hatte flüchten wollen, waren die Beine und Ärmel zugenäht gewesen. So hatte das dickliche Mädchen in ihrer halbnackten Hilflosigkeit dagestanden, rot vor Scham und nur mühsam die Tränen unterdrückend, weil die anderen sich den Bauch hielten vor Lachen, während sie da so zwischen Bettkante und Schlafanzug hing. Nicht in der

Lage, den schützenden Pyjama anzuziehen, und genauso unfähig, sich vor den Blicken der Kinder unter der Bettdecke zu verkriechen.

Sie wollte nicht mit zum Mäuseturm, sie hatte Angst vor Mäusen und niemanden an ihrer Seite, der ihr helfen konnte. Warum nur hatte die Mutter sie für drei unendlich lange Wochen in dieses Lager geschickt? Sie hatte doch selbst geheult wie ein Schlosshund, als Marie in den Bus der *Christlichen Jugend Josefsburg* hatte steigen müssen.

»Nun komm schon!«, drängte die Gruppenleiterin erneut. Die anderen warteten ungeduldig darauf, dass es endlich losging.

»Die hat keinen Vater mehr«, platzte es aus dem Mund eines gleichaltrigen Mädchens aus Kerpen, die zusammen mit Marie in der Gruppe der *Schmetterlinge* gelandet war. Bei der Einteilung der Gruppen hatte man die Mädchen zusammengesteckt, die in den großen Städten wie Köln und Düsseldorf wohnten und sich teilweise auch schon kannten. Für die am Schluss übrig Gebliebenen hatte es geheißen: Alle anderen in die Schmetterlingsgruppe. Man war der unwillkommene Rest.

Claudia, so hieß das Mädchen mit den pechschwarzen langen Haaren, die immer zu einem ständig auf- und ab hüpfenden Pferdeschwanz zusammengebunden waren, hatte das Bett über Marie und schimpfte mit ihr, wenn sie nicht einschlafen konnte, weil Marie vor Heimweh weinte. Dabei zog sie sich immer ganz fest das Kissen aufs Gesicht, damit die anderen nichts mitbekämen. Doch das nützte nicht viel, ihr Schluchzen war zu durchdringend.

Als sie einmal, wie immer nach dem Essen, zur Mittagsruhe auf ihre Zimmer gemusst und beide nichts mit sich anzufangen gewusst hatten, hatte Marie die braungebrannten

Beine des Mädchens über sich von der Bettkante baumeln sehen.

»Wollen wir was spielen?«, hatte es leise von oben gerufen, »›Himmel und Hölle‹ oder ›Stadt, Land, Fluss‹?«

Marie hatte nicht so recht gewusst, denn Claudia war evangelisch, und ihre Mutter hatte sie ja immer nachhaltig davor gewarnt, sich mit denen einzulassen. Doch Claudia hatte weiter gedrängt und so war sie endlich auf das obere Stockbett hinaufgestiegen. Schwerfällig hatte sie sich hochgezogen, sich neben Claudia gesetzt und ebenfalls die Beine herunter baumeln lassen. Ein Kontrast zwischen Sonne und Stube, Spielen und Einsamkeit, so fahl hatten Maries Beine neben denen von Claudia gewirkt.

»Sag mal, warum heulst Du eigentlich abends immer so viel?«, hatte Claudia irgendwann wissen wollen – und Marie hatte sich ihr zögerlich anvertraut. Doch die andere war erschrocken zurückgewichen, als Marie ihr das, was sie wie ein dunkles Familiengeheimnis hütete, offenbart hatte.

»Geh runter von meinem Bett!«, hatte sie hervorgestoßen. »Du bist ja nicht ganz normal.«

Verlegen und traurig war Marie sofort wieder nach unten gerutscht, hatte sich beim Aufprall auf dem Boden noch ordentlich wehgetan, denn Claudia hatte mit abgewandtem Gesicht ihrem unbeholfenen Sprung kräftig nachgeholfen.

Dass Claudia sie jetzt vor allen anderen bloßstellte und ihr Geheimnis herausposaunte, machte diesen Moment im Nachhinein noch viel schlimmer, als er ohnehin schon gewesen war. Wie unter einem Brennglas fühlte Marie sich unter all den Blicken, die plötzlich auf sie gerichtet waren. Kinderaugen, die sie ungläubig, leicht angewidert, aber neugierig anstarrten, als ob sie ein seltenes Tier wäre, das einen zugleich fasziniert und anekelt.

»Stimmt das, Marie?«, fragte die Betreuerin, so, als hätte sie etwas angestellt.

Jetzt war es vorbei, Marie konnte die Tränen nicht mehr zurückhalten, schluchzte laut auf und schlug die Hände vors Gesicht. Ihr ganzer Körper zitterte, sie wollte nur noch weg. Gedemütigt fühlte sie sich, alle hatten einen Vater, nur sie nicht. Und ihrer war auch noch tot, ein Makel, der ihr anhing, sie aus der Gemeinschaft verbannte, sie abseits stehen ließ vom Leben der anderen. Das war noch schlimmer als das Gefühl, das sie überkam, wenn die Mutter auf der Straße mit anderen Leuten ins Gespräch kam und sie daneben stand und genau wusste, dass gleich die Sprache auf den toten Vater kommen würde. Und bald darauf sagte die Mutter dann wirklich den verhängnisvollen Satz, mit von Trauer belegter Stimme, begleitet von einem Seufzen, aber auch mit unterschwelligem Stolz und dem Verlangen nach Anerkennung für ihr schweres Schicksal:

»Ja, ich bin jetzt auch schon zwei Jahre Witwe und muss mich und die Kleine ganz alleine durchbringen. Das ist nicht immer leicht ...«

Anteilnehmendes Kopfnicken aufseiten der eben Eingeweihten, ein kleines Lächeln für Marie, das sich zusammensetzte aus gebührendem Mitleid, etwas Unsicherheit und einem ganz leisen Anflug von Abscheu. »Schrecklich sowas!«, und sie schüttelten sich inwendig mit der gleichen merkwürdigen Lust, mit der man auch Unfälle beobachtet.

Marie erinnerte sich nicht daran, wie die Szene im Ferienlager damals ausgegangen war. Sie wusste nur noch, dass man von diesem Tag an etwas nachsichtiger mit ihr gewesen war. Insgesamt aber wurde die Erinnerung an diesen Ferienaufenthalt, der das Wort *Ferien* nicht verdient hatte, von dem beklemmenden Gefühl der Ablehnung überlagert. Genauso wie ihr bei all diesen Erinnerungen unweigerlich der schale Geruch des Mittagessens in der Jugendherberge in die Nase stieg und der des Schweißes vom Völkerballspiel, das sie gehasst hatte. Die muffige Luft in den Schlafsälen, diese Mischung aus ungewaschenen Kinderkörpern und billigem Duschgel, aus Bohnerwachs und den schon leicht rostigen Rahmenstangen der Stockbetten. Das inwendige Ekeln morgens vor der sich kringelnden Haut auf dem Kakao, die sich um den Löffel klebte, wenn man versuchte, sie rauszufischen.

Gerüche, die oft ungebetenen Begleiter von Erinnerungen an Schönes und Schreckliches, an Lustiges und Herzerwärmendes. Marie verfügte über ein ausgesprochen gutes Geruchsgedächtnis, das sie unverzüglich und ganz körperlich mit den Orten zu verbinden vermochte, die gerade ihre Gedanken beherrschten. Umgekehrt musste sie sich nur einen bestimmten Duft vorstellen, beispielsweise eine Tasse frisch gebrühten Kaffees, und schon lief eine passende Geschichte zum imaginierten Kaffeeduft in ihrem Kopf ab.

Bevor sie morgen ihre Mutter besuchte, würde sie Halt machen im *Café Müller*, einen Kaffee trinken und ein paar der ersten Spekulatius' kaufen. Die gab es dort um diese Jahreszeit schon, und sie hatten Tannennadelduft im Schlepptau, die festliche Atmosphäre eines Advents- oder gar Weihnachtstages, wo die Raumluft durchzogen war von ausgeblasenen Kerzen, frisch gestärkten Servietten und den Resten auf dem sonntäglichen Frühstückstisch, bevor es zum Hochamt in die weihrauchvernebelte Kirche mit der üppigen Krippenlandschaft ging.

Weihnachten, das war für sie immer ein Hochfest gewesen, das verstand man in ihrer Familie wirklich zu feiern. Sogar die Mutter war dann ganz aufgeräumt gewesen, denn bis zum Fest war der Ärger wieder verflogen, der in der Adventszeit ihre Vorfreude getrübt hatte. Anlass dazu hatten wie immer Marie und ihr Vater geboten, die in trauter Übereinkunft stundenlang die Köpfe zusammengesteckt hatten, um einen ellenlangen Wunschzettel für Marie zu verfassen, die ihm detailverliebt in die Feder diktierte: *einen ledernen Schulranzen, grün, eine Puppenstube mit zwei Räumen, einer davon als Küche mit Herd, Schrank und Spüle, einem großen Esstisch, 10 Tellerchen, 10 Becherchen, 10 Schüsselchen, 10 Messerchen, 10 Gäbelchen, 10 Löffelchen, drei Kochtöpfchen, unterschiedlich groß, mit Deckel, und einer Pfanne. Der andere Puppenstubenraum mit Sofaecke, Schrank, Fernseher, Kissen, Teppichen, Bildern für die Wände etc.*

Der Vater schrieb die gesamte gewünschte Ausstattung fein säuberlich auf, hob zwischendurch erwartungsvoll leicht den Kopf, um den nächsten Wunsch zu erfahren und zu notieren. Ein feines Lächeln überzog dabei sein Gesicht, seine Freude war mindestens genauso groß wie die seiner kleinen Auftraggeberin. Manchmal gab Marie einfach Wünsche zu Protokoll, um auszuprobieren, ob es dafür eine Grenze gäbe. Es gab keine.

Seite an Seite am Tisch sitzend, beugten Vater und Tochter sich über den Zettel, der lang und länger wurde. Gemeinsam malten sie sich aus, was davon wohl alles am 24. Dezember unter dem Weihnachtsbaum liegen würde. Am Abend falteten die beiden den Wunschzettel dann vorsichtig ganz klein zusammen, füllten ein großes Glas mit Wasser, nahmen die winzige Holzpantine von Großmamas Weihnachtskiste, bröckelten etwas Schwarzbrot hinein und stellten das ganze Arrangement mitsamt des Wunschbriefes draußen auf die Fensterbank. Marie wurde nicht müde, ihrem Vater zuzuhören, wenn er in der Vorweihnachtszeit allabendlich die Geschichte vom Christkind erzählte, das auf einem Schimmel durch die Nacht ritt und bei all den braven Kindern die Wunschzettel einsammelte. Und dass es sich so besonders freuen würde, wenn das treue Pferd hin und wieder etwas zu trinken und zu fressen bekäme auf dieser langen nächtlichen Tour.

Maries Mutter hatte inwendig geseufzt und versucht, darauf zu achten, dass nicht allzu viel Brot zerkrümelt wurde. Das war nachher nicht mehr zu gebrauchen und musste doch am nächsten Morgen weg sein. Marie sprang schon frühmorgens aus dem Bett und schaute gleich auf dem Fensterbrett nach, ob ihre Gaben und damit auch ihre Wünsche abgeholt worden waren. Das Stirnrunzeln der Mutter, wenn die den Wunschzettel gelesen hatte und mit ihrem Mann darüber stritt, ahnte Marie mehr, als dass sie den Streit gehört hätte. Die Tür ihres Kinderzimmers, hinter der sie dem nächsten Morgen entgegenfieberte, war fest verschlossen. Doch irgendwie fühlte sich das Haus am nächsten Tag eine Spur kälter an. Die Mutter fühlte sich kälter an, denn sie war der Störenfried, der regelmäßig in die Idylle von Vater und Tochter platzte. Diese so enge Beziehung, diese Zartheit, die die beiden miteinander verband, darin konnte sie keinen Platz finden. Ausgeschlossen aus ihrer Komplizenschaft, diesem offensichtlichen Einverständnis, das keiner Sprache bedurfte und jeden anderen an den Rand schob. Schon wenn Marie am Morgen aufwachte, rief sie nach ihrem Vater, der sofort zu ihr geeilt kam, worauf ein Strahlen über beide Gesichter ging. *Sonnenschein* oder *Augenstern* hatte er sie genannt.

Der Vater hatte dieses Glück erst spät erfahren, als alle im Umfeld des Paares schon nicht mehr daran geglaubt hatten, dass bei ihnen ein Kind anklopfen könnte. 56 Jahre war er bereits alt gewesen, als seine viel jüngere Frau ihm eines Tages eröffnet hatte, dass er nun doch noch Vater werden würde. Ab da hatte es für ihn nur noch Marie gegeben, sie waren sich gegenseitig genug gewesen, sie hatten die Mutter nicht mehr gebraucht.

4

Marie näherte sich allmählich Josefsburg. Fast fünf Stunden Fahrt hatte sie hinter sich gebracht, ohne eine Pause eingelegt zu haben. Sie bog von der Autobahn ab und fuhr die letzten 25 km auf der Landstraße in Richtung des Wallfahrtsortes, wo die Mutter und auch Marie selbst geboren worden waren und wo die alte Frau jetzt bald sterben würde.

Ausladende Wiesen, manche mit Pferden, die meisten mit Kühen darauf, im Hintergrund große, dunkle Waldstücke, die die Wiesen und Felder gegen den Horizont hin abgrenzten, zeichneten für sie das vertraute Bild früherer Jahre. In Gedanken sah sie bereits die Silhouette ihres Heimatortes vor sich, die nach ein paar weiteren Kurven wie ausgebreitet vor ihr liegen würde. Marie wurde immer heiterer, je näher sie Josefsburg kam. Wie so typisch für diese Landschaft hing der Dunst, der sich im Herbst und Winter in einen dichten Nebel verwandeln würde, an diesem sommerlichen Spätnachmittag ganz sanft über dem Boden, einige Krähen schwangen sich aus dem transparenten Grau hinauf. Sie würde bald zu Hause sein.

Sie passierte das kleine Dorf, in dem sie in die Grundschule gegangen war, sah rechts an der Straßenecke die Metzgerei Budrich, wo ihre Freundin Birgit gewohnt hatte.

Birgit, dieses hoch aufgeschossene Mädchen mit dem durchscheinenden Gesicht und den zwei winzigen Herzohrringen, um die Marie sie immer beneidet hatte, hatte sie öfter nach der Schule zum Spielen eingeladen. Schaukeln in einem kleinen Hof direkt hinter der Schlachterei, über dem ständig der Geruch von Kesselfleisch und geronnenem Blut lag. Birgit war es auch gewesen, die Marie den Glauben an das Christkind genommen hatte. Im obersten Stockwerk, gleich neben Birgits Zimmer, hatte es noch einen zweiten Raum gegeben, eine Art Abstellkammer, Arbeits- und Bügelzimmer. Dort hatte Birgit nach einem Streit mit Marie über das vermeintliche Wunder der Heiligen Nacht mit überheblich-wissendem Blick einen Schrank geöffnet und der ungläubig dreinschauenden, schockierten Marie die ganzen Utensilien eines Weihnachtsfestes präsentiert, die dort gelagert wurden. Eine große Holzkrippe, die auf- und durcheinander gestapelten Figuren von Josef, Maria und all den Hirten, das Jesuskind unter Lametta, Kugeln, Kerzen, Glöckchen. Marie hatte ihren Augen nicht getraut und es doch sehen müssen. Eine ihrer schönsten Illusionen war geplatzt. Birgit war nachher nicht mit aufs Gymnasium in Josefsburg gegangen, und so hatten sie den Kontakt verloren. Viele Jahre später hatte Marie bei einem Besuch in der Metzgerei erfahren, dass Birgit sich in einen Ashram im indischen Poona abgesetzt hatte, um einem Guru zu huldigen. Schlimmer hätte es für die Eltern Budrich nicht kommen können.

Gleich würde der Seitenweg auftauchen, an dessen Ende sie in ihrer Kindheit und Jugend, nachdem sie als fünfjähriges Mädchen mit ihren Eltern dorthin gezogen war, das hell erleuchtete Haus empfangen hatte, voll von Erinnerungen. Sie sah sich auf ihrem neuen Fahrrad sitzen, den grünen Leder-Tornister auf dem Rücken, die beiden langen Zöpfe im

Wind wehend, wie sie nach der Schule verschwitzt in die von Birken gesäumte kleine Straße einbog, den Hausschlüssel fest umklammert, damit sie ihn nicht verlöre. Der Weg roch damals noch nach frischem Teer, auf dem man wunderbar Rollschuh laufen konnte. Kurz nach ihrem Einzug hatten Straßenarbeiter aus dem unwegsamen Feldweg für die wenigen neuen Häuser ein richtiges Sträßchen gezaubert. Herrlich, dort entlang zu sausen und zu wissen, dass der Vater ihre Kunststücke sehen würde, weil er schon auf der Loggia stand und auf sie wartete.

Wenn man auf dieser Loggia stand, konnte man am Horizont ein Rehgehege, einen lichten Wald und dahinter den Turm des Josefsburger Doms sehen. Bei gutem Wind hörte man sogar die Glocken, die dreimal am Tag das Angelusgebet ankündigten, am Morgen, am Mittag und am Abend. Noch festlicher, noch satter aber war das Geläut am Sonntag, wenn zum Hochamt gerufen wurde. Das war schön gewesen – so lange der Vater lebte.

Danach hatten die Glocken ihren feierlichen Ton verloren und nur noch drängend zum Kirchgang gemahnt.

So verstand es die Mutter, die dann ganz hektisch wurde. Marie musste sich schnell fertig machen, der Wagen wurde schon mal aus der Garage geholt, die Mutter am Steuer, das Lenkrad umklammernd und hupend, damit Marie sich der Dringlichkeit bewusst wurde, den lieben Gott nicht länger warten zu lassen. Die schwarzen Lackschuhe noch nicht richtig festgeschnallt, die Kniestrümpfe heruntergerutscht, kletterte Marie dann in den Fond des Wagens. Vorne durfte sie nicht sitzen.

Für Marie war mit dieser Hetzerei vor der Kirche immer ein Gefühl von Schuld verbunden, von Versäumnis und fahrlässiger Unpünktlichkeit. Sie fürchtete sich vor dem ungeduldigen Priester in der Sakristei, der mit Hilfe der Messdiener sein Gewand bereits angelegt hatte, darüber die Stola, bereit für den Messdienst und doch aufgehalten durch sie, die trödelnde Marie. Der Organist auf der Empore, die Hände schon erhoben zum ersten Akkord, alle Register gezogen, die Nummern der zu singenden Lieder auf den Leuchttafeln rechts und links des Mittelgangs aufgelistet, durch den nun Marie und ihre Mutter hasteten und die missbilligenden Blicke der Gläubigen auf sich spürten. Mit einem entschuldigenden Kopfnicken zur Seite, während sie vor dem Altar kurz einen Kniefall andeutete, zwängte die Mutter sich und Marie dann doch noch in eine der vorderen Reihen; die Messe konnte beginnen, Mutter und Tochter waren da.

Als es darum gegangen war, ob Marie Führbräutchen für die Kommunionskinder sein dürfte, ein Privileg, das nur wenigen Kindern der vierten Klasse gewährt wurde, hatte die Mutter mit dem zuständigen Pfarrer eine Art Pakt geschlossen, der sich Marie erst hinterher erschloss. Jeden Morgen während der Osterferien vor dem Kommunionstag der Drittklässler hatten die Mutter und Marie in der Kirche gesessen, erste Reihe, gut sichtbar für den Pfarrer, so dass der am Ende der Ferien gar nicht anders gekonnt hatte, als Marie offiziell zum Führbräutchen nachzunominieren. Sie hatte Frömmigkeit bewiesen, jeden einzelnen Morgen in der Frühmesse, das hatte die Mutter dem Pfarrer versprochen und ihn so zu Maries ›Beförderung‹ genötigt. Die Mutter war zufrieden gewesen, aber Marie auch, denn dass ihr diese Aufgabe übertragen worden war, war im Nachhinein die Anstrengung wert gewesen. Mit Stolz hatte sie, ganz in weiß, ihre Gruppe in die Kirche geführt, sie angehalten, ruhig zu sein, keinen Blödsinn zu machen, sich andächtig des Sakramentes würdig zu erweisen. Sie war die Erfahrene gewesen, hatte das Sagen gehabt und alle hatten sie respektvoll angeblickt, ein seltenes Gefühl von Macht, Verantwortung, Anerkennung.

Jetzt kam Marie an der Straße vorbei, die zu ihrem Elternhaus führte, dem sie sogar ihren Namen gegeben hatten; vorne am Zaun war er in großen Buchstaben auf einem Messingschild zu lesen: *Villa Marie*. Sie reckte sich und schaute im Rückspiegel, ob sie einen Blick auf das mittlerweile verkaufte Haus erhaschen könnte, aber sie fuhr zu schnell und der Wald zu beiden Seiten der Straße, in den die nächste Kurve führte, verschluckte alles.

Genau auf diese Kurve hatte sie so oft vom Wohnzimmer aus gestarrt, erst nervös auf die Uhr schauend, dann mit zunehmender Beklemmung, weil das Auto der Mutter noch immer nicht in der Kurve hinter dem Wald sichtbar wurde, bis sie es schließlich nicht mehr ausgehalten und von Weinkrämpfen geschüttelt bei den Bekannten ihrer Mutter angerufen hatte, um nachzufragen, ob diese schon unterwegs sei.

Selten nahm sich die Mutter das Recht, Marie für kurze Zeit alleine zu Hause zu lassen, um einer Einladung zu folgen. Sie konnte und wollte nicht wissen, welche Panik Marie erfasste, wenn sie dabei etwas zu spät zurückkam. Seit der Vater tot war, hatte Marie furchtbare Angst, die Mutter auch noch zu verlieren und ganz alleine zurückzubleiben. Was sollte sie denn dann machen? Ein Unfall konnte so schnell passieren; am Morgen vor Vaters Tod hatte auch keiner damit gerechnet, dass ihnen in wenigen Stunden die Welt auf den Kopf fallen würde. Die Mutter reagierte verärgert, wenn Marie es nicht abwarten konnte, bis sie wieder zu Hause war. Sie hatte doch kaum noch Freuden, und nicht einmal diese wenigen wollte das Mädchen ihr gönnen.

Marie sah die kleine, unförmige Version ihrer selbst noch genau vor sich, tränenverschmiert, froh und erleichtert, die

Mutter wiederzuhaben, betreten und traurig, weil die Maries Kummer nicht verstand und ihr deswegen auch noch Vorhaltungen machte.

Im Vorbeifahren wischte sie die beklemmenden Szenen fort und zwang sich, dafür an ein Gemälde zu denken, das die letzten Jahre vor Vaters Tod im Keller gehangen hatte und das genau den Ausschnitt der Landschaft zeigte, den sie von der Loggia aus unzählige Male betrachtet hatte. Ihr hatte das Bild gefallen, das offensichtlich gemalt worden war, als hier noch keine Häuser gestanden hatten. Einmal hatte sie die Mutter gefragt, ob sie das Bild in ihr Zimmer hängen dürfte. Doch die war ganz bleich geworden und hatte ihr strengstens verboten, das Bild von seinem Platz zu nehmen. Später hatte sie Marie beiseite genommen und ihr in versöhnlichem Ton erklärt, dass das Bild ein Vermächtnis des Malers Karol Baum sei, eines früheren guten Freundes der Familie, der im Zweiten Weltkrieg verschwunden und seither verschollen sei. Marie hatte es zur Kenntnis genommen und nicht verstanden, warum es dann im unwirtlichen Keller hing; so wertvoll konnte es ja wohl nicht sein.

5

Es war spät geworden und so fuhr sie, angekommen in Josefsburg, gleich zum Hotel *Goldenes Kreuz*, wo sie sich am Morgen gerade noch ein Zimmer hatte reservieren können. Das *Goldene Kreuz* lag etwas abseits des Wallfahrtsbereiches und entsprach auch in seiner eher unkonventionellen Ausstattung nicht so ganz dem Pilgergeschmack. Deren bevorzugte Zimmer lagen ganz nah am geheiligten Bezirk und sollten vor allem preiswert sein. Marie wusste aus ihrer Schulzeit, dass viele ihrer Freunde in der Pilgerzeit ihre Zimmer hatten abgeben müssen, weil die Eltern diese dann weiter vermieteten, ein einträgliches Zusatzgeschäft.

Von Frau Hülsdonk, der Wirtin des *Goldenen Kreuzes*, bekam Marie ihren Zimmerschlüssel ausgehändigt und stieg dann über die steilen, schmalen Treppen, die auf jeder Stufe knarrten, in den zweiten Stock, um sich ein wenig auszuruhen. Im Zimmer gab es einen schönen alten Schrank, in dessen Tür ein Ganzkörperspiegel eingelassen war. Ein paar blinde Flecken und der geschliffene Rand datierten ihn in eine weit vergangene Zeit. Marie blieb davor stehen und bedachte sich mit einem wohlwollenden Blick.

Wie oft hatte Marie sich früher zu Hause heimlich vor den großen Spiegel in der geräumigen Diele im Eingangsbereich gestellt, unsicher, wie sie das finden sollte, was sie darin sah, und doch ein bisschen froh, dass aus dem Pummel der Kinderjahre mit viel Disziplin und Unterstützung von Fiona, ihrer besten Freundin, eine schlanke 15-Jährige geworden war. Nur die Mutter hatte diese Metamorphose mit Argusaugen betrachtet. Mit dieser körperlichen Veränderung war auch der Wunsch einhergegangen, endlich in einem eigenen Zimmer zu schlafen und nicht mehr neben der Mutter zu liegen, da, wo früher Vaters Platz gewesen war.

Gott sei Dank blieb Fiona oft über Nacht bei ihnen, so dass es Marie leichter fiel, in einem anderen Raum Ruhe zu finden. Dann quatschten sie noch lange und darüber konnte sie das latent stechende Heimwehgefühl nach der oberen Etage, wo das Elternschlafzimmer lag, verdrängen. Wenn sie dagegen alleine unten in ihrem neuen eigenen Zimmer war, wachte sie manchmal nachts auf und rang mit sich. Irgendwann war es dann geschehen, dass zum ersten Mal diese komische alte *Muhme Angst* an ihre Zimmertür geklopft hatte, ungefragt reingekommen war und sich aufdringlich nah zu ihr auf die Bettkante gesetzt hatte. So nah, dass ihr der Geruch nach Kernseife und Mottenkugeln in die Nase gedrungen war. Bittersüß und verständnisvoll hatte sie Marie erklärt, wie einsam die Mutter oben sei und wie sehr sie sich danach sehne, ihre Tochter neben sich zu spüren. Das hatte so eindringlich in ihr nachgeklungen, dass sie nach oben geschlichen war, sich leise auf die freie Seite des Doppelbetts gelegt und ihre rechte Hand, wie all die Jahre zuvor, auf die Seite der Mutter geschoben hatte. Widerwillig, zugewandt, wie automatisiert, sie musste ja, die Mutter erwartete das doch. Die hatte dann ohne die Augen zu öffnen diese Hand genommen, sie gedrückt und eine Weile festgehalten. Marie hatte sich schon früher oft vorgenommen, die Hand einfach nicht mehr hinzulegen, wenn die Mutter zu Bett ging, sie einfach bei sich unter der Bettdecke zu lassen, sich dann aber letztlich doch nicht getraut. Man wusste doch nie, was passieren konnte, wenn man mit solchen Selbstverständlichkeiten auf einmal aufhörte. So waren sie beide über einen langen Zeitraum in diesem Ritual verheddert geblieben, von dem wohl jede geglaubt hatte, dass die andere es unbedingt bräuchte.

Fiona, sie fehlte ihr, schoss es Marie durch den Kopf, wenn sie jetzt da wäre, würden sie ein wenig herumalbern, sich alles erzählen, vielleicht noch auf ein Bier in die Kneipe von Udo um die Ecke gehen und dann ganz unspektakulär nebeneinander einschlafen, wie früher unzählige Male. Nicht nur bei Marie zu Hause, auch bei Fiona hatten sie das oft getan, denn das Weggehen konnte sie zusammen mit ihrer Freundin ebenso unbemerkt üben wie das Schlafen im eigenen Zimmer. Dann fuhr sie nach der Schule mit Fiona und ihren Schwestern mit dem Fahrrad zu ihnen nach Hause, acht Kilometer, meistens mit Gegenwind und unter Fluchen und Kreischen und Lachen, über Feldwege und durch Waldstücke, die ihnen allen unheimlich waren und sie dazu anstachelten, noch schneller in die Pedale zu treten. Wildschweinhorden sollten dort leben, erzählte man sich; wie schaurig schön war es, sich gemeinsam auszumalen, wie gleich ein wildgewordener Eber aus dem Dickicht springen würde, um sie anzugreifen. Zu sehen bekamen sie nie eines der Wildschweine, nur Eichhörnchen oder verschreckte Kaninchen kreuzten manchmal ihren Weg.

Zu Hause bei Fiona angekommen, war schon der große Tisch im Esszimmer gedeckt. Die Eltern, beide Unternehmer in ihrem eigenen Holzgroßhandel, saßen jeweils am Kopfende und sieben Töchter plus Marie platzierten sich um die beiden herum. Anna, die Haushaltshilfe, hatte längst alles fertig gekocht und trug nun der immer großen Gesellschaft das Essen auf. Marie staunte über all die Stimmen, die hier durcheinanderredeten, sich stritten, sich neckten, sich gegenseitig den Pudding stahlen, um dann, von den Eltern sanft ermahnt, doch ordentlich ihren Mittagstisch zu beenden. Marie fühlte sich so wohl in diesem Gesumme, sie lief mit, wurde nicht sonderlich beachtet, gehörte einfach dazu und freute sich über die Anerkennung von Fionas Eltern, die mal ein paar lobende Worte über ihre schönen Zähne, ihren Fleiß bei den Hausaufgaben oder ihre dichten roten Haare fallen ließen. Zwar lag immer ein wenig Schalk in der Stimme des Vaters, wenn er sich an sie wendete, aber Ironie war ihr fremd und sein freundliches Lächeln verriet ihr, dass er sie mochte. Noch besser wurde es, wenn eine von Fionas älteren Schwestern in guter Stimmung war und ihr gönnerhaft gestattete, ein Kleidungsstück aus ihrem Schrank anzuprobieren. Eine Hose, ein Pulli, ein Rock – und der Satz, der alles verzauberte, lautete dann: »Das ist aber Größe 34, schau mal, was Dir davon passt.« Denn mittlerweile passte fast alles!

Eigentlich waren die Jungs aus der Klasse schuld an diesem Wandel, denn als sie noch dick gewesen war, hatten sie Marie sämtlich die Gunst verweigert, sich bei ihnen hinten aufs Fahrrad zu setzen und eine Runde mitzufahren. Das unleugbare Zeichen von Zuneigung. Sie hatten Angst gehabt, der Reifen könnte unter ihrem Gewicht platzen. Fiona, die bei vielen auf dem Gepäckträger balancieren durfte, hatte sich das eine Weile angesehen und dann energisch entschieden, dass Marie abzunehmen habe. Immer hatte die Freundin traurig abseits gestanden, wenn mal wieder nach der Schule ein Fahrradtreffen stattgefunden hatte, und so hatte sie Marie zu einer Diät und noch viel mehr Sport genötigt. Fürsorglich und streng zugleich hatte sie pingelig darauf geachtet, dass Marie all das einhielt, was sie ihr auferlegt hatte, mit schnell wachsendem Erfolg.

Marie schwärmte heimlich für Matthias, das Objekt ihrer ersten scheu erotischen Träume. Er hatte sogar über einen Freund bei Fiona nach Maries Telefonnummer fragen lassen; mehr Liebesbeweise brauchte es ja wohl nicht. In der schulfreien Zeit fuhr er nachmittags die Wäsche für die Wäscherei seiner Mutter aus und Marie versuchte, immer genau dann mit ihrem Fahrrad die Hauptstraße zu kreuzen, wenn er dort entlang fuhr. Ein bewusst legeres Heben von zwei Fingern in ihre Richtung reichte schon aus, um Marie glücklich und zuversichtlich zu stimmen. Auch wenn es über diesen Gruß nie hinausging.

Damals war Marie noch ein ungelenkes Mädchen gewesen, doch mit ihrem löwenähnlichen Haar und den fast schwarzen Augen, die sie selber für viel zu klein hielt, stach sie aus der Menge heraus, ohne jedoch zu realisieren, was sie damit bei den Jungs auslöste. Wie ein Leuchtturm war sie mit ihrer roten Mähne schon von Weitem auszumachen.

Erstaunlicherweise hatte Maries Mutter in diesem Punkt eine gewisse Eitelkeit nahezu geschürt. Nach den vielen Hänseleien, die sie selbst als Kind mit ihrem orange-roten Haarschopf hatte erdulden müssen, hatte sie ihrer Tochter von klein auf eingeimpft, wie apart und besonders diese dunklen, roten Haare seien, die die Mutter anerkennend und mit verträumtem Blick *tizianrot* nannte. Wie die Schönen auf den Gemälden des Renaissancemalers und wie einige der Engel im Gewölbe über dem Altar der Josefsburger Wallfahrtskirche, für die tatsächlich sie selbst und eine ihrer Schwestern Modell gestanden hatten. Ein eigenartiges Zugeständnis der Mutter an Äußerlichkeiten, das sie in diesem Fall aber nicht müde wurde, zu wiederholen. Sonst hatte sie Marie, sobald sie sie vor dem Spiegel hatte stehen sehen, zugeraunt: »Hinter dem Spiegel steht der Teufel.«

Dieser Satz spukte ihr noch immer durch den Kopf, wenn sie sich im Spiegel betrachtete. Auch jetzt, wo der alte Schrankspiegel ihr das ansehnliche Bild einer nicht mehr ganz jungen Frau zeigte, die eigentlich mit sich selbst hätte zufrieden sein können.

Dabei hatte die Mutter selbst oft vor einem Spiegel gestanden, nämlich immer dann, wenn die verhasste Schneiderin auch ihr wieder eines der immer gleichen Kleider genäht hatte. Doch Marie hätte nie gewagt, ihrer Mutter etwas Ähnliches ins Ohr zu flüstern. Als Kind hatte sie manches Mal versucht, unauffällig an ihr vorbei in den Spiegel zu sehen, ängstlich gewappnet, eventuell tatsächlich den Teufel zu erblicken. Sobald die Mutter sich zu Marie umdrehte, hatte sie dann versucht, so zu tun, als bewundere sie nur das neue Kleid. Doch die Mutter konnte man nicht täuschen. Sie war Spezialistin darin, ihre Tochter mit einem einzigen Blick in Grund und Boden zu tadeln.

Marie kannte ihre Mutter als stämmige Frau mit leicht schwammigen Oberarmen, die fast immer drohten, ihre Kurzarmkleider zu sprengen, und einem großen Busen, die mit panzerähnlichen Korsetts versuchte, den kleinen, runden Körper in Form zu pressen.

Marie lächelte sich im Spiegel etwas verlegen selbst zu und dachte darüber nach, was sie wohl morgen von der Mutter als Erstes zu hören bekäme, angstvoll gespannt und sehr froh, erst einmal noch eine Nacht unbeschadet schlafen zu dürfen.

Unruhige Träume verfolgten sie in dieser lauen Nacht, Träume, an die man sich am nächsten Morgen nicht mehr genau erinnert, die aber ein unangenehmes Grundgefühl hinterlassen, das sich noch eine Weile wie eine graue Decke über einen stülpt. Geweckt wurde sie vom Gesang einer kleinen Prozession, die unter ihrem Fenster in Richtung Gnadenkapelle zog. Wahrscheinlich der Teil einer großen Pilgergruppe, der sich individuell auf den Weg zur Mitte des Wallfahrtsortes gemacht hatte. Marie schaute aus dem Fenster und sah gerade noch zwei Fahnenträger, die eine Vierergruppe anführten, in deren Mitte sich auf einem massiven Holzgerüst eine üppig ausstaffierte Statue der Mutter Gottes erhob. Auf der innenliegenden Schulter eines jeden von ihnen lagerte schwer das Ende eines dick mit Leder gepolsterten Tragegriffs. Dann ein paar Pilger in Zweierreihen, in der Mehrheit ältere Leute, und zuletzt der Priester, in der Hand ein Megaphon, in das er die Perlen des Rosenkranzes hineinbetete und zwischendurch ein Marienlied hineinsang.

Unnatürlich laut und blechern klang seine Stimme durch die Verstärkung. Bald verhallte der Singsang des Zuges und Marie schloss das Fenster wieder.

Ja, sie war in Josefsburg. Bilder wie diese hatten früher im Sommer ihren Alltag geprägt. Sie versuchte, die Schwere der Nacht, die sie immer noch verspürte, abzuschütteln und sich mit einer ausgiebigen Dusche zu erfrischen. Nur mit einem großen Badetuch bekleidet suchte sie mit einer Hand im Koffer nach einem passenden Kleid. Dabei fiel ihr Blick auf die Stickereien an einem der Vorhänge, der von einem großen Baldachin auf den Boden fiel und ihr Bett an allen vier Enden säumte. Bewundernd strich sie mit der freien Hand sachte darüber, eine Handarbeit für die Aussteuer. Die Mutter hatte mit aller Macht versucht, sie für so etwas zu begeistern, ihr in leuchtenden Farben ausgemalt, wie wichtig und sinnstiftend es sei, die eigene Bettwäsche in jungfräulicher Manier zu besticken, wie sie selbst es als Backfisch getan hatte. Doch Marie hatte kein Backfisch sein wollen und sich erfolgreich gegen diese Art von Hochzeitsvorbereitungen gewehrt. All die filigranen Ornamente, an langen Abenden mit seidenem Faden im Kreuz- und Plattstich auf den Leinenstoff gebracht, wären sowieso nutzlos bei ihr im Schrank gelandet. Eine Aussteuer hatte Marie bis heute nicht benötigt, ein Umstand, der ihr sonst wenig ausmachte. Hier aber, so nahe bei der Mutter, ging er mit einer Ahnung von Minderwertigkeit einher.

Sie beeilte sich mit dem Anziehen, schüttelte den bestickten Vorhang ärgerlich zurecht und stieg entschlossen die Treppen hinunter. Schon von oben hörte sie aus dem Gastraum das Lärmen einer Gesellschaft. Marie erinnerte sich, dass die Wirtin sie am Abend um Nachsicht gebeten hatte, weil am nächsten Morgen etwa 40 Leute bei ihr zu Gast sein würden, die das Jahresamt für einen Toten feierten. Für Marie würde sie den Frühstückstisch im hinteren Teil des Gastraumes herrichten; das Buffet stehe auch ihr zur Verfügung.

Marie war ein bisschen mulmig zumute, denn als einzelne Person, die nicht zu der Festgesellschaft gehörte, fühlte sie sich wie ein Störenfried. Doch die Leute schienen alle so mit sich selbst beschäftigt, dass sie sie gar nicht beachteten. Unbehelligt ging Marie am Buffet entlang und nahm sich, was für sie ein gutes Frühstück ausmachte: zwei dunkle Brötchen, Käse, Naturjoghurt und eine Kanne starken, heißen, schwarzen Kaffees. Mehr brauchte sie nicht, um ihre Lieblingsmahlzeit des Tages zu genießen. Niemals hätte sie das Frühstück ausfallen lassen; ein solcher Tag wäre für sie ein verlorener Tag gewesen. Und erst recht an einem Tag wie heute, der ihr sicherlich noch einiges abverlangen würde. Marie schob die leichte Beklemmung, die sie bei diesem Gedanken befiel, vehement zur Seite. Nein, jetzt nicht an das Pflegeheim denken, dafür blieb später noch genug Zeit.

Ganz mit sich selbst und ihrem Frühstück beschäftigt, registrierte sie nur am Rande das Tellergeklapper und das immer lauter werdende Zuprosten der Gesellschaft, morgens um zehn, bis plötzlich ein alter Mann, dem das Gehen offenbar sehr schwer fiel, auf sie zuschlurfte. Er hatte eine jugendliche Bürstenfrisur, die zusammen mit seinem weißen Haar einen starken Kontrast zu seiner Gesichtsbräune bildete; er wirkte, als sei er eben aus dem Urlaub zurückgekehrt. Doch der erste Eindruck täuschte: Seine welke Haut und die aufgedunsenen Tränensäcke unter seinen Augen verrieten, dass es dem Mann nicht gutging.

»Sind Sie Marie Hagen? Die Wirtin hat mir gesagt, Sie würden hier sitzen«, sagte er mit zittriger Stimme und stützte sich dabei mit beiden Händen am Kopfende ihres Tisches ab.

Marie sah ihn an und entdeckte nichts Bekanntes in seinem Blick. Sie bot ihm einen Stuhl an, denn er schwankte und schaukelte, als würde er gleich unter der Last seiner Jahre zusammenbrechen. Schwerfällig ließ er sich auf den Stuhl fallen und sah sie weiter unverwandt an.

»Sie werden sich nicht mehr an mich erinnern«, fuhr er fort, ohne eine bestätigende Antwort abzuwarten. »Ich war Ihr Lateinlehrer und habe Sie schlecht behandelt.«

Marie stutzte und warf einen genaueren Blick auf die kleinen, noch immer sehr wachen hellblauen Augen, den leicht spöttischen Mund – und auf einmal schälten sich aus dem alten Gesicht die bekannten Züge des von ihr verehrten Latein- und Geschichtslehrers aus Gymnasialtagen heraus. Hansjörg Huberkamp war zu ihrer Schulzeit bei allen Schülern beliebt und gleichzeitig auch ein bisschen gefürchtet gewesen. Er hatte es verstanden, die Sextaner und Quintaner mit Geschichten über Odysseus zu begeistern, wobei er die Erlebnisse des Homer'schen Helden in der Ich-Form präsentierte. Homer, das war sein Steckenpferd, das er den Kindern zur Belohnung nach getaner Arbeit auf diese Art und Weise nur zu gerne näherbrachte. Alle hatten an seinen Lippen gehangen, wenn er wieder einmal den einäugigen Zyklopen besiegt hatte oder mit letzter Kraft den verführerischen Sirenen entkommen war. Er war streng gewesen, gerecht und wohl das, was man einen guten Pädagogen nannte. Sie hatten ihn einfach gemocht.

»Aber Herr Huberkamp, jetzt erkenne ich Sie wieder, wie schön, Sie zu sehen! Weshalb meinen Sie denn, dass Sie mich schlecht behandelt hätten? Ich kann mich an nichts dergleichen erinnern.«

»Ich habe es nicht bewusst getan, glauben Sie mir, aber ich habe oft darüber nachgedacht und wollte mich dafür schon immer bei Ihnen entschuldigen. Es gab nur nie eine Gelegenheit, und jetzt sind Sie auf einmal hier. Wie lange ist das jetzt her, dass Sie bei uns Ihr Abitur gemacht haben?«

»Das ist wohl an die 25 Jahre her«, erwiderte Marie seufzend, selbst erstaunt, wie lange ihre Schulzeit hier in Josefsburg jetzt schon zur Vergangenheit gehörte.

»Der Fall ist der«, hob Hansjörg Huberkamp erneut an, und man spürte, wieviel Kraft es ihn kostete, zu sprechen. »Ein Jahr, bevor Sie als Zehn- oder Elfjährige in meine Klasse kamen, hatte ich bei einem Unfall meine Tochter verloren. Sie hieß Marie und hatte rote Haare, wie Sie. Ich habe ihren Tod bis heute nicht verwunden. Und dann wurden Sie mir in der Sexta zugeteilt, und nun sollte ich neutral und gerecht und völlig losgelöst von meinem Schmerz diese andere Marie unterrichten. Das war furchtbar schwer für mich, und ich möchte mich dafür einfach entschuldigen, wenn Sie sich je von mir missachtet gefühlt haben.«

Marie war verlegen und wusste nicht so recht, was sie mit diesem Geständnis anfangen sollte.

»Aber Sie haben mich nie ungerecht behandelt, glauben Sie mir. Im Gegenteil, wir alle haben so für Sie als Lehrer geschwärmt, dass ich sogar mal geweint habe, als die Lateinstunde ausgefallen ist.«

Das war zwar ein wenig übertrieben, aber sie wollte ihm einen Gefallen tun. Der alte Lehrer dauerte sie. Hansjörg Huberkamp lächelte kaum merklich und stand mühsam auf, indem er sich mit den Händen hochstemmte, die immer noch zitternd auf dem Tisch lagen. Als er endlich stand, gestützt auf seinen Stock, winkte er ab, als wolle er das alles gar nicht mehr hören.

»Ich bin ein alter Mann, sehr krank und nicht mehr lange hier. Ich bin froh, dass ich Ihnen das noch sagen konnte.«

Damit kehrte er Marie den Rücken zu und ging in Zeitlupe, einer uralten Schildkröte gleich, zurück zu seinem Platz.

Marie sah ihm hinterher, wie er langsam wieder im Treiben der Festgesellschaft verschwand. Was war das für eine merkwürdige Begegnung gewesen, die sie in ihre früheste Jugend zurückkatapultiert hatte? Es kam ihr vor, als hätte Herr Huberkamp ihr eine weitere Zeitreise aufgezwungen, die sie gar nicht hatte antreten wollen. Nichts in ihr hing doch an Josefsburg, im Gegenteil. Die schönen Erinnerungen an Kindertage und das Wärmende ihres Vaters waren längst denen an die traurigen und schwierigen Jahre danach gewichen. Nach dem Abitur hatte sie nur noch weggewollt aus Josefsburg. Sie hatte gedacht, mit diesem Ort abgeschlossen zu haben. Nur aus Pflichtgefühl war sie hergekommen; sie konnte nicht einmal sagen, ob es um Moral ging oder um Schuldbewusstsein oder um Familientreue oder sonstwas, sicher aber nicht um Sehnsucht oder Heimweh.

Marie stand auf und trank den letzten Rest ihres Kaffees, der schon kalt geworden war. Sie verzog das Gesicht, kalter Kaffee war eine Zumutung. Dann machte sie sich auf den Weg, um das Unvermeidliche nicht länger vor sich herzuschieben.

6

Draußen schien die Sonne, aus dem nahen Dom drangen Orgelklänge; wahrscheinlich war die Prozession jetzt dort angekommen und feierte ihren Gottesdienst. Marie schlenderte am Wallfahrtsbereich vorbei, der mit vielen Blumen und Gestecken festlich geschmückt war. Obwohl es an diesem Morgen noch recht kühl war, knieten schon einige Pilger vor dem geöffneten Außenfenster der Kapelle, das im Sommer den Blick auf das Marienbild freigab und eine Andacht im Freien ermöglichte. Ansonsten war das schwarzweiße Bildchen, das nicht größer war als eines der Heiligenbilder, die man in Gebetbücher einlegte, nur über einen engen Gang hinter dem Altar zu erreichen, durch den Pilger für Pilger sich einzeln und hintereinander durchschieben musste. In einem Meer aus Halsketten, Armbändern, Ringen und anderen Preziosen hatte man dieses Marienbild platziert, auf Augenhöhe, in einem verstärkten Glaskasten, dessen Rahmen mit glitzernd eingefassten Edelsteinen geschmückt war. Davor ein grobes, schmiedeeisernes Gitter, um die Kostbarkeiten zu schützen.

Marie hatte es als Kind geliebt, in diesen geheimnisvollen Gang zu schlüpfen und die wunderbaren Schmuckstücke anzuschauen, die Menschen zum Dank für ihre Genesung gespendet hatten. Sie hatte sich auf die Zehenspitzen stellen müssen, um den Schlitz der kleinen eingelassenen Spendenkasse unterhalb des Glaskastens zu erreichen, und gedacht, wenn sie nur immer eine oder gar zwei Mark hineinwerfen würde, hätte sie irgendwann das Recht erworben, all diese Schmuckstücke zu besitzen. Der Mutter hatte sie von diesen Überlegungen tunlichst nichts erzählt.

Sie mochte die achteckige Gnadenkapelle, die der Legende nach im 17. Jahrhundert von einem armen Köhler erbaut worden war, zu Ehren der *Consolatrix afflictorum*, der *Trösterin der Betrübten*. Der Köhler, so lautete die Überlieferung, hatte plötzlich eine Stimme gehört, die ihm befohlen hatte: »Hier sollst Du mir eine Kapelle bauen!« Marie hatte es geliebt, wenn der Vater davon erzählte; er konnte die Geschichte so schön ausschmücken. Er hatte von den Soldaten auf ihren Pferden erzählt, die in letzter Sekunde Unterschlupf vor einem Gewitter fanden. Und in der Nacht erschien dann einem von ihnen das schwarz-weiße Marienbildchen mit der Anweisung, es nach Josefsburg zu bringen. Wie das nun wiederum zu dem Köhler gelangt war, hatte Marie über die Jahre vergessen, aber geblieben war ihr das selige Gefühl, wie es gewesen war, auf dem Schoß des Vaters zu sitzen und ihm einfach nur zuzuhören.

Wenn die Mutter Anstalten gemacht hatte, ihr davon zu berichten, meist im Zusammenhang mit dem Rosenkranz, den sie dann aus ihrer Tasche zog, wobei sie Marie nötigte, ihn mit ihr zu beten, hatte die ganze Mär gleich einen schweren Beigeschmack bekommen. *Trösterin der Betrübten*, das stand für Sorgen, Leid, Krankheit, Trauer und Unglück. Genau das lag in ihrem Ton, wenn die Mutter das Marienbild so nannte. In der Bezeichnung *Consolatrix afflictorum* aber, die der Vater benutzte und deren Klang Marie viel besser gefiel, schwang Großzügigkeit mit, Weltläufigkeit, Umarmendes und Erhebendes. Er wurde dann zum Märchenerzähler, verlieh seiner Stimme eine Melodie, die Erstaunliches, Wunderbares, Magisches mit sich führte und Marie das Lied von etwas ganz und gar Einzigartigem sang.

Trotzdem war es immer nur die Mutter gewesen, die Marie zwischen zwei Einkäufen bei der Hand genommen und vorgeschlagen hatte, einen kurzen Abstecher in die Kapelle zu machen. Ganz ruhig war es darin, man kniete sich vor den Altar, und wenn es nicht so voll war und sie niemanden stören konnte, durfte Marie irgendwann sogar eine Kerze entzünden und danach in den Gang zum Marienbild schlüpfen.

Hier war sie viel lieber als in der benachbarten Kerzenkapelle, in der die Zeugen diverser Heilungen gespenstisch und vergessen an den kalten Wänden lehnten und in den Nischen zu hohen Bergen aufgetürmt waren. Kerzen gab es dort keine, nur Erinnerungen an Überlebtes. Vielleicht wirkte die Kapelle deshalb so dunkel und düster. Die Mutter hatte zu den dort versammelten Stöcken, Gehhilfen und Tragen meist eine passende Geschichte parat gehabt, von der sie schwor, sie selber erlebt zu haben. Geschichten von Menschen, die liegend gekommen und zu Fuß wieder nach Hause gelaufen waren, die blind gewesen und wieder sehend geworden waren. Marie war nicht sicher gewesen, was sie davon hatte glauben sollen, hatte ihre Zweifel aber vorsichtshalber für sich behalten.

Die gegenüberliegende Gnadenkapelle dagegen war vollgestopft mit den brennenden Kerzen all der Pilger, die mit dieser leuchtenden Opfergabe hofften, ihrem Seelenheil ein Stück näher zu kommen. Überall tropfte das Wachs von den diversen Vorrichtungen, auf denen jeweils Dutzende Lichter Platz hatten. Je mehr Kerzen man aus dem großen Ständer draußen nahm – und natürlich dafür bezahlte –, desto besser für das konkrete Anliegen. Einmal hatte Marie aus diesem Ständer verstohlen eine einzelne Kerze genommen, ohne dafür zu bezahlen. Das Anzünden war so schön. Für die Mutter, die sie dabei erwischt hatte, schien es das größte Unglück zu sein: ein Kind, das Kerzen stiehlt und törichterweise auch noch glaubt, damit bei der Muttergottes etwas für sich erwirken zu können. Zur Strafe hatte sie einen ganzen Rosenkranz beten müssen – und das dauerte.

Blumenarrangements schmückten den Altar in der Gnadenkapelle, das Gewölbe war mit bunten Madonnen-Motiven ausgemalt und der Schrein mit dem Marienbild, zu dessen Verehrung all die Menschen nach Josefsburg kamen, war wie ein Schatz in seinem dunklen Geheimgang verborgen. Außer im Sommer, wenn man auch draußen auf Bänken saß oder kniete, um zu beten. Aber dann war die kleine schwarz-weiße Madonna weit weg, das Geheimnisvolle dieses Schreins eröffnete sich nur demjenigen, der ganz nah davor stand.

Marie beschloss, kurz in die Kühle der Kapelle einzutauchen und den Besuch im Pflegeheim noch ein wenig hinauszuzögern. Das war zwar feige, aber die Versuchung, nach so langer Zeit mal wieder all die vertrauten Orte zu sehen, über die Hauptstraße von Josefsburg zu spazieren, zu schauen, ob der eine oder andere Laden noch da war, wo sie ihn vermutete, ob neue hinzugekommen waren, und vielleicht irgendwo noch einen Kaffee zu trinken, war zu verlockend für kleinkrämerische Einwände.

Marie lief einmal hinter dem Altar entlang, betrachtete das Marienbild, das sie damit für eine Weile für die Außenstehenden verdeckte, und fragte sich einmal mehr, wer wohl all den Schmuck dort hineingegeben hatte. Sogar Eheringe waren dabei. Eine befriedigende Antwort hatte sie darauf nie bekommen, stellte aber jetzt auch fest, dass sich seit dem letzten Mal der Inhalt des Glasschreins nicht wesentlich verändert hatte.

Schon trat ein älterer Mann mit Bocholt-Mütze in ihr Blickfeld, der mit gesenktem Blick und gefalteten Händen wartete, dass sie das Bildnis und den Gang freigeben würde. Die Bocholter, so nannte man diese Pilgergruppe, kamen alljährlich zur Sommerzeit ausnahmslos mit dem Fahrrad nach Josefsburg, ihr Erkennungszeichen war eine weiße Kappe mit kleinem Schirm. Kilometerlang verlief ihre Prozession über Fahrradwege und Straßen, wenn sie auf Josefsburg zufuhren, immer zwei Räder nebeneinander, manche mit einer kleinen Fahne am Lenker. Viele solcher Pilgerprozessionen kamen jedes Jahr zur gleichen Zeit. Viele von ihnen kamen zu Fuß, singend und betend, manche liefen dabei aus über hundert Kilometern Entfernung nach Josefsburg, andere kamen wie die Bocholter mit dem Rad oder, regelmäßig im August, mit einem riesigen Aufgebot an Motorrädern, so dass der ganze Wallfahrtsplatz unter ihren dröhnenden Motoren vibrierte, in Bussen oder mit dem Auto.

Sie kamen nach festen Regeln, markierten den Ablauf der Wallfahrt, verliehen dem Ort die Struktur, nach der sich Geschäfte, Hotels und Cafés richteten. Die Trierer, die Luxemburger, die Bonner, die Holländer, die Belgier ... Lange Listen hingen in den Läden mit den Daten der Ankunft der jeweiligen Prozessionen. So wusste man in etwa, was vorzuhalten war, wie viele Bedienungen man benötigte, welche Artikel nachbestellt, wie viele Kuchen gebacken werden mussten, wie viele Fähnchen und Laternen für die Lichterprozessionen zur Verfügung stehen sollten, mit welcher Auslastung man rechnen durfte, wie gut das Geschäft am Ende der Saison gelaufen wäre. Josefsburg war ein Markt, ein Wallfahrtsmarkt, von dem die meisten recht gut leben konnten. Marienverehrung ging immer, seelische und physische Heilung suchten die Menschen seit jeher, manchem würde sein Gang nach Josefsburg tatsächlich helfen. Die Josefsburger selbst gingen mit dem Mystischen sehr pragmatisch um; jedes Wunder brachte neue Pilger, das zählte. Der Trend bei den Übernachtungen ging zu mindestens zweitägigen Aufenthalten, so hatten auch die Hotels mehr davon, und spätestens Anfang November, wenn in einem festlichen Akt das Kirchenportal der Wallfahrt wieder verschlossen wurde, kehrte Ruhe ein, der gemütliche Teil des Jahreszyklus konnte beginnen. Bis im Mai das Ganze wieder von vorne begann.

7

Marie schlenderte über die ihr so bekannte Hauptstraße, die einzige Geschäftsstraße in Josefsburg, in der im Sommer werktags wie feiertags ein buntes Treiben herrschte. Die Angebote in den Läden waren immer noch die gleichen wie vor Jahren: Marienbilder in allen Größen, Kruzifixe, Marien-Weihwasserbecken, Marien-Zuckerstreuer, Marien-Kulis mit einer Flüssigkeit im Inneren, in der, je nachdem, wie man den Kuli hielt, eine Prozession von oben nach unten und wieder zurück lief. Dazu Lutscher mit einem Bild des Papstes, der dem Ort für ein paar Stunden die Ehre seines Besuches erwiesen hatte, was dem allgemeinen Geschäft und der Außenwirkung von Josefsburg überaus zuträglich gewesen war. Der Papst als Marketing-Coup. Dazwischen Geschäfte mit altbackenen Bekleidungsauslagen, eine Drogerie, ein Zeitschriftenkiosk und der Stoffladen der Du-Frau, in dem schon lange jemand anderes hinter der Theke stand. Jeder hatte zu Maries Schulzeit die alte Inhaberin so genannt, weil sie alle Kunden ungefragt duzte, das Unikum des Wallfahrtsortes, leidlich geduldet von den Nachbarn, missmutig beäugt von den Stadtoberen, denn die Du-Frau, deren richtigen Namen niemand mehr wusste, raunzte die Pilger genauso an wie ihre Kunden, wenn die nicht nach ihrem Geschmack einkauften. Mit ihren in mehreren Lagen übereinander getragenen Röcken, die aufgrund ihrer zunehmenden Leibesfülle nicht mehr richtig passten und teilweise am Reißverschluss offenstanden, der ausgeleierten, dunkelgrauen Strickjacke über einem nicht genauer zu definierendem Oberteil, die sommers wie winters einen beachtlichen Busen bedeckten, und dem grün-rot-blau karierten Kopftuch, das ihre langen, grauen Haare zusammenhielt, wirkte sie eher wie ein Waldschrat von der nahen Heide, als wie eine honorige Geschäftsfrau im Zentrum der Wallfahrt. Wenn Kundschaft kam, schnellte sie in ihrer düsteren Ecke im hinteren Teil des Ladenlokals mit erstaunlicher Energie von ihrem Stuhl hoch, um die Eintretenden zu begutachten und sie mit einem rauen Bellen zu empfangen, wo man eine freundliche Begrüßung erwartet hatte. An Sonn- und Feiertagen wurde die hexenähnliche Gestalt komplettiert durch eine lässig im Mundwinkel hängende Zigarre, wobei sie die abfallende Asche nur notdürftig von den Stoffen abklopfte, die sie gerade anpries.

Für den Bürgermeister von Josefsburg war das Maß voll gewesen, als die Du-Frau damit begonnen hatte, aus ihrem Zimmer über dem Laden mit einer Wasserpistole auf vorbeiziehende Prozessionsteilnehmer zu zielen und dabei laut fluchend die Wallfahrt zu verdammen und den Kommunismus herbeizuwünschen. Irgendwann war die Du-Frau nicht mehr in ihrem Laden gestanden, wobei man sich zugeraunt hatte, ihr Sohn sei ein bekannter Bundespolitiker, der sich von seiner randalierenden Mutter abgewandt habe. Man hatte sie in die geschlossene Anstalt nach Bedburg-Hau gesteckt, wo alle landeten, die die Allgemeinheit mit ihren Marotten zu sehr verstörten.

Der frühere Laden der Du-Frau lag kurz vor der Abzweigung zu einer kleinen Seitenstraße, die sich verschämt zwischen die Häuser- und Geschäftsreihen zwängte und den Wallfahrern mit ihrer unscheinbaren Bebauung nur zu Wohnzwecken in der Regel nicht sonderlich auffiel. Marie aber schwenkte bewusst ein in die Annastraße, vorbei am früheren Bunkergelände auf dem alten Marktplatz, wo jetzt nur noch Autos parkten, und suchte dabei auf der rechten Seite nach dem Haus von Tante Magda.

Tante Magda war die zweite Frau von Onkel Theo, der im Hinterhaus eine Bäckerei betrieben hatte und mit nur einem Bein aus dem Krieg zurückgekommen war. So hatte er dann in der Bäckerei gestanden, den Beinstumpf auf den Handgriff einer Krücke gestützt, ein verschwitztes Unterhemd über dem nackten, haarigen Oberkörper und immer kleine Papierschnipsel auf den Lippen, die das krankhaft Wässrige darunter aufsaugen sollten, vielleicht war es auch Blut, das ließ sich nicht so genau erkennen. Marie war als Kind ein paar Mal dort gewesen, sogar über Nacht, Ausflüge, die für die Vier- oder Fünfjährige die große weite Welt bedeutet hatten, auch wenn nur eine Straße zwischen der Heimat und dem Ausflug gelegen hatte. Onkel Theo, von dem man munkelte, er habe die *Bäckerkrankheit*, was immer das auch sein sollte, war dabei im Hintergrund geblieben; Tante Magda hatte sich des kleinen Gastes dafür umso lieber angenommen. Nachts durfte Marie bei Tante Magda, die sich zuvor ein härenes Hemd übergestreift hatte, im Ehebett schlafen. Onkel Theo war wohl in der Backstube geblieben, meinte Marie. Dunkel war dieses Zimmer, immer kalt, an den Wänden ein paar Heiligenbilder und ein kleines Weihwasserbecken. Mittig und nahezu raumfüllend das ächzende Doppelbett aus dunklem Holz, auf dem sich wie eine riesige Portion Sahne die schweren, weißen Bettdecken wölbten.

Tante Magda, die hier früher nur die Hausangestellte gewesen war, genoss sichtlich das Privileg als Bäckersgattin, ein großes, weiches Bett ihr eigen nennen zu dürfen, und erzählte Marie gerne von ihrem Werdegang von der Magd zur honorigen Ehe- und Geschäftsfrau, Geschichten, die Marie immer erst dann zu interessieren begannen, wenn sie es schaffte, dass Tante Magda von ihrer Kindheit auf dem ärmlichen Bauernhof ihrer Eltern erzählte.

Es war gemütlich, aber auch ein wenig eklig, wenn Tante Magda in ihrem schweren, kratzigen Nachthemd zu Marie unters dicke Plumeau kroch und sie in den Arm nahm. Die Tante mit der dunkelbraunen Warze rechts über der Oberlippe roch vordergründig angenehm nach warmer Milch und Hefezopf, bis sie den Mund aufmachte und der schöne Duft ihrer Haut durch den strengen Atem und die schlechten Zähne verdrängt wurde. Sie sah hässlich aus, wenn sie lachte, ein Phänomen, das man nur bei wenigen Menschen findet, denn üblicherweise verschönert das Lächeln ein schwieriges Gesicht. Und Tante Magda lachte viel, vielleicht, so dachte Marie später, hatte sie Angst gehabt, ihr kleiner Gast könnte Heimweh bekommen und zu weinen anfangen. Was hätte sie, die selber keine Kinder hatte, dann tun sollen? Wahrscheinlich hatte sie es genossen, für eine kurze Zeit Muttergefühle zu hegen, und gedacht, wenn sie viel redete und lachte, konnte nichts schiefgehen.

Marie konnte sich noch gut erinnern, dass sie es damals hatte geschehen lassen und einfach schnell die Augen geschlossen hatte, um dem abendlichen Ritual ein schnelleres Ende zu bereiten. Trotzdem war sie gerne hingegangen, denn sie hatte extra für diese Reisen einen kleinen Kunststoffkoffer mit rot-schwarzem Karomuster bekommen. Den befüllte sie ganz alleine sorgfältig und stolz mit einem Schlafanzug, Cosy, dem Stoffhund, und Pantoffeln, frische Wäsche für den nächsten Tag nicht vergessend. Abenteuerlustig kam sie sich vor, wenn sie an der Hand der Mutter zu Fuß mit dem Köfferchen in die Annastraße gebracht wurde und dort ihre Sachen für die eine Nacht bei Tante Magda in eine eigens für sie leer geräumte Schublade legen durfte. Ein wenig Heimweh gehörte dazu, aber der Morgen mit Rosinenbrötchen zum Frühstück und einer Tasse Muckefuck, den es zu Hause nie gab, war es wert.

Klara, die erste Frau von Onkel Theo, war die ältere Schwester ihrer Mutter Elsje gewesen und während der Evakuierung umgekommen. »Umgebracht, ermordet«, sagte Maries Mutter mit vielsagendem Blick bei ihren Erzählungen aus dieser Zeit, denen Marie nur widerwillig zuhörte. Es war ja immer die gleiche Leier.

Marie fand das Haus, das ihr erstes Ausflugsziel gewesen war, schnell wieder. Jetzt wohnten andere Leute darin, und auch von der Bäckerei war nichts mehr zu sehen. Der Name auf dem Klingelschild sagte ihr ebenfalls nichts. Zögerlich sah sich Marie ein wenig um; sie konnte aber nichts Vertrautes mehr entdecken und fühlte sich wie ein Eindringling, der hier nichts zu suchen hatte. Dann blieb ihr Blick am Gehweg hängen, wo etwas in den Boden eingelassen war, das aussah wie ein messingfarbener Pflasterstein mit einer Inschrift darauf. Marie bückte sich, um das Geschriebene besser lesen zu können, und stellte verblüfft fest, dass darauf ihrer Tante Klara, die sie nie kennengelernt hatte, als Opfer des Nationalsozialismus gedacht wurde. Ein *Stolperstein*, schoss es Marie durch den Kopf, diese Aktion des Künstlers Gunter Demnig, der kurz zuvor damit begonnen hatte, überall dort, wo es nachweislich Opfer der Nazis gegeben hatte, solche Tafeln im Boden anzubringen. Sie hatte davon gelesen. Also war Tante Klara tatsächlich während des Krieges ermordet worden? Sie würde ihre Mutter danach fragen.

Nachdenklich lief Marie wieder zurück und bog erneut in die von Geschäften und einigen Hotels und Gaststuben gesäumte zentrale Hauptstraße ein, Josefsburgs Lebensader, die direkt zum geheiligten Bezirk führte. Ein bisschen weiter oben lag auch das Elternhaus von Maries Mutter, früher als

Hotel genutzt. Nun, viele Jahre später, lebten verschiedene Familien darin, und nur noch eine lebensgroße Josefs-Statue an der Frontseite zeugte von seinem früheren Namen: *Hotel zum heiligen Sankt Josef.* Bis zu ihrem fünften Lebensjahr hatte Marie mit ihren Eltern hier im zweiten Stock gewohnt, als das große, schöne Haus aus dem 19. Jahrhundert mit seinen Erkern und steinernen Verzierungen schon lange zum Wohnhaus zweckentfremdet worden war.

Ihr Blick ging nach oben zu einem der Fenster, wo früher ihr Wohnzimmer gewesen war. Dort hatte sie manchmal an heißen Tagen bei halb geöffnetem Fenster auf der Fensterbank gesessen, der Vater hinter ihr stehend zum Schutz, und beide hatten sie den Prozessionen zugeschaut, die noch bis in den frühen Abend hinein unten am Haus vorbeigelaufen waren. Bis zu ihnen hoch war der Gesang zu hören gewesen, doch gedämpfter, leiser, verhaltener, als wenn man unten direkt an der Eingangstür von Mutters Spielzeugladen stand, wo Marie hin und wieder voller Stolz helfen durfte, Fähnchen und kleine Laternen zu verkaufen. Für sie bargen diese frühen Sommer einen ungeheuren Zauber, der merkwürdigerweise auch mit der Tatsache zu tun hatte, dass es an manchen Abenden eine Tüte heißer Pommes Frites für sie gegeben hatte, die sie vorsichtig, ja fast andächtig mit ihren kleinen Händen umfasst und bestaunt hatte. Ihr Vater hatte ihr diese duftende Köstlichkeit gereicht, garniert mit einem dicken Klecks Mayonnaise, und ihr mit einem aufmunternden Nicken bedeutet, dass sie das jetzt ganz alleine essen dürfe. Es sei, so erzählte er ihr, die Gabe des freundlichen Holländers, der alljährlich mit einem der Pilgerzüge komme und seine heißen Geschenke an die Anwohner der Straße verteile. Wer mochte dieser Mann sein, wie konnte man auf der langen Reise von Holland nach Josefsburg diese Dinge transportieren, hatte er wirklich für jeden an der Hauptstraße eine solche Tüte im Gepäck?

Wie oft hatte sie Ausschau gehalten nach diesem mysteriösen Wohltäter, doch der war dann immer schon weitergezogen. Erst als Schulkind fand Marie heraus, dass unter der früheren Wohnung im *Sankt Josef* eine ganz normale Imbissbude ihren Sitz hatte und dass *Kööp*, der dort auch eine kleine Pilger-Kneipe, eher eine Bier-Spelunke, betrieb, immer Pommes verkaufte, das ganze Jahr hindurch.

Zur Magie der seltenen Sommerabende damals auf der Fensterbank hatte sich hin und wieder eine winzige Irritation gesellt, nämlich dann, wenn Marie mit fettigen Fingern und einem wohligen Völlegefühl im Magen den kleinen Disput zwischen Vater und Mutter registrierte, sobald diese aus dem Geschäft nach oben gekommen war. Beim Anblick der fast leeren Pommes-Tüte, die im Vergleich zu den Kinderhänden, die sie hielten, noch überdimensionierter erschien, warf die Mutter zuerst einen unwirschen Blick auf ihre Tochter, die mit Mayonnaise-verschmiertem Mund selig nach den letzten Pommes angelte, und dann auf den Vater. Einen harten Blick, in dem der Vorwurf lag: *Muss das schon wieder sein?* Und darauf die lautlose Antwort des Vaters, nur lesbar durch den schiefgezogenen Mund und die nach oben rollenden Augen: *Jetzt lass mich doch dem Kind eine Tüte Pommes Frites kaufen, sie isst sie doch so gerne.* All das bekam Marie nur am Rande mit. Sie hörte keine Streitereien und kein Seufzen, keinen Vorwurf und keine Erklärung, sie wusste nicht, was die beiden da miteinander auszuhandeln hatten, aber sie erkannte instinktiv, dass sie der Gegenstand der stummen Auseinandersetzung war. Und doch konnte sie in Ruhe weiteressen, musste sich keine Sorgen machen, der Vater hatte längst gesiegt, die Mutter lief ins Leere. Was für ein Triumph!

Imbissbude und *Kööp*, den dicken Mann mit dem schütteren Haar und der karierten, in den Hosenbund geschobenen Handtuchschürze über dem Bauch, an der er sich die stets fettigen Hände abputzte, gab es immer noch, aber Marie hatte jetzt keine Lust auf Pommes. Die hatten schon lange ihre Magie verloren, obwohl sie lächeln musste, wenn sie an das Gesicht ihres Vaters dachte, der sich an ihrem Genuss weidete, nachdem er ihre Zweisamkeit wiederhergestellt hatte.

Schräg gegenüber lag das *Café Müller* …

8

Marie zögerte einen Moment, denn hier hatte sie als Teenager mit dem Bedienen an den Wochenenden zwar für ihre Verhältnisse viel Geld verdient, aber ihre Erinnerungen an das Besitzerpaar und die Josefsburger Gesellschaft waren weiß Gott nicht die besten. Von der kleinen, vergnügten Marie auf dem Platz ihrer Kindheit ließ sie den Blick schweifen zur jugendlichen Marie, die hinter den bodentiefen Fenstern des *Café Müller* drei Jahre lang, bis zum Abitur, als Aushilfskellnerin gearbeitet hatte.

Mutig ging sie schließlich hinein und war froh, niemand Bekannten zu sehen. Hinter dem Tresen standen fremde Lehrmädchen. Als sie sich im Café einen Platz direkt am Fenster ausgesucht hatte, war ihr, als hätte sich seit damals gar nichts verändert: die Plastikblumen auf verschiedenen, antiquarisch aussehenden Schränken und Kommoden, die quadratischen Tische, eingedeckt mit einer groben Leinentischdecke in altrosa, darauf als Unterdeckchen für Zuckertopf,

Milchkännchen und Aschenbecher noch einmal ein viel kleineres Quadrat aus abwaschbarer, weißer Kunststoffspitze, der leicht verschossene, fleckige Teppichboden, der vor allem am Ausgang zur Kuchentheke abgenutzter war als im Rest des Raumes; an den Wänden hingen immer noch die alten Pfannen und Kupferkessel, Guglhupfformen und bemalten Steingutteller.

Das Café verfügte außerdem über einen großen hinteren Raum, fensterlos, eher eine ausgebaute Garage, noch aufwändiger geschmückt, um das Provisorische, die Nacktheit der Betonwände, zu überdecken. Bei starkem Andrang, vor allem im Sommer, war auch dieser Raum bis auf den letzten Platz gefüllt. Marie dachte an die Hektik, wenn ganze Pilgergruppen gleichzeitig in das Café einfielen, sämtliche Plätze besetzten und darauf drängten, innerhalb der nächsten dreiviertel Stunde alles bekommen zu haben, weil dann der Bus abfuhr, die Kirche begann oder der Rundgang über den Kreuzweg angetreten werden musste. Zeit und Muße zu sitzen hatten sie fast nie; der Plan der Pilgerreise war eng getaktet und sah das Einkehren in ein Café eigentlich gar nicht vor. Dann hieß es sich doppelt schlagen, alle so schnell wie möglich zu bedienen, angetrieben von der Chefin hinter der Kuchentheke, die besonders kleine Kuchenstücke abschnitt, und ihrer Schwiegermutter in der Kaffeeküche, die dort unter Ächzen und Schimpfen dafür sorgte, dass alle Kaffeebestellungen aufgereiht auf ihren zügigen Abtransport warteten. Und bloß keine belegten Schnittchen an so einem Tag, das schaffte die Küche nicht. Immer wieder zwischendurch die Frage, warum man den Gästen denn kein Kännchen aufschwatzen könne, das war doch viel einfacher zu tragen und brachte mehr ein. Doch die sparten meist sowieso schon mehr, als den Gastwirten lieb war, und brachten ihre eigenen Butterbrote mit oder verlangten heißes Wasser und eine leere Tasse für ihren Instantkaffee. Waren alle endlich versorgt und der Lärmpegel vom Anfang dem geräuschvollen, aber leiseren Konsumieren gewichen, fingen die ersten schon wieder an, nach der Rechnung zu rufen. Manche zogen Marie an den Schürzenbändern zu sich her, andere hielten sie am Arm fest – und wenn der ganze Spuk vorüber war, galt es so schnell wie möglich aufzuräumen, Krümel wegzuwischen, Eierschalen aus den überquellenden Aschenbechern zu fischen, Tischdecken auszuschütteln, um wieder für den nächsten Überfall dieser Art gewappnet zu sein.

An solchen Tagen hatte sie meist Ruhe gehabt vor den ständigen Rufen in die Backstube, wo Heinz Müller mit seinen Lehrlingen und Gesellen die Torten und Kuchen buk. Wenn nicht ganz so viel zu tun war, hatte sie oft die fertigen Kuchen von hinten nach vorne in die Kuchentheke tragen müssen. Die Kunst war es, sich dabei so geschickt zu bewegen, dass der Konditormeister es nicht schaffte, einem unter dem Gejohle seiner Mitarbeiter mit den immer gleichen dämlichen Worten – »Du hast da was sitzen« – in Höhe des Busens den imaginären Mehlstaub vom schwarzen T-Shirt zu wischen. Gelang es ihm doch, verfiel er in ein wieherndes Gelächter, warf den Kopf mit dem aufgerissenen Mund ruckartig nach hinten, um dann schnaufend nach Luft zu schnappen, wenn er sich allmählich wieder einkriegte ob seines großartigen Gags. Das durfte allerdings seine Frau vorne im Geschäft nicht mitbekommen. Karin Müllers Gekeife konnte sich ihrem Mann gegenüber noch in ganz andere Dimensionen hochschrauben. Das wollte man nicht provozieren, denn ihre schrille Stimme drang bis in die hintersten Gehörgänge vor. Es war schon schlimm genug, von ihr in diesem Ton gemaßregelt zu werden, wenn man nicht von sich aus gesagt hatte, ob das bestellte Kuchenstück für einen Fremden oder einen Stammkunden war. Ein Stammkunde, der versehentlich ein *Pilgerstück* erwischt hatte, war für die ruhige Zeit des Winters verloren, da kannten die Josefsburger keinen Spaß. Die Pilger hingegen kamen nicht wieder, frühestens im nächsten Jahr, und so weit reichte ihr Gedächtnis nicht.

Marie brauchte Geld, die Mutter war seit dem Tod des Vaters nahezu mittellos, zumindest so mittellos, dass sie ihr nichts von dem kaufen konnte, was Marie sich wünschte. Also hatte sie eines Tages bei *Café Müller* nachgefragt, ob sie dort in ihrer Freizeit als Kellnerin arbeiten dürfte. Karin Müller, die man eine dralle Person nennen konnte, nicht unansehnlich mit ihren hellblonden Haaren, die mit viel Spray voluminös ein rundes Gesicht umrahmten, brauchte immer Aushilfskräfte, die waren billiger als Festangestellte. Wie eingestanzt wirkte ihr ständiges Lächeln; sie hatte es sich als Geschäftsfrau so angewöhnt, auch harsche Töne kamen aus einem freundlich nach oben gezogenen Mund. Sie hatte Marie eingeschärft, was zu tun war, darauf gedrungen, dass sie sich einen schwarzen Rock, mehrere schwarze Shirts und einige weiße Servier-Schürzen besorgte, und ihr damit gedroht, sie beim kleinsten Verdacht auf Unehrlichkeit rauszuschmeißen. Erst neulich hatte sie eine Aushilfe erwischt, die sich aus dem Kassier-Portemonnaie bedient hatte. Karin Müller bekam ganz schmale Augen, wenn sie an diese Unverfrorenheit dachte.

Jedes zweite Wochenende bediente Marie also im *Café Müller*, vorne, denn junge, hübsche Mädchen waren immer gut fürs Geschäft. Wenn sie am Abend nach Hause kam, total erledigt vom vielen Laufen, Tragen und Nett-sein, stieß ihr der klebrige Geruch von Kuchen, Kaffee und Schokolade besonders übel auf. Sie konnte gar nicht schnell genug unter die Dusche springen und sich umziehen, um das alles hinter sich zu lassen. Nur wegen des Geldes, das sie als Verdienst mitnahm und in ihrer Schreibtischschublade sammelte, konnte sie sich überwinden, auch beim nächsten Mal wieder eine freundliche Miene aufzusetzen und all das auszuhalten. Dieses Geld bedeutete Freiheit, irgendwann, wenn sie genug gespart hätte.

Das *Café Müller* lag aus ökonomischer Sicht sehr günstig, direkt an der Einfallstraße zum Wallfahrtsbezirk, so dass in den Sommermonaten die Pilgerprozessionen auf dem Weg zur Kapelle und zum Dom direkt an den großen Frontscheiben des Gasthauses vorbeilaufen mussten. Während sie beteten und den Rosenkranz zwischen den Fingern durchlaufen ließen, schauten sie sich gleichzeitig offen suchend nach einer Möglichkeit um, nach dem Kirchgang einzukehren. Das *Café Müller* wurde allerdings von einigen betenden Herren gleich wieder vergessen, wenn sie ein paar Meter weiter, schräg gegenüber, das *Petite fleur* entdeckten, ein schummriges Etablissement, tagsüber geschlossen und unscheinbar, aber mit seinem Fensterschmuck in Form einer Sektflöte samt überschäumendem Inhalt und einer leicht bekleideten Dame eindeutig zuzuordnen.

Madame Valerie, so nannte sich die Wirtin, hatte das Nachtlokal damals schon seit einigen Jahren höchst erfolgreich geführt, auch wenn man sich hinter vorgehaltener Hand über horrende Preise, warmes Bier und lasche Salzstangen beschwerte. Natürlich kam die stark geschminkte Dame mittleren Alters, die stets ein etwas zu eng anliegendes Outfit trug, so dass sich Speckrollen und der große Busen gut sichtbar abzeichneten, nicht von hier, sondern von außerhalb, womöglich aus der Düsseldorfer Gegend, was genug Anlass zum Tratschen gab. Trotzdem sah man nachts gerade diejenigen, die tagsüber empört den Verfall der Sitten beklagten, aus dieser Bar torkeln.

Dieselben Stadtväter und ehrbaren Bürger, Präsidenten und Vorstände von Schützenvereinen und Bruderschaften waren es auch, die am Sonntag nach dem Hochamt ins *Café Müller* kamen, um dort ihren Frühschoppen abzuhalten. Nach dem fünften oder sechsten Bier wurde ihre Sprache schleppend, die Stimme rau und der Lärmpegel immer unerträglicher. Marie kannte diesen Zustand. Dann hieß es aufpassen: Sobald sie nämlich an den Tisch der Honoratioren beordert wurde, um die nächste Runde Bier zu bringen, versuchte der Erste ihr an den Hintern zu fassen, der Zweite zog sie zu sich her, um seinen Arm um ihre Taille zu legen, und dem Dritten konnte sie dann gerade noch ausweichen, wenn es nicht der Chef selbst war. Der pflegte sie direkt zu sich zu zitieren, indem er sie feixend die »Ritterin vom schwarzen Kreuz« nannte. Ein kleines, schwarzes Keramikkreuz am Kettchen um den Hals getragen hatte ihr diesen Spitznamen eingebracht, und der Wirt hatte ja sowieso ein Auge auf sie geworfen.

Einmal war er sogar bei ihr zu Hause aufgetaucht. Marie hatte gesehen, wie er draußen sein Auto geparkt hatte, mit dem er nachmittags die bestellten Kuchen auslieferte. Sie hatte gerade ihre Hausaufgaben erledigt und keine besondere Lust, jetzt vielleicht von Heinz Müller zum Aushelfen beordert zu werden.

Er klingelte tatsächlich. Zögerlich ging sie zur Haustüre und öffnete sie. Da stand er, schwer atmend und mit stierem Blick, und drückte sie ohne ein Wort der Begrüßung ins Hausinnere. Mit einem Fuß stieß er die Haustüre hinter sich zu, so dass diese krachend ins Schloss fiel. Bevor Marie verstand, wie ihr geschah, packte er sie mit einer seiner vom Teigkneten gestählten Pranken am Kopf, mit der anderen zerdrückte er fast ihre Brust, während er ihr mit seiner langen, feuchten Zunge in den Mund fuhr und dabei noch versuchte, seinen Unterkörper zwischen ihre Beine zu drängen.

Marie wehrte sich nach Leibeskräften und versuchte ihn abzuschütteln.

»Wo ist Dein Zimmer?«, keuchte er tonlos und begann schon seine Hose runterzuziehen. Marie stieß ihn von sich, er taumelte mit seiner runtergelassenen Hose, die ihn wie eine Schraubzwinge an den Knien blockierte, so dass er umfiel und dabei ziemlich erbärmlich aussah. Wirr und wütend blickte er Marie an, doch die hielt seinem Blick triumphierend stand.

»Wissen Sie eigentlich, dass meine Mutter jeden Augenblick zurückkommen kann? Die ist nur kurz was einkaufen und ich möchte nicht wissen, was die sagt, wenn sie Sie hier so sieht und ich ihr erzähle, was Sie gemacht haben.«

Marie wusste in dem Moment selbst nicht, wo sie den Mut hernahm, so hart und eindeutig mit ihrem Chef zu reden, aber da zu ihren Füßen wand sich so ein lächerlicher Wicht mit ausgebeulter Unterhose, einem Käfer gleich, der auf dem Rücken liegend völlig hilflos mit seinen Armen und Beinen strampelte. Angeekelt, aber auch voller Schadenfreude sah Marie zu, wie er sich umständlich aufrappelte, die Hose hochzog, seine Bäckerjacke glattstrich, die spärlichen Haare in Ordnung brachte, bis er am Ende wieder vor ihr stand. Nachdem er sich geschüttelt hatte wie nach einem kräftigen Regenguss, schien er die Kontrolle über sich zurückgewonnen zu haben. Er räusperte sich ein paar Mal und zischte Marie dann mit unmissverständlichen Worten zu, indem er ganz nah an ihr Gesicht herankam, so dass sie wie unter einer Lupe die groben Poren an seiner Nase sehen konnte, dass sie ihren Job los sei, wenn sie auch nur ein einziges Wort über den heutigen Nachmittag verlieren würde, egal wem gegenüber.

Marie hatte geschwiegen. Sie brauchte das Geld, hatte aber ab sofort einen großen Bogen um Heinz Müller gemacht und nur das Nötigste mit ihm geredet. Der hatte augenscheinlich sein Interesse an ihr verloren, sie nicht mehr in die Backstube oder zum Stammtisch gerufen, die dürftigen, schlüpfrigen Späßchen in ihrer Gegenwart sein und Marie in Ruhe ihre Arbeit tun lassen. Dass sie für das Café ein Gewinn war, hatte ihm seine Frau häufig genug eingeschärft, denn Marie war freundlich, schnell und konnte rechnen. Das durfte er nicht vermasseln. Nicht auszudenken, was passiert wäre, wenn Karin Müller von seinem unwürdigen Abstecher bei ihrer Kellnerin erfahren hätte.

Marie trank den Rest ihres Kaffees, der sonderbar bitter und abgestanden schmeckte. Ekel überkam sie, wenn sie an die Szene damals dachte, und Ekel empfand sie auch, wenn sie an das Bigotte, Verlogene dieser frommen Josefsburger Gesellschaft dachte. In der Kirche saßen sie ganz vorne in den ersten Bänken, hoben ihre gefalteten Hände zum Himmel, in den Vereinen und Gemeinderäten prangerten sie die sündigen Frauen an, die aus Verzweiflung ins nahe Holland fuhren, um eine Abtreibung vornehmen zu lassen. Marie hatte es selbst erlebt, beim Vater einer Freundin, bis in die Haarspitzen katholisch und harter Verfechter einer gebührenden Strafe bei solchen Tötungsdelikten, wie er eine Abtreibung nannte. Als diese Freundin aber mit 18 aus Unachtsamkeit schwanger geworden war, hatte dieser unerbittliche Verfechter von Recht und Moral seine Tochter klammheimlich nach Holland gefahren, um sein Gesicht im Ort zu wahren und dem Gerede keinen Vorschub zu leisten. Er wollte doch seine Chancen bei der nächsten Bürgermeisterwahl nicht verspielen.

Nein, Josefsburg war nicht der Ort, an dem sie noch einmal leben wollte. Nun wusste sie wieder genau, warum sie direkt nach dem Abitur das Weite gesucht hatte. Hier fühlte sie sich gefangen, drangsaliert, kontrolliert und in ihrer Persönlichkeit beschnitten. Fast körperlich spürte sie die Enge dieser kleinen Stadt, in der man vertrocknete, am Aufblühen gehindert wurde.

Es war 14.00 Uhr. Sie beschloss, jetzt gleich zu ihrer Mutter ins Pflegeheim zu gehen und dafür zu sorgen, dass ihr Aufenthalt hier so kurz wie möglich ausfallen würde. Sie rief die Bedienung und gab ihr ein großzügiges Trinkgeld. Im Hintergrund lief immer noch das gleiche alte Tonband wie damals, und zwar in Dauerschleife. Schon begann Umberto Tozzi seine italienischen Schnulzen wieder von vorne zu singen; Lieder, die Heiterkeit und südländische Ausgelassenheit in dieses Café bringen sollten. Das war genauso verlogen und unpassend wie die vermeintliche Gottesfürchtigkeit, die man hier vor sich hertrug wie die Prozessionen ihre Marienstatuen.

Draußen atmete sie tief durch, hängte sich den Mantel über den Arm und lief zum Pflegeheim, laut über die alten Pflastersteine fluchend, in denen sie mit ihren hohen Absätzen hängen blieb. Man konnte sich in dieser Stadt nicht einmal so kleiden, wie man wollte. Als sie am Ende der Hauptstraße in die Friedenstraße einbog, verlangsamte sie unwillkürlich ihren Schritt. In welchem Zustand würde sie ihre Mutter vorfinden?

9

Es roch nach Kartoffelpüree aus der Packung und nach Urin, nach frischer Bettwäsche und süßlichem Raumspray, nach Brotkrumen und anderen Essensresten zwischen Sofaritzen. Dahinter ein dumpfer Grundgeruch, der durch all die Nuancen überlagert, nein, flankiert wurde und sofort unangenehm in die Nase drang. Während Marie das schwere Eingangstor aufgedrückt hatte, hatte sich diese irritierende Melange auf sie gestürzt wie ein eingesperrtes Tier. Es kam ihr vor, als habe sie die Schwelle zu einer anderen Welt überschritten, aus dem Hellen jenseits der Mauern in den Vorraum des Hades. Fehlte nur noch der Flößer, der sie auf den Fluten des Styx zu ihrer Mutter in die Unterwelt bringen würde. Marie fröstelte bei diesem Gedanken. Sie wollte ihre alte Mutter besuchen, sicher zum letzten Mal, nicht mehr und nicht weniger. Kurze Ansprache an sich selbst.

Draußen vor dem Pflegeheim war ihr eine neue Bushaltestelle aufgefallen, von der Marie sich fragte, für wen sie eigentlich gedacht war. Die Bewohner dieses Hauses kamen im günstigsten Fall nur noch im Rollstuhl oder mit Rollatoren voran und waren sicher nicht in der Lage, eine kleine Spritztour mit öffentlichen Verkehrsmitteln zu unternehmen. Die wenigen Besucher kamen eh zu Fuß oder mit dem Fahrrad. Grotesk erschien ihr auch die lebensgroße Steinfigur eines älteren Herrn mit Brille, Schnauzbart und Hut auf dem Kopf, der, an der Haltestelle festbetoniert, erwartungsvoll die Hand an die Augen gehoben hatte, entweder zum Schutz gegen die Sonne oder um an einem der Fenster seine Herzensdame zu erspähen. Bei Tag und bei Nacht, Wind und Wetter, zu allen Jahreszeiten. Wer sollte ihn bemerken, auf wen wartete er? Die meisten der Bewohner saßen in großen Sesseln aus Kunstleder oder zusammengedrängt auf einem Sofa aus dem gleichen Material, leicht abwischbar, vor einem überdimensionierten Fernseher, wo irgendwas, von dem man glaubte, dass alte Leute es mögen würden, vor sich hinflimmerte, kaum wahrgenommen von den Greisen, die die Köpfe im Halbschlaf nach vorne hängen ließen. Einige schnarchten, andere blickten brummig und verwirrt auf, wenn jemand vorbeikam. Ungläubig, unbeeindruckt, als wären sie überrascht, sich immer noch im Diesseits zu befinden.

Im gleichen Raum, schräg gegenüber dem plärrenden Fernseher, stand eine dicke Kerze und daneben ein aufgeschlagenes Buch, in dem auf der linken Seite ein Foto klebte und auf der rechten der dazugehörige Name anzeigte, wer als Letztes gestorben war. Wie die Pin-Wand einer Gemeinde, die mit sich abgeschlossen hatte. Nicht mehr die bevorstehenden Unternehmungen und Veranstaltungen wurden hier aufgelistet, sondern jeder und jede überlegte für sich, wer wohl morgen dort verewigt werden würde. Hatte man noch ein gutes Foto für diese letzte Ehrung?

Marie zählte still nach und musste gestehen, dass seit ihrem letzten Besuch sicher drei Jahre vergangen waren. Die Mutter war in ihrem hohen Alter irgendwann nicht mehr in der Lage gewesen, alleine zu leben, und Marie hatte sich für sie um einen Platz im einzigen Pflegeheim der kleinen Stadt bemühen müssen. Es hatte die Mutter viel Überwindung gekostet, sich in die Abhängigkeit von fremden Pflegekräften zu begeben. Wer in Josefsburg noch Angehörige hatte und einigermaßen bei Sinnen war, musste diesen Schritt nicht gehen. Nur diejenigen armen Seelen, die alleine zurückgeblieben waren, fanden sich in diesem Heim wieder.

Eine Auffangstation für die Dementen und Einsamen. Dennoch war es ihr dringender Wunsch gewesen, wenn schon nicht in ihrer eigenen Wohnung, so doch wenigstens in dem Ort zu bleiben, wo sie sich zu Hause fühlte. Nahe der Wallfahrt, der Kirche, der Geschäfte und der Menschen, die sie nicht mehr besuchen konnte, aber doch seit einer Ewigkeit kannte. Halbherzig hatte Marie ihr damals noch angeboten, sie zu sich zu nehmen, oder zumindest in der Nähe ihres Wohnortes ein Heim zu suchen. Die *Muhme Angst* hatte sehr darauf gedrängt. Doch die Mutter hatte das kategorisch ausgeschlossen und Marie erleichtert nicht weiter insistiert.

Jetzt fürchtete sie sich vor dem Anblick, wenn sie gleich in das Zimmer ihrer Mutter treten würde. Der Tod lauerte schon am Ende des Ganges, saß da ruhig und gelassen auf einem Stuhl. Man führte ihm die Menschen zu, er musste sich nicht anstrengen, sie nicht überreden, sie nicht zwingen, nicht drängen, sie kamen von alleine, einer nach dem anderen. Hatte er ihre Mutter als nächstes auf seiner Liste stehen? Wie nah war sie ihm wohl schon? Immerhin konnte sie auf ein langes Leben zurückblicken. Marie fiel der Satz eines alten Kunden aus der Buchhandlung ein, den der geäußert hatte, als sie ihm zu seinem achtzigsten Geburtstag hatte gratulieren wollen: »Das Gute am Altwerden ist doch vor allem, dass man nicht mehr jung sterben kann.«

Ja, alt war ihre Mutter geworden, aber was war die Essenz dieses langen, sicher oft schweren Lebens? Eines Leben, von dem sie, Marie, nur ein kleiner Teil war, reduziert auf wenige Bilder und Erinnerungsstücke.

Sie war froh, dass sie unbehelligt bis zum Zimmer ihrer Mutter im zweiten Stock gekommen war, ohne sich einer Schwester oder einem anderen Besucher erklären zu müssen. Sie klopfte, doch niemand rief »Herein«.

Vorsichtig öffnete sie die Zimmertür und hörte nichts, außer leisen, leicht schnarrenden Atemgeräuschen. Die Mutter schlief. Still trat sie ein und musterte den quadratischen Raum, den sie damals mit eingerichtet hatte, sah die Fotos an der Wand, die kleinen Relikte letzter Besuche auf dem Tisch, den hässlichen Plastikblumenstrauß am Fenster, der ihrer Mutter so wichtig war, registrierte Ausdünstungen und Desinfektionsmittel.

Zögernd trat sie ans Bett, das von der linken Wand bis in die Mitte des Zimmers reichte und mit zwei Gittern an den jeweiligen Längsseiten wie ein Käfig geschlossen war. Es war noch nicht lange her, dass sie dem Pflegeheim dazu ihre Einwilligung hatte geben müssen. Ihre Mutter war damit keine Gefangene, wie die Heimleitung betont hatte, sondern die Gitter dienten zu ihrem Schutz, wegen der besonderen Pflegeumstände.

Die Bettwäsche war in freundlichem Hellblau gehalten, und darunter lag wie ein abgemagertes Vögelchen ihre Mutter. Das Kinn, das immer schon sehr energisch gestreckt gewesen war, hatte sich grotesk weit nach vorne geschoben. Der Mund, weil sie die Zahnprothese rausgenommen und im Glas auf dem Nachttischchen deponiert hatten, war so eingefallen, dass ihre Lippen kaum noch zu erkennen waren. Die alte und an manchen Stellen noch erstaunlich glatte Haut spannte sich um den Schädel, noch hervorgehoben von wenigen tiefen Furchen um Nase und Lippen. Die schneeweißen Haare standen in alle Richtungen, und unter ihren fast durchscheinenden Augenlidern zeichneten sich die Pupillen wie kleine, zuckende Erhebungen ab.

Marie zog sich einen Stuhl ans Bett. Draußen war es heute für diese Jahreszeit noch einmal ungewöhnlich heiß und stickig geworden, aber hier umfing sie eine angenehme

Kühle, die daher kam, dass die Außenrollos halb geschlossen waren, so dass nur wenig Sonnenlicht hereinfiel. Wie damals zu Hause, als sie ihren Vater mitten im Sommer zu Hause aufgebahrt hatten …

10

Am 23. Juni, zwei Tage nach Maries Geburtstag, dem heiß ersehnten Sommeranfang mit großer Erdbeertorte und all den schönen Geschenken, war das Unvorstellbare passiert, und so hatte man tags darauf im Wohnzimmer die Rollläden heruntergelassen, um den Leichnam von Maries Vater vor der Hitze zu schützen. Tot – jeden Tag schlich sie sich zum offenen Sarg ihres Vaters, nahm den immer stärker werdenden süßlichen Geruch des Todes wahr und fühlte sich unendlich verlassen.

Seltsam vertraut erschien ihr diese Situation. Einige Jahre zuvor hatte ihre Mutter die kleine Marie in eine Art Kapelle mit vielen Beichtnischen geführt, die sich rechts und links der Tür aneinanderreihten. Davor zugezogene Vorhänge. Es hatte modrig gerochen wie in dem feuchten, alten Keller unter ihrer früheren Wohnung, in den Marie sich nie hineingetraut hatte, und die Kälte in diesem Raum hatte sie zusätzlich frösteln lassen. Zu Hause hatten sie ihr erzählt, sie würden jetzt noch einmal Tante Franziska besuchen gehen, die liebenswürdige Schriftstellerin aus dem Altersheim, die ihre Wahl-Patentante gewesen war.

Ihre Mutter hatte den Vorhang, der die jeweiligen Nischen vom Mittelgang trennte, zurückgezogen – und da hatte sie gelegen: Das also war tot – unbeweglich, starr wie eine Puppe, nicht mehr die Tante, deren Zitronenpudding Marie immer bekommen hatte, wenn sie sie besucht hatten. Tot war der Geschmack von Zitronenpudding, gemischt mit dem Geruch der Verstorbenen.

Mit ihren acht Jahren stand sie nun wieder an einem Sarg, dem ihres eigenen Vaters. Mit ihren zwei langen, roten, geflochtenen Zöpfen und dem karierten Trägerrock, den die verstorbene Patentante ihr geschenkt hatte, das stetige Wachsen vorwegnehmend, so dass er ihr jetzt erst passte. Abends füllte sich das Haus mit dem gedämpften Lärmen der Nachbarschaft, die in der großen Diele hintereinander niederknieten, durch die geöffnete Tür auf den Sarg schauten und sich beim Vorbeten des Rosenkranzes abwechselten. Jeder streichelte Marie über den Kopf, aber keiner sprach mit ihr. Die Mutter zerfloss in einem Tränenmeer und Hildegard, eine Cousine der Mutter, die helfen sollte, war mit allem überfordert.

In den fünf Tagen, in denen der Leichnam des Vaters bei ihnen aufgebahrt gewesen war, hatte Marie versucht, sich den Anblick einzuprägen, als drohe sonst ein Vergessen dessen, wer er gewesen war. Seine rundliche, eher kleine Gestalt zeichnete sich unter der kalkweißen Decke ab, auf einem ebenso kalkweißen Kopfkissen mit einem Volant rundherum lag sein freundliches Gesicht mit den hohen Geheimratsecken und den schwarz-grauen Haaren, scheinbar entspannt, wie im Schlaf. Doch das wächserne Gelb seiner Haut, die täglich mehr den Kerzen in der Gnadenkapelle glich, zerstörte das friedliche Bild. Die gefalteten Hände hielten einen Rosenkranz, Marie wollte ihn zu einem schöneren Verlauf sortieren, doch die steifen Finger gaben nicht nach. Zuweilen sah sie ihn ungläubig an, neugierig und ängstlich, roch den schwülen, schweren Geruch des Todes, und wieder war er da, der Geschmack von Zitronenpudding im Mund. Sie fasste mit der Hand heimlich an seine Stirn, die so kalt war – ihr Vater so weiß und starr. *Tot* – immer wieder formte sie dieses Wort mit den Lippen, es klang komisch, wenn man es mehrmals hintereinander sagte: *Tot, tot, tot*, fast wie *tut, tut, tut*. Nochmal: *tot, tot, tot* – Marie verlor sich in der Lautmalerei, bewegte nur noch mechanisch den Mund auf und zu. Bei jedem *tot* öffnete sich der riesige Schlund weiter, um sie zu verschlucken, zu zermalmen, herunterzuwürgen und auszulöschen.

Draußen traf sie auf das Nachbarskind, mit dem sie hin und wieder spielte. Wie unbeteiligt erzählte sie ihm von den Ereignissen der letzten Nacht, berichtete ihm ganz beiläufig, dass ihr Vater gestorben sei, als ob sie nur erzähle, das sie gleich bei der alten Frau Reiter, die nebenan in einem Hexenhäuschen wohnte, ein paar Eier aus dem Hühnerstall holen müsse. Das war ein bisschen eklig und ein bisschen gruselig, aber auch ein bisschen lustig, weil Frau Reiter ein Spaßvogel war, Marie manchmal sogar in ihrer Isetta Platz nehmen ließ und ihr vormachte, wie sie mit ihrer tiefen, polternden Stimme in der vergangenen Nacht wieder einmal einen Fuchs verjagt hatte. Marie bekam lautes Herzklopfen, wenn sie zum Nachbargrundstück gehen musste. Trotzdem mochte sie die unförmige Frau mit dem dicken Kropf, den sie zu gerne einmal angefasst hätte.

Das Nachbarskind sah sie verständnislos an. Und Marie erklärte ihm das Unfassbare mit den Worten der sprachlosen Achtjährigen. Das Entsetzen darüber sollte erst viel später folgen, genaugenommen würde es sie ihr Leben lang begleiten.

Dabei hatte sie noch im Zimmer der Eltern auf ihrem Bett gesessen, als der Vater sich mit leichter Übelkeit etwas früher hingelegt hatte als sonst, und begonnen zu beten: »Lieber Gott, nimm mir den Papi nicht weg.«

»Was redest Du denn da?«, hatte die Mutter sie ärgerlich angeherrscht. »Papi ist nur ein bisschen schlecht, das kennst Du doch auch, morgen ist alles wieder gut.«

Doch am Morgen war es nicht gut gewesen, nichts war mehr gut.

Am Abend hatte Friedrich seine Frau auf den Arm geküsst und sich bei ihr für alles bedankt – sie hatte nur abgewehrt, es sentimental und überflüssig gefunden, wenn man einmal unpässlich war, gleich eine solche Szene zu machen.

Doch der Vater und seine kleine, angebetete Marie hatten es besser gewusst, hatten gewusst, dass dies seine letzte Stunde war, gewusst, dass er sich gleich schlafen legen und danach nie mehr aufwachen würde. Sie hatten den unausweichlichen Verlauf dieses Abends gekannt.

Am nächsten Morgen waren die Leichenwäscher ins Haus gekommen. Als Marie, die sie vor den Fernseher gesetzt hatten, damit sie nicht im Wege stand, Lärm im Treppenhaus gehört hatte, hatte sie durch den Türspalt gelugt und gesehen, wie zwei Männer in grauen Kitteln den toten Körper ihres Vaters die Treppe herunter trugen. Schlaff wie eine leblose Puppe hatte er zwischen den beiden gehangen, die schwitzten und stöhnten. Der eine hielt ihn unter den Armen, der andere ging die beiden Beine haltend voran. Ihr stockte der Atem, und dieses Bild brannte sich ihr tief ein, der geliebte Vater in dieser unwürdigen Position, wie ein Hampelmann. Die Mutter hatte ihr nie geglaubt, dass sie diese Szene hatte beobachten können. Marie aber hatte sich traurig, unnütz und ungeliebt gefühlt, alleingelassen und mutlos. Danach hatte es nur noch die Mutter gegeben.

II

Sie sah auf die von dunkellila Adern durchzogenen Hände ihrer Mutter, auch hier die Haut wie aus Pergamentpapier, die Nägel längs gerillt, worüber sich die Mutter früher immer aufgeregt hatte. Es sei ein Zeichen von Herzschwäche, hatte sie Marie dann erklärt und dabei seufzend und wissend genickt, als ob das ihr Todesurteil wäre. Und bei der kleinen Marie war die gewünschte Wirkung eingetreten: Angst, Panik, nächtliche Gebete und Schwüre, was sie alles bereit wäre zu tun, wenn ihre Mutter nur nicht sterben müsse. Nicht auch noch die Mutter!

Aber die Mutter hatte überlebt, hatte die Fingernagelrillen überlebt, die Schmerzen in der Schulter, die wahrscheinlich von einer unheilbaren Knochenkrankheit herrührten, wie sie nicht müde wurde, zu spekulieren, den Brustkrebs der Tante. Weil Marie damals geglaubt hatte, der Krebs sei ansteckend, hatte sie versucht, die Tante von der Mutter fernzuhalten, indem sie Bauchschmerzen oder eine Grippe vorgetäuscht hatte, wenn ein Besuch anstand – meist vergebens. Also war Marie regelmäßig in Panik ausgebrochen, wenn die arme Frau, die alleine lebte und eigentlich eine Cousine der Mutter war, dann doch ein ganzes Wochenende bei ihnen verbracht hatte, weil dann das Unheil endgültig besiegelt schien. Aufatmen, wenn Tante Eva wieder gefahren und nichts passiert war. Doch beim nächsten Besuch hatte der Alptraum von Neuem begonnen. Es hatte lange gedauert, bis Marie verstanden hatte, dass die Tante ihr, erst recht der Mutter, nichts anhaben konnte. Ruhe hatte sie trotzdem erst nach deren baldigem Ende gefunden, als sie Hand in Hand mit der Mutter die Beerdigung verlassen hatte, innerlich aufatmend, dass diese Gefahr gebannt war.

Marie traute sich nicht, die kalte, furchige Hand zu nehmen, die sich farblich kaum von der hellblauen Bettdecke abhob. Als junges Mädchen hatte Marie oft die Haare der Mutter kämmen oder sie von ihrem Apfel abbeißen lassen müssen, der danach nach der Spucke der Mutter schmeckte. Marie hatte sich geekelt, es aber nicht zeigen dürfen.

Jede Berührung, auch der zum Kuss auffordernd hingestreckte schmale, spitze Mund, hatte sie ein ums andere Mal Überwindung gekostet. Die Körperlichkeit, die die Mutter Marie abverlangt hatte, war keine echte gewesen, denn nie gab es Berührungen aus Herzlichkeit, aus Liebe, aus Wärme, zum Trost oder einfach nur aus einem überschwänglichen Gefühl der Nähe. Körperlichkeit war zweckgebunden und durfte nicht der Freude dienen. *Keusch sein*, ein Lieblingsbegriff der Mutter, wenn es galt, Marie in die Tugenden ihres Mädchendaseins und das einer zukünftigen Frau einzuweisen.

Früher hatten sie manchmal zusammen einen Film angeschaut, vor allem Filme aus den Fünfziger und Sechziger Jahren, die Mutters Favoriten waren. Schauspieler wie O. W. Fischer, Heinz Rühmann, Rudolf Prack oder Gustav Knuth entzückten sie so sehr, dass sie da in ihrem breiten Fernsehsessel manchmal sogar vergaß, ihre Schwärmerei vor der Tochter zu verbergen.

Es klopfte an die Zimmertür, Marie schreckte aus ihren Gedanken auf. Noch ehe sie öffnen konnte, traten zwei Pflegerinnen ein, die ihre Anwesenheit mit einem freundlichen Kopfnicken zur Kenntnis nahmen. Marie hatte befürchtet, sie würden ihr offene Vorhaltungen machen oder sie würde mindestens versteckte Vorwürfe zu hören bekommen, dass sie sich nicht gekümmert habe, aber nichts davon schien ihnen ein Wort wert zu sein. Die eine, ältere, mit einem feinen Gesicht und einem dicken Haarknoten im Nacken, balancierte ein Tablett mit Kaffee und Kuchen. Die andere, jüngere, mit einem ebenso gewinnenden Lächeln auf den Lippen, rötlichen Wangen und kurzen, dicken Armen, trug die Pflegeartikel und hatte ein Handtuch über dem Arm. Überhaupt schien eine gewisse Leibesfülle Voraussetzung für den Dienst an den Alten zu sein, alle hatten ähnliche Ausmaße, mit denen sie trotzdem erstaunlich behände durch die Flure glitten. Vielleicht war ihre Rundlichkeit der Schutzwall gegen all das Elend und die bockigen alten Herrschaften, die nach außen kein gutes Haar an den Pflegekräften ließen.

Marie hatte es genau so erlebt. Selbst in letzter Zeit, als ihre Mutter schon ein hilfloser Pflegefall gewesen war, ein Häufchen ausgezehrtes Elend, hatte sie ihr letztes Bisschen verbleibende Kraft dazu genutzt, am Telefon über die Schwestern zu schimpfen. Trotzdem, und das verlangte Marie sehr viel Respekt ab, begrüßten sie die alte Dame mit einem Streicheln übers Gesicht und riefen sie sanft bei ihrem Namen:

»Hallo, Frau Hagen, aufwachen, Ihre Tochter ist zu Besuch, und Sie müssen doch auch was essen.«

Erstaunt schlug die Mutter die Augen auf und sah die Pflegerinnen verständnislos an.

»Frau Hagen, Elsje, Fräulein van Leuwen, wollen wir ein frisches Bett machen? Dann müssen wir Sie eben ein bisschen bewegen.« – Und zu Marie gewandt: »Das mag sie nicht so gerne, sie hat immer noch Schmerzen von dem Armbruch vor ein paar Wochen.«

Da war sie ausgerutscht bei dem Versuch, selbständig von der Toilette aufzustehen; die Pflegerinnen ließen sie seitdem nicht mehr aus den Augen. Ihre Kraft hätte aber auch gar nicht mehr ausgereicht, um noch einmal aus dem Bett aufzustehen. Schon sitzen war nicht mehr möglich. Man hatte sie nicht mehr operiert, sondern ihr nur eine Armbinde umgelegt und Schmerztropfen verabreicht, damit sie beim Drehen und Wenden durch die Schwestern nicht so leiden musste.

»Wir reden sie oft mit ihrem Mädchennamen an«, erklärte die andere, »darauf reagiert sie besser als auf ihren Ehenamen. Sie ist wohl schon wieder ganz bei ihren Geschwistern und Eltern.«

Marie staunte über das Ausmaß an Empathie, das die Schwestern offenbar besaßen. Jetzt schlugen sie die Bettdecke zurück und muteten Marie so den Anblick ihrer Mutter ohne schützende Hülle zu. Erschrocken wich sie ein Stück zurück. Ganz dünne Beinchen, die Knochen überzogen von welker Haut wie mit einem weißen Tuch, das hier und da ein wenig herunterhing, eine schlaffe Hülle. Die Füße waren ganz blau angelaufen, das Nachthemd, das den dürren Körper bedeckte, ließ die weiße Haut durchscheinen, die ihr ganzes Leben lang keinen Sonnenstrahl abbekommen hatte. Niemals hätte sich Elisabeth Hagen unbedeckt oder auch nur spärlich bekleidet gezeigt. Nicht mal auf dem Rasen zu Hause hatte sie sich ein Sonnenbad gegönnt, geschweige denn in öffentlichen Einrichtungen. Spät erst hatte sie einen Badeanzug akzeptiert, als ihr die Ärzte zum wöchentlichen Training ihrer maroden Knochen zum Schwimmen geraten hatten. Angenehm war sie ihr sicher nie gewesen, diese partielle Nacktheit.

Jetzt öffneten die Schwestern der Mutter vorsichtig das Nachthemd, um sie zu waschen. Die alte Frau ließ alles mit sich geschehen, stöhnte hin und wieder wohl vor Schmerzen, stierte dann aber stur an die Decke und verzog nur leicht das

Gesicht. Wie zwei Hauttaschen hingen ihre einst so stattlichen Brüste herunter, nichts mehr füllte sie aus. Die Mutter war kaum noch vorhanden.

Die Pflegerinnen waren fertig mit ihrer Arbeit und baten Marie, ihre Mutter ein wenig zu füttern, weil das sehr zeitaufwendig sei. Sie habe schon zu Mittag nichts gegessen, vielleicht nähme sie etwas Kuchen zu sich. Außerdem würde sie sich doch bestimmt freuen, wenn Marie das übernähme. Und trinken müsse sie unbedingt. Die Schnabeltasse stand auf dem Beistelltischchen. Damit schlossen sie die Tür hinter sich, und Marie war wieder mit ihrer Mutter alleine. Ganz erschöpft lag die in den frischen, hellblauen Laken und ging darin fast noch mehr unter als vorher im leicht zerwühlten Bettzeug.

Da sie die alte Frau nach rechts gedreht hatten, nahm Marie ihren Stuhl und setzte sich auf die andere Seite des Bettes, um sie sehen zu können. Sie betrachtete ihre schlafende Mutter, die das Wenden so erschöpft hatte, dass sie gleich wieder weggedämmert war, sezierte sie mit ihrem Blick, beschaute nüchtern die Falten, das Eingefallene, den ganzen Verfall. Was hatte sie mit dieser Frau gemein? Warum hatte sie ihr ganzes Leben lang ausgerechnet mit dieser Person so im Widerstreit liegen müssen? Was wusste diese Greisin, die hier im Sterben lag, eigentlich von ihr? Was wusste Marie von ihr? Ihre Mutter hatte sich immer nur an dem orientiert, was Marie dargestellt, aber nicht an dem, was sie ausgemacht hatte, nie ein echtes Interesse daran gezeigt, wie es ihr wirklich ging. Und Marie selbst? Wenn sie ehrlich war, hatte sie ihre Ohren auch auf Durchzug gestellt, wenn die Mutter am Telefon das immer Gleiche erzählt hatte. Unwillkürlich regte sich bei Marie der Wunsch, liebevoller über den Menschen denken zu können, der hier mit bleichem, eingefallenem

Gesicht im Bett lag, schon vom nahen Tod gezeichnet. Sie verspürte das tiefe Bedürfnis, Frieden zu schließen, mit der Mutter, mit sich selbst, mit diesem Lebensabschnitt. Deshalb war sie doch eigentlich hergekommen.

Die durchscheinenden Augenlider zitterten ein wenig. Es war, als begännen die Pupillen dahinter zu flackern, und endlich öffnete ihre Mutter ganz langsam das rechte Auge, das andere blieb halb geschlossen. Verwirrt blickte sie um sich, bis ihr Blick an Marie hängen blieb. Wie durch einen großen Nebelschwaden nahm Marie ihr Bemühen wahr, einzuordnen, was sich ihr bot, bis nach einer ganzen Weile ein Lächeln über ihr Gesicht ging. Gerührt begann Marie zu weinen. Ihre Tränen tropften auf die Hand der Mutter, die mit einer langsamen Bewegung versuchte, die Nässe von ihrem Handrücken zu wischen. Marie musste lachen und der zahnlose Mund der Greisin lachte lautlos zurück, wie ein Kind, das jemandem einen witzigen Streich gespielt hat.

»Besuch«, flüsterte sie kaum hörbar.

»Mutter, ich bin's, die Marie!«

»Kenn' ich Sie denn?«, kam es ebenso lautlos zurück, wie sie gelacht hatte.

Marie musste ganz nah an ihr Gesicht heran, um einigermaßen zu verstehen, was sie sagen wollte.

»Ich bin doch Deine Tochter!«

»Sie?«

»Ja, natürlich, Marie!«

»Wie viele Kinder habe ich denn?«

»Du hast nur mich, Mutter.«

Ungläubig sah die Mutter Marie an und zählte an ihren Fingern ab, während sie leise die Namen ihrer Geschwister nannte. Beim neunten Finger hörte sie auf.

»Aber das sind doch viel mehr«, gab sie zurück.

»Das sind Deine Geschwister, die Du aufzählst, und dabei hast Du, glaube ich, sogar noch den kleinen Hugo vergessen, der schon als Baby gestorben ist.«

Marie kannte die Geschichten der vielen Geschwister ihrer Mutter in- und auswendig und hätte sich jetzt doch gewünscht, etwas genauer zugehört zu haben.

»Dann wissen Sie ja mehr über mein Leben, als ich«, staunte die Mutter und lächelte Marie freudig ins Gesicht.

Marie musste lachen, und auch die Mutter lachte wieder ihr zahnloses Lachen.

»Ja, schau, wir versuchen es nochmal zusammen: der Josef, der Friedrich, die Maria, die Bernhardine, die Gertrud, der Heinrich, der Wilhelm, der August, der Hugo und die Klara.«

Die Mutter hatte beim Aufzählen der Namen erneut ihre Finger zur Hilfe genommen und konzentriert mitgezählt.

»Tatsächlich, 10 Kinder.« Voller Anerkennung schaute sie auf ihre Hände mit den zehn gestreckten Fingern.

»Nicht Kinder, Mutter, Geschwister, das sind Deine Geschwister, Du hattest nur ein Kind, eine Tochter, mich.«

Ob sie überhaupt registrierte, was Marie sagte? Mit einer schwachen Bewegung hob sie langsam eine Hand und fuhr mit ihrem Zeigefinger ganz sachte über Maries Stirn und eine Locke, die ihr ins Gesicht hing.

»Sie haben aber die Haare nett«, sagte sie erfreut, und Marie hatte das Gefühl, noch nie erlebt zu haben, dass sie so freundlich zu ihr war. Ausgerechnet jetzt, wo sie zwischen Traum und Wirklichkeit hing, wo das Leben im Begriff war, sie zu verlassen.

»Wo sind denn alle meine Kinder?«, wollte sie wissen.

Marie gab es auf, sie zu korrigieren.

»Die sind alle schon tot.«

»Ach, und wann sind die denn alle gestorben? Vor mir?«, kam es ehrlich überrascht und ein wenig ungläubig zurück.

»Aber Du bist doch bei allen Beerdigungen dabei gewesen, weißt Du das nicht mehr?«

Marie war schockiert, dass man den Tod so vieler Geschwister einfach vergessen konnte. Aber die Mutter war ja jetzt selber wieder wie ein Kind und hatte die Realität ihres langen Lebens weit hinter sich gelassen.

»Und Sie, wie alt sind Sie?«, wollte dieses greise Kind wissen.

»Jetzt sag' doch nicht immer *Sie* zu mir. Was glaubst Du denn? Ich hatte vor ein paar Wochen Geburtstag.«

»24?«

»44, ich bin 44 Jahre alt.«

»So alt schon?« Sie war sichtlich beeindruckt. »Was sagen denn Ihre Eltern dazu?«

»Aber Du bist doch meine Mutter!«

»Ich? Wie kommen Sie darauf?«

»Aber Mutter, ich habe es Dir doch erklärt, ich bin Marie, Deine Tochter, Dein einziges Kind. Erkennst du mich denn nicht?«

Marie begann zu verzweifeln, das konnte doch wohl nicht wahr sein, dass sie jetzt nicht mehr zu ihr fand. Sicher, sie war in letzter Zeit oft verwirrt gewesen, hatte am Telefon immer behauptet, man würde sie in fünf verschiedenen Zimmern unterbringen, die alle gleich eingerichtet seien, ihr aber boshafterweise nie sagen, in welchem sie sich gerade aufhalte. Mal hatte man sie zum Essen in ein Lokal aus ihrer Jugend gebracht, mal zu ihren Eltern ins Zimmer gesteckt und wieder ein anderes Mal hatte sie sich beschwert, weil ihre dicke Schwester Klara ihr immer den Platz in ihrem Bett streitig mache.

Die Mutter hielt abwechselnd die Augen ganz geschlossen, dann wieder öffnete sie das eine, blinzelte Richtung Marie, dann Richtung Fenster, dann wieder in sich hinein. Nach einer ganzen Weile des Schweigens sah sie Marie an, stutzte, rieb sich mit einem gekrümmten Finger mühevoll das geöffnete Auge, verzog schmerzlich das Gesicht, bevor ihre Züge wie in Zeitlupe von Freundlichkeit zu Ärger wechselten.

»Bist Du wieder einfach reingekommen und hast mich geweckt!«, herrschte sie Marie nahezu tonlos an, die sich sehr an das tadelnde Zischen von früher erinnert fühlte.

»Aber nein«, stammelte sie, erschrocken über den Gefühlswandel der Mutter, die jetzt nichts Freundliches mehr an sich hatte. »Ich bin von weit her gekommen, um Dich noch einmal zu besuchen«, fügte sie fast schüchtern und gleichzeitig zornig hinzu. Dieses Häufchen Mensch hatte es doch tatsächlich geschafft, sie binnen kürzester Zeit wieder in den Senkel zu stellen.

»Und warum hast Du dir dann nicht was Ordentliches angezogen? Hast Du etwa so im Zug gesessen? Kein Wunder, wenn Du immer Scherereien bekommst!«

»Was denn für Scherereien?«, fragte Marie erstaunt.

»Gestern war ich beim Schulleiter Dirks, und der hat mir erzählt, dass Du jetzt in einer Kommune lebst, mit Männern.«

»Aber Mutter, das ist doch totaler Quatsch! Ich lebe schon lange alleine in Neustadt und arbeite dort seit einiger Zeit als Buchhändlerin, das habe ich Dir schon so oft erzählt. Außerdem habe ich doch gar keinen Mann.«

Kurz überlegte Marie, ob sie eine genauere Erklärung nachschieben sollte, denn die Buchhandlung war ihre Flucht gewesen, weg von einem großen Miteinander, in dem sie sich immer nur weiter verkantet hatte. Und ihre letzte große

Liebe hatte auch in einem Desaster geendet. Neustadt war ihr Rückzugsort geworden und die Buchhandlung schon lange ihr Zuhause, in dem sie sich sicher und geschützt fühlte. Ihre Jahre zuvor am Theater hatten sie zunehmend aufgewühlt, die Emotionen dort überfordert, das Lieben und das Hassen, das Wüten und das Freuen waren für sie irgendwann zu viel geworden. Dabei hatte sich das Theater schon während des Studiums als ihr Sehnsuchtsort etabliert.

12

An einem unverplanten Abend war Marie spontan alleine ins Stadttheater der kleinen Universitätsstadt gegangen, um sich eine Aufführung von *Till Eulenspiegel* anzusehen. Ihr Budget hatte nur für einen billigen Platz gereicht, in den Rängen ganz oben kostete die Karte für Studenten 2,50 Mark. Man konnte zwar kaum etwas sehen, aber das bunte Spektakel und die Heiterkeit, die das Stück ausstrahlte, hatten sich durch alle Zuschauerreihen bis zu ihr hinauf gewunden, einer Lunte gleich, die ausgelegt worden war, um Feuer zu entfachen. Völlig fasziniert hatte Marie das Schauspiel verfolgt und beschlossen, in irgendeiner Form bei diesem Theater mitzumachen. Am nächsten Tag hatte sie sich ein Herz gefasst, war zum Bühneneingang gegangen, der an sich für die Mitarbeiter des Theaters reserviert war, und durch das schwere Tor getreten.

An der inneren Pforte saß ein alter, griesgrämig dreinschauender Mann hinter einer Scheibe und las Zeitung. Völlig vertieft in seine Vormittagsroutine, die normalerweise wohl nur höchst selten gestört wurde, schaute er missbilligend auf, als Marie sich vor seiner Scheibe postierte. Widerstrebend hörte er sich an, was sie wollte, um dann mit einem schwachen Fingerzeig, der ihn sämtliche Kraft zu kosten schien, auf den Fahrstuhl rechts hinter Marie zu deuten und zu murmeln, den Kopf schon wieder in seine Lektüre versenkt, sie solle ins Betriebsbüro im dritten Stock gehen und da ihr Anliegen vortragen. Er wisse von nichts. Und schon verlangten wieder die Kurzmeldungen aus der Region seine ganze Aufmerksamkeit.

Betriebsbüro, Marie hatte keine Ahnung was das sein sollte, es klang respekteinflößend. Im dritten Stock gab es mehrere Türen. Eine von ihnen stand offen, Stimmen drangen heraus und Marie konnte eine große, dunkelhaarige Frau sehen, die mit dem Rücken zur Tür stand und offenbar dabei war, den anderen etwas zu erklären. Marie war im Türrahmen stehen geblieben, unsicher, was sie tun sollte. Sofort richteten sich alle Blicke auf sie und die Frau unterbrach ihren Redefluss, um zu sehen, was die Aufmerksamkeit der anderen von ihr abgezogen hatte. Verblüfft gewahrte sie Marie und fragte, ob sie ihr helfen könne. Es war schwer auszumachen, ob sie sich ärgerte, weil man sie gestört hatte, oder ob das leicht Unwirsche ihres Untertons daher rührte, dass sie eben dabei gewesen war, den Anwesenden eine Standpauke zu halten. Verlegen wiederholte Marie ihren Wunsch nach Mitarbeit im Theater. Annabelle Meier, die Intendantin, wie sich später herausstellte, bot ihr ohne Umschweife an, beim bevorstehenden jährlichen Theaterfestival mitzuarbeiten.

Begeistert sagte Marie zu und wurde wenige Wochen später ins kalte Wasser geworfen, in eine Welt, die ihr gänzlich neu war und so anders erschien als alles, was sie bisher in ihrem Leben kennengelernt hatte. Von allen Seiten schlug ihr freundliche Aufmerksamkeit entgegen, mit der sie nicht so recht umzugehen wusste. In ihrer eigenen Wahrnehmung stand Marie im Theater immer etwas abseits und fühlte sich doch am richtigen Ort. Hier gab es keine Konventionen, keine Spießigkeiten, die bürgerlichen Regeln waren außer Kraft gesetzt. Man war direkt, undiplomatisch, laut und launisch. Das emotionsgeladene Treiben faszinierte sie, die Überheblichkeit, das Poltern, die Sensibilität dieser Menschen. Gleichzeitig scheute sie zurück vor ihrer Hybris, ihrer Selbstbezogenheit, ihrer Verletzlichkeit, der sie auch selbst immer wieder zum Opfer fiel.

Nach dem Festival hatte sie bleiben dürfen, um während der Semesterferien jeweils andere Aufgaben wahrzunehmen. Bei einer Produktion im *Kleinen Haus* ließ man sie als Assistentin mitarbeiten. Der Regisseur, ein junger, gutaussehender Mann und berühmter Schauspieler an einem anderen wichtigen deutschen Theater, war gleichzeitig der Autor des Stücks und wurde von allen angehimmelt. Mit seinen langen Beinen durchschritt er morgens den Probenraum, huldvoll hier und da das Gespräch suchend, dort einen Scherz hinwerfend. Nur Marie bekam nichts von seiner Gunst zu spüren, er ließ sie völlig links liegen, schien sie gar nicht zu bemerken, was vielleicht damit zu tun hatte, dass sie sich am Anfang der Probenzeit geweigert hatte, für alle Kaffee in der Kantine zu holen. Sie war schließlich Regieassistentin und kein Servierfräulein. Einige der Schauspieler unterstützten sie in dieser Haltung, andere hielten sie dagegen für blasiert, der Regisseur letztlich wohl auch. Noch dazu gab es eine kokette, flirtkundige Bühnenbildassistentin, die bereitwillig in all die Breschen sprang, die Marie schlug. Conny war immer extravagant gekleidet, so dass ihr jeder sofort ansehen musste: Hier agierte jemand im Kunstsektor. Die Bühnenbildassistentin gehörte zum erlesenen Kreis von Produktionsbeteiligten, die Regisseur und Bühnenbildner gerne um sich scharten und die sie begleiten durften, wenn abends in der Bar um die Ecke noch etwas getrunken wurde. Auch sonst schien Conny den Avancen der beiden Hauptpersonen nicht abgeneigt zu sein. Marie konnte das nicht und ärgerte sich gleichzeitig darüber, dass sie bei diesem Spiel nicht mitmachen durfte. Schließlich ging es auf die Premiere zu, Endproben, Generalprobe. Marie konnte es kaum glauben, als der Regisseur ihr am letzten Probentag gönnerhaft zurief:

»So, und heute sitzt DU einmal zur Rechten Gottes und schreibst meine Kritikpunkte mit.«

Sie war verwirrt und stolz zugleich, diese wichtige Aufgabe übernehmen zu dürfen. Schnell nahm sie neben ihm am Regiepult Platz.

Die Probe begann, alles lief nach Plan, bis eine Stelle kam, wo die Hauptfigur, ein kleinwüchsiger Fallschirmspringer, der versehentlich auf einer Beerdigung gelandet war, eine große, schwarzgekleidete Witwe küssen sollte.

Der Regisseur war mit dieser Szene sichtlich unzufrieden, rutschte auf seinem Stuhl hin und her und raunte Marie schließlich scharf zu:

»Schrei mal ›Kuss‹!«

Oh nein, nicht auch noch diese Prüfung! Es war ihr unendlich peinlich, vom Zuschauerraum aus in die Kulisse hinein zu schreien. Aber, dachte sich Marie, er will wohl austesten, wie seine Akteure auf solche Zwischenrufe aus dem Publikum reagieren. Sie musste es tun, sonst hätte sie bei ihm endgültig verloren. Also nahm sie sich ein Herz und schrie aus Leibeskräften über ihre eigenen Beklemmung hinweg:

»Kuss!«

Die Schauspieler schauten sich verwirrt um, verstanden nicht ganz, was sich da gerade abspielte, und der Regisseur fasste sich an die Stirn und stöhnte laut auf. Statt Marie für ihren Wagemut zu loben, lachte er sie aus und rief donnernd:

»Du solltest das *schreiben*! *Schreib* Kuss habe ich gesagt, nicht schrei. Das darf ja wohl nicht wahr sein!«

Sie lief puterrot an, was den Regisseur noch mehr amüsierte. Erst als er merkte, dass Marie mit den Tränen kämpfte, legte er seinen Arm um sie und sagte besänftigend:

»Mein liebes hübsches Ding, da musst Du aber noch viel lernen. Am Theater muss man sich eine Elefantenhaut zulegen, sonst geht man kaputt. Komm', mach Dir nichts draus. Wenn es noch keine Elefantenhaut gibt, reicht auch eine gut gefüllte Zigarette.«

Und den Akteuren auf der Bühne rief er zu:

»Kurze Pause meine Lieben, Marie und ich müssen eine Zigarette rauchen, der Kuss hat uns zu sehr geschlaucht. 5 Minuten, dann geht's weiter.«

Unter dem Gelächter der Schauspieler führte er die immer noch zitternde Marie ins Foyer und zündete für sie eine Zigarette an. Marie wusste, dass er eine bestimmte Sorte schätzte, die er mit einigen eigenen Inhaltsstoffen anreicherte. Er hatte das mehrfach während der Proben zelebriert. Marie nahm die bereits angezündete Zigarette entgegen, und schweigend rauchten sie beide die Friedenspfeife, die Marie wohlig entspannte.

Nach der Premiere am nächsten Abend überreichte Marie ihrem Regisseur eine Zigarettenschachtel. In stundenlanger Feinarbeit hatte sie erst den gesamten Tabak aus den Zigaretten herausgebröselt, diesen mit Cannabis vermischt und mit großer Geduld mit einem Streichholz wieder fein säuberlich in die leeren Papierhüllen zurückgestopft, so dass die Schachtel nach außen aussah wie eine ganz gewöhnliche Zigarettenpackung, innen aber genau die Mischung aus Cannabis und Tabak enthielt, die er so liebte. – Erstaunt blickte er sie an:

»Du bist mir doch wirklich ein cleveres Mädchen, da habe ich Dir wohl lange Unrecht getan. Du siehst so wild aus und wirkst doch noch so langweilig und harmlos wie ein Schaf. Kannst Du mir verzeihen? Ich wünsche Dir viel Glück und vor allem wenige solche Idioten wie mich.«

Marie war selig gewesen über so viel Lob. In diesem Moment hatte sie beschlossen, diese Zauberwelt für immer zu der ihren zu machen, sobald sie ihr Studium abgeschlossen hätte. Und so hatte sie sich nach dem Studium naiv und unschuldig an einem der ersten Häuser der Republik beworben und war aus über 200 Bewerbern ausgewählt worden.

Sie konnte ihr Glück kaum fassen, auch wenn die Stadt im Ruhrgebiet nicht zu ihren Favoriten gehört hatte. Wie der Chef des Theaters immer zu sagen pflegte: »Hier kann man nur zwei Dinge tun, ins Theater gehen oder ins Fußballstadion.« Aber für Marie zählte nur, in dieser Welt angekommen zu sein. Am Stadttheater, das ihr die ersten Schritte ermöglicht hatte, spaltete sich die Belegschaft in solche, die sich ehrlich für sie freuten und ihr von Herzen gratulierten, und diejenigen, die vor Neid ganz grün im Gesicht wurden, weil die zurückhaltende Marie es geschafft hatte, im Tempel der Theaterkunst angenommen zu werden. Ausgerechnet sie. Conny war außer sich.

Im neuen Theater war alles noch extremer, die *Créme de la Créme* der deutschen Schauspieler und Regisseure gab sich die Klinke in die Hand, man war erfolgsverwöhnt und wusste selbstredend um seine herausragende Stellung im deutschen Theaterbetrieb. Schon nach der ersten Premiere, kurz nach Maries Ankunft, bei der sie noch gar nicht mitgewirkt hatte, gab es eine offizielle Vorstellungsrunde in der Kantine. Einige der Schauspieler zeigten ein deutliches Interesse an der neuen Dramaturgie-Assistentin, und ihr Büro wurde bald zum Treffpunkt gerade der jüngeren Leute im Haus, die sich gerne auf ihrem Sofa fläzten, sobald sie eine freie Minute hatten. Marie genoss es, im Mittelpunkt zu stehen.

Einer der großen alten Heroen des Schauspiels, der als Gast für ein Zwei-Personen-Stück von Thomas Bernhard engagiert worden war, hatte es sich zur lieben Gewohnheit gemacht, morgens pünktlich um neun in seinem Probenkostüm, einer langen Herrenunterwäsche in weißem Feinripp, bei Marie im Türrahmen zu stehen und höflich zu fragen, ob ein Platz frei sei. Seine stechend blauen Augen fixierten Marie dabei unverhohlen, was im krassen Gegensatz zu seinen vornehm gewählten Worten stand. Dann setzte er sich auf das alte Sofa, das an der linken Wand des Raumes stand und um die Zeit noch nicht von den Jungen belagert wurde, strich sich seine wirr um den Kopf stehenden spärlichen weißen Haare nach hinten, schälte einen Apfel und verzehrte genüsslich die einzelnen Schnitze, während er lustvoll kauend Maries Arbeit kommentierte.

Urs Jansen, einer der vier Direktoren, ließ sich ebenfalls oft bei ihr blicken, mit irgendeiner belanglosen Frage oder einem anderen Anliegen, und versprühte dabei all seinen Charme, der ihm den Ruf eingebracht hatte, dass er mit allen gut auskam, scharf in seinen Analysen und Kritiken war, aber trotzdem immer ausgleichend agierte, wenn die Emotionen überkochten. Ganz im Gegensatz zum Intendanten des Hauses, dessen Zornattacken die meisten fürchteten, vor allem, weil man nie wusste, wie seine Tagesverfassung war. Mal beschimpfte er das ganze Ensemble inklusive Technik und Assistenten wortreich und lautstark, dass alle den ganzen Tag über wie geprügelt durch die Gänge liefen. Mal war er so gut gelaunt, dass er für eine Aufführung, in der auf der Bühne festlich getafelt wurde, als Überraschung die Speisen vom benachbarten Feinschmeckerlokal kommen ließ.

Urs dagegen war locker, verbindlich, freundlich, aber auch er hatte manchmal schlechte Laune, die sich in beißendem Spott äußern konnte, was Marie innerlich versteinern ließ. Mit Zynismen oder Ironie umzugehen war ihr fremd und verunsicherte sie. Doch hier bemühte sich keiner, Gefühle zu verbergen. Aber meistens erlebte Marie Urs bester Dinge. Das Klackern seiner eisenbeschlagenen Stiefelabsätze untermalte seinen federnden Gang, so dass Marie ihn schon von Weitem kommen hörte. Beim Eintreten in ihr Büro lag meist ein spöttisches Lächeln auf seinen Lippen, das sie irritierte, doch seine Jungenhaftigkeit brachte die Distanz zwischen ihm als Direktor und der kleinen Assistentin schnell zum Schmelzen. Er konnte witzig sein, bisweilen süffisant. Marie brauchte einige Zeit, bis sie das eine vom anderen unterscheiden konnte. Und alles garnierte er mit lockeren Sprüchen, die abgenutzten Westernstiefel auf dem Tisch, Zigarette in der Hand, ob Spielplanbesprechung, Stückeauswahl oder Dienstplanverteilung. Er konnte begeistern, schwärmte von Inszenierungen, die er plante; in seine ellenlangen Ausführungen über Brecht streute er stets ein paar amouröse Liedzeilen ein, umgarnte Menschen mit Shakespeare-Zitaten; selbst wenn er sich abweisend zeigte, war dies durchdrungen von seiner Leidenschaft für gutes Theater und die Darstellung seiner eigenen Person.

Und selbst einige der älteren Schauspielerinnen, sonst eher argwöhnisch gegenüber weiblichen Neuzugängen, hatten Marie nach kurzer Zeit ins Herz geschlossen. »Ich segne

Dich, du schönes Geschöpf Gottes«, pflegte die langgestreckte Olga ihr immer entgegenzuschleudern, wenn sie Marie auf der Treppe oder in der Kantine traf, und zeichnete dabei mit der Hand kleine Kreuze in die Luft.

Neben ihrer Theaterwohnung eine Straße weiter war vorübergehend ein berühmter Dramatiker eingezogen, klein von Gestalt, immer im blauen Drillich-Jackett und mit einer Zigarre im Mund, schmale Augen hinter einer eckigen, schwarzen Brille, der sie am nächsten Abend gleich auf eine Portion Bratkartoffeln und ein Glas Bier zu sich einlud. Der berühmte Mann war zwar überzeugter DDR-Bürger, durfte aber aufgrund seiner Prominenz überall hinreisen, wo man ihn verpflichtete. Er stieß mit ihr auf gute Nachbarschaft an und erzählte ihr Geschichten aus den Weiten seines weltumspannenden Dramatiker-Daseins. Diese war ihm erst neulich passiert:

Zusammen mit einem weiteren berühmten amerikanischen Regisseur hatte er ein Werk mit dem vielsagenden Titel *Civil Wars* verfasst, das in fünf über die ganze Welt verstreuten Städten spielte, analog den fünf olympischen Ringen. Immer noch glucksend vor Lachen erzählte er, was ihnen widerfahren war, als er mit dem Amerikaner und der gemeinsamen Regieassistentin in deren altem, grasgrünem 2CV von Köln, wo sie probten, nach Holland gefahren war: An der Grenze waren sie bis auf die Haut gefilzt worden. Ein Texaner, ein Bürger der DDR und im Kofferraum ein Manifest mit der Überschrift *Civil Wars*, das hatte die Zollbeamten in Aufruhr versetzt.

Marie lauschte andächtig, staunte und lachte und fühlte sich besonders.

So lernte sie schnell alle Leute im und um das Theater kennen und fühlte sich bestätigt in ihrer Faszination für dieses bunte Treiben mitsamt seinen schrägen Vögeln, dieses Panoptikum an skurrilen Gestalten und Schöngeistern. Und sie gehörte dazu.

Abends ging sie mit den jungen Schauspielern in Kneipen, oder sie blieben noch länger in der Kantine. Sie trank Bier, aß Frikadellen und hörte die verrücktesten Geschichten, wobei sie gar nicht mehr lange überlegte, ob sie wahr waren oder erfunden. Schnell hatte sie sich an diese Art des schrankenlosen Umgangs gewöhnt, ja sie saugte sie auf wie ein Schwamm, der jahrelang auf dem Trockenen gelegen hatte. Wie gut, dass ihre Mutter das alles nicht mitbekam.

Immer noch war in Marie das Gefühl verankert, nicht so attraktiv zu sein wie andere Frauen, ungelenk und wohl wenig unterhaltsam. Das änderte sich an einem Nachmittag in der Theaterkantine.

Ein bekannter Kameramann und Regisseur war im Haus, weil eine der Theateraufführungen fürs Fernsehen verfilmt wurde. Alle arbeiteten konzentriert und angespannt, die Bühne war hermetisch abgeriegelt; Szene für Szene wurde dort abgedreht. Alle hatten größten Respekt vor dem Regisseur und bemühten sich nach Kräften, ihm die Arbeit zu erleichtern.

Während einer Drehpause ging Marie schnell in die Kantine, um mit dem Kameramann den Plan für den nächsten Tag zu besprechen. Bei ihm am Tisch saß der Produzent, und als sie zu den beiden trat, um ihre Frage zu stellen, kam er ihr zuvor, indem er sie provokant ansah und damit begann, mit seinem Gegenüber zu erörtern, ob diese Marie nun »hübsch« sei oder »schön«, als sei sie gar nicht anwesend. Als wären sie ganz unter sich, diskutierten die beiden die Eigenschaften der beiden Attribute und bezogen sich dabei eindeutig auf Marie, ohne sie jedoch in ihren Disput einzubeziehen. Sie hatten augenscheinlich große Freude daran, Marie so verwirrt zu sehen, die ihr Unbehagen nicht verbergen konnte und sich doch nicht traute, gegen das Herrengeschwätz aufzubegehren.

»Sie ist hübsch«, konstatierte der Kameramann, ein klassischer Künstler mit langen, dunklen, offenen Haaren, einem kastigen Pullover, weiten Hosen und einem bunten Schal um den Hals, »denn sie hat die Natürlichkeit und das offene Wesen, die man braucht, um hübsch zu sein.«

»Nein«, widersprach der Produzent, der aussah wie ein Verwaltungsbeamter, überkorrekt im Anzug mit passender Krawatte, Brille, ordentlich gekämmt und rasiert, »sie ist schön, denn ihre Gesichtszüge sind ebenmäßig, sie hat dieses ovale Gesicht mit den wunderbaren dunkelbraunen Augen, und das Ganze wird umrahmt von einer Haarpracht, wie ich sie selten gesehen habe.«

»Ja, das stimmt natürlich alles, aber schön ist mir zu abgeklärt, schön sind Mimen auf der Leinwand, perfekt, glatt, aber ohne jede Ausstrahlung. Sie aber hat einen besonderen Gesichtsausdruck, noch etwas Verschämtes, und gleichzeitig wirkt sie schamlos, ohne dass sie sich dafür anstrengen müsste.«

»Gut, da kann ich Dir Recht geben, aber Schönheit meint doch gerade das Ebenmäßige, Harmonische, das durch Charisma erst seinen Glanz bekommt.«

Marie fühlte sich wie unter Strom und wäre liebend gerne ganz schnell an ihren Schreibtisch verschwunden. Obwohl sie das Gerede der beiden über ihren Kopf hinweg als unangenehm empfand, waren ihre Worte doch Labsal für ihr naives Ego. *Bitte nicht*, ging es ihr durch den Kopf, und gleichzeitig: *Bitte nicht aufhören.*

»Na, meine Liebe«, beendete der Kameramann freundlich und endlich zu ihr gewandt den merkwürdigen Dialog, »Du siehst, wir können uns nicht einigen, ich finde Dich ganz schön hübsch und er findet Dich auf die hübscheste Weise schön. Fragen wir Urs, der da gerade hereinkommt.«

Marie senkte den Blick, als Urs, der ihr, obwohl knapp 20 Jahre älter als sie, in letzter Zeit immer besser gefiel, an den Tisch trat. Mit seiner schieren Körpergröße, den längeren blonden Haaren und dem Schnauzbart eines Walrosses, den er sich manchmal genüsslich nach oben strich, fiel er in jedem Raum sofort auf.

»Urs, was sagst Du: Matthias und ich haben gerade darüber diskutiert, ob Marie nun hübsch oder schön ist. Was meinst Du dazu?«, hatte ihm der Kameramann schon von Weitem zugerufen und ihn so an ihren Tisch gezogen.

»Nun«, erwiderte Urs langsam und strich sich dabei über seinen Schnauzbart, betrachtete Marie ausgiebig und unverhohlen, scannte genüsslich ihren ganzen Körper von oben bis unten, um dann, mit dem Blick direkt in ihre Augen, fortzufahren:

»Dieses hübsche und schöne Mädchen …« Er dehnte die Wörter über Gebühr, um dann nach einer Pause, in der alle gespannt auf die Vervollständigung des Satzes warteten, hinterherzuschieben: »… gehört vor allem mir!« Dabei grinste er sie an, als ob sie schon längst ein vertrautes Paar wären.

Während die beiden anderen Männer seine Antwort pfeifend und feixend zur Kenntnis nahmen, senkte Marie mit glühenden Wangen den Blick noch weiter, wenn das überhaupt möglich war, und fand keine passende Antwort. Schlagfertigkeit war nicht ihre Stärke.

»Ich liebe es, wenn Du rot wirst, meine kleine Prinzessin Morgenröte«, sagte Urs milde. »Du bist voller Elan dabei, tust alles für uns, machst Deine Arbeit richtig gut, alle mögen Dich und Du bekommst es gar nicht richtig mit.«

Mit einem dankbaren, stolzen Lächeln sah Marie ihn nun doch an und verwies hastig auf die Probe, zu der sie jetzt unbedingt wieder zurückmüsse. Draußen vor der Kantine juchzte sie lautlos auf; Urs mochte sie, vielleicht war es sogar mehr, alle mochten sie, sie war beliebt, sie wurde gesehen. Wie wunderbar.

Und Urs Jansen hatte tatsächlich Feuer gefangen. Immer öfter fand er Gründe, sie etwas für ihn erledigen zu lassen, zitierte sie in sein wohnzimmergroßes Büro, um ihr etwas zu erklären, etwas mit ihr zu redigieren oder zu begutachten. Mit der jovialen Haltung des Erfahrenen und Älteren fand er die rechte Zeit, um sie zu loben und zu kritisieren; er schmeichelte ihr, ließ sie warten. In seinem immer enger werdenden Netz aus Zuwendung und Abweisung zappelte sie wie ein Fisch, der nicht weiß, ob ihm der Tod droht oder die Freiheit im Meer. Marie hoffte auf das Meer, in das sie zusammen mit Urs gleiten würde.

Ein paar Wochen nach dem Kantinendisput kam er zu ihr ins Büro, schloss die Türe hinter sich, räusperte sich ein paar Mal, fuhr sich mit der Hand durch die Haare, bevor er leise, ja, fast verlegen fragte, ob sie Lust hätte, am Abend mit ihm zu einer Theaterpremiere in die benachbarte Stadt zu fahren. Marie willigte ein – und begann sofort unruhig zu werden.

Punkt 19.00 Uhr holte Urs sie am Theatereingang ab, es war ein warmer Septemberabend, und während der Fahrt plauderten sie über alles Mögliche. Urs schenkte ihr dabei immer wieder wohlwollende Seitenblicke, die Marie bemerkte, sehr genoss, aber tunlichst nicht erwiderte.

Nach der Aufführung traf man sich noch mit anderen Theaterleuten des Hauses, die Unterhaltungen drehten sich um das Gesehene, und auch Maries Meinung war gefragt. Irgendwann verließen Urs und sie gemeinsam das Restaurant und fuhren zurück. Urs parkte wie selbstverständlich vor seinem Haus und schlug ihr vor, nein, es war eher eine Anordnung, noch auf ein Glas mit zu ihm zu kommen.

Nervös stieg Marie hinter ihm die Treppe hoch und sah sich dann in seinem großzügigen Loft um. Noch nie hatte sie eine solche Wohnung gesehen. Urs verstand es, die richtige Stimmung zu erzeugen. Nachdem er ihr ein Glas Rotwein in die Hand gedrückt hatte, legte er eine Schallplatte von Jaques Brel auf, erzählte ihr begeistert von dem belgischen Chansonnier, den Marie nicht kannte, übersetzte ihr die Liedtexte, sang Lieder wie *Ne me quitte pas* vieldeutig und inbrünstig mit, bis er nach einer Weile ganz beiläufig fragte, was sie denn gerne zum Frühstück esse.

Das ganze Programm war allzu durchschaubar, aber Marie ließ sich nur zu gerne überreden, die Nacht bei ihm zu verbringen. Selig sank sie ihm in die ausgebreiteten Arme und bemerkte am Rande, dass sich seine Haut schlaff anfühlte, spannungsarm, irgendwie alt.

»Geh schon mal vor, ich komme gleich«, flüsterte Urs ihr ins Ohr und zeigte auf die Galerie, auf der sein Schlafbereich lag. Sie erklomm die wenigen Stufen und schaute sich um. Ein großes Bett zentriert auf der Empore. Vor einem breiten Fenster mit Blick auf einen wild bewachsenen Garten ein leichtfüßiger Schreibtisch mit Übersetzungsarbeiten zu Shakespeare-Sonetten. Urs arbeitete, wie sie wusste, an einem Theaterabend über Shakespeare. Sie wollte ihn dazu später etwas fragen, aber zunächst hatte sie es eilig, sich auszuziehen, bevor er dazukam, unsicher, glücklich, verlegen. Sie versteckte sich unter der Bettdecke, ein dunkelrotes Muster auf weißem Grund, so dass nur ihr Gesicht und die dunkelroten Haare rausschauten.

Als Urs endlich zu ihr kam, sagte er lächelnd:

»Siehst Du, wie gut Du hier hineinpasst? Schon aus ästhetischen Gründen.«

Dann stieg er zu ihr unter die Bettdecke, schlug sie aber gleich beiseite, so dass Marie schutzlos neben ihm lag, nackt und angespannt. Urs nahm sie in seine Arme und ließ ihr kaum Zeit, sich bei ihm und mit ihm zu akklimatisieren. Er küsste sie fordernd, als sei die Zeit knapp, und dirigierte sie in die ihm genehmen Positionen. Marie hätte Zeit gebraucht, viel Zeit, und jetzt hatte sie große Angst, dass er sie fallenlassen würde, weil sie seinen Erwartungen nicht entsprach. Sie blieb über Nacht bei ihm, fühlte sich aber neben ihm einsam und ungelenk. Am nächsten Morgen saßen sie schweigend am Frühstückstisch, Marie zerknirscht und enttäuscht, Urs verkatert und unausgeschlafen. Trotzdem folgte ihm Marie immer wieder, wenn Urs sie rief oder zu sich bat, oder besser: einbestellte.

Im Theater ließ er sie in der Folge öfter links liegen, wodurch sie sich gedemütigt fühlte, ließ sie spüren, wer der Chef im Haus war und dass sie sich nach ihm zu richten hatte. Hilflos ließ sie es geschehen, hielt sich an dem Glauben fest, dass Liebe daraus erwachsen könnte, wenn sie nur hingebungsvoll genug erschiene. Wenn er gute Laune hatte, durfte sie auf ihn zugehen, durfte die Initiative ergreifen, wenn nicht, war klar, dass sie auf ein Zeichen von ihm warten musste, das sie manchmal sogar erst nachts per Telefon erreichte, egal ob es um einen Besuch bei ihm, ein gemeinsames Essen oder eine sonstige Verabredung ging. Einige Monate lang ließ Marie zu, dass er dieses Spiel mit ihr spielte; sie wurde übellaunig, unkonzentriert, traurig und abhängig. Doch allmählich wuchs die Wut in ihr über Urs' Verhalten.

Es war Ende Dezember geworden und für Silvester war sie auf eine große Party eingeladen worden, zu der sie gerne gehen wollte. Aber auch Urs wollte den Silvesterabend mit ihr verbringen, nur mit ihr. Marie ging wie verabredet zu ihm, trank mit ihm, aß mit ihm, doch als er schließlich mit ihr ins Bett wollte, nahm sie all ihren Mut zusammen und eröffnete ihm, dass sie noch anderweitig verabredet sei und heute Abend nicht bei ihm bleiben könne. Dass sie überhaupt keinen Abend und keine Nacht mehr mit ihm verbringen würde. Urs fiel aus allen Wolken, erst bettelte und flehte er; als das nichts half, wurde er aggressiv und schimpfte lautstark, dass sie es noch bereuen würde, wenn er seine schützende Hand nicht mehr über sie hielte.

Marie ließ das Gepolter über sich ergehen. Ihr war klar, dass sie im Theater von nun an die Hölle erwartete. Während sein Zorn über ihre Anmaßung, ihm Widerstand zu leisten, und seine Enttäuschung über die missglückte Abendplanung sich an ihr entluden wie ein Wolkenbruch, überlegte sie bereits, wie sie vorzeitig aus ihrem Vertrag herauskäme, denn das würde sie nicht lange aushalten. Jeder im Haus wusste, wie schnell bei Urs Zuneigung in Aggression umschlagen konnte; einige hatten sie gewarnt. Wenn er sich an die Wand gedrückt fühlte, blies er zum Gegenangriff, biss, kratzte und schlug um sich, ohne sich darum zu kümmern, ob sein Verhalten noch im Verhältnis zum vermeintlichen Vergehen des anderen stand. Er würde sie schikanieren, ihr immer auch in Gegenwart von anderen zu verstehen geben, wie unwichtig und klein sie war, aber Marie war nicht bereit, das zu ertragen. Erstaunlich ruhig ließ sie das donnernde Unwetter über sich ergehen, ließ die Beschimpfungen wie von einer Neoprenschicht an sich abperlen und hatte, während er noch immer laut krakelte und brüllte, bereits einen endgültigen Strich unter dieses Kapitel gezogen.

Die zarten Pflänzchen Unabhängigkeit und Lebenslust, die trotz der vielen Querelen während dieser intensiven Theaterzeit in ihr Wurzeln geschlagen hatten, waren nicht mehr auszurotten gewesen. Wenige Tage darauf hatte sie vorzeitig ihren Vertrag gekündigt und beschlossen, woanders neu anzufangen. Sie war zurückgezogen in den Südwesten der Republik, nach Neustadt, und hatte dort einige Monate später eine Stelle als Buchhändlerin in der *Lesestube* gefunden. Annemarie Schüblein hatte nach einer literarisch begeisterten Mitarbeiterin gesucht, die einmal ihre Nachfolge antreten könnte, und Marie passte genau in ihre Erwartungen.

13

All die Geschichten und Verletzungen, die Maries Leben flankierten, würden jetzt sowieso nicht mehr zu der alten Frau durchdringen, die da vor ihr fast in ihrem Kissen verschwand, sich aber dennoch immer mehr in ihren Zorn hineingesteigert hatte.

»Ein Mann an Deiner Seite, phh, das wäre ja auch ein armer Kerl!« Finster starrte die Mutter vor sich auf die Decke.

»Ach, und wieso wäre ein Mann an meiner Seite ein armer Kerl?«

Marie konnte sich nicht zurückhalten, auch wenn die Vernunft ihr überlaut zurief, sie solle einfach still sein, aber sie schaffte es nicht, die Wut über sich selbst, ihren Besuch, die Mutter, all das Schwierige runterzuschlucken. Sie versuchte wenigstens nicht laut zu werden, doch dadurch formten sich ihre Worte zu einem Zischen, das fast noch schlimmer war:

»Hast Du dich schon mal gefragt, warum ich alleine lebe? Ob Du vielleicht irgendetwas damit zu tun hast? Du und Deine Eifersucht auf Vater, auf mich, auf alles, wo Du nicht im Mittelpunkt gestanden hast? Und welche Rolle ich überhaupt in Deinem Leben gespielt habe? Die Rolle eines lästigen Anhängsels, das man nach Deinen verqueren Vorstellungen zurechtbiegen musste. Was weißt du überhaupt von mir?«

Marie hatte sich wie die Mutter in Rage geredet, stand völlig neben sich, konnte nicht mehr aufhören und wusste doch, dass auch dieser Streit nur im gegenseitigen Grollen verpuffen würde, ohne Ergebnisse, ohne Lösungen, so wie immer, wenn es zwischen ihnen geknallt hatte. Warum ließ sie sich so schnell provozieren und immer in diese uralten, längst überholten Muster zurückfallen?

»Ich, ich, ich. Immer das Gleiche mit Dir! Du kennst doch die Geschichte vom Zicklein, das auch einen langen Schwanz haben wollte. Und was hat es bekommen? Sooo ein kleines Stummelschwänzchen«, und mit den Fingern zeigte sie zitternd eine Größe von 3 Zentimetern an. Marie hatte diese Geschichte wohl schon hunderttausend Mal gehört.

»Was soll das denn jetzt alles, Mutter, warum bist Du so böse mit mir?«, fragte sie verzagt, in dem Versuch, sich selbst und die Mutter zu beruhigen.

»Böse? Ich habe den Herrgott geehrt und getan, was sich gehört. Und Du? Du nimmst dir alle Freiheiten heraus, ob das jemanden stört oder nicht.«

»Ich bin den weiten Weg hierher gefahren, um Dir einen Gefallen zu tun. Und jetzt schimpfst Du mit mir für nichts und wieder nichts. Das brauche ich nicht, da kann ich genauso gut wieder fahren. Schade, ich hatte gedacht, wir könnten uns aussöhnen.«

»Aussöhnen? Worüber? Allein gelassen habt Ihr mich hier, abgeschoben, kaltgestellt, und das soll ich Dir verzeihen? So einfach geht das nicht. Und ich sage Dir, das sieht der liebe Gott nicht gerne.«

Oh nein, nicht auch noch diese Leier. Marie war bedient, es hatte offensichtlich keinen Zweck, noch länger hier zu bleiben, nur um sich derart anherrschen zu lassen. Die Mutter hatte sich in einen Grad der Tonlosigkeit hineingewütet, dass Marie nur noch ahnen konnte, was sie sagte. Aber das, was sie verstanden hatte, genügte ihr. Die Mutter schimpfte lautlos weiter, ihr Gebrabbel wurde immer unverständlicher; irgendwann sprach sie nur noch zu sich selbst, bis sie schließlich mit einem mürrischen Ausdruck auf dem Gesicht einfach wegdämmerte.

Marie nahm ihre Sachen, blickte noch einmal auf das, was von ihrer Mutter übriggeblieben war, und verließ das Zimmer, den Impuls unterdrückend, die Türe hinter sich zuzuknallen; statt dessen zog sie sie bewusst leise ins Schloss. Der Flur war menschenleer, aus einigen geöffneten Zimmern drangen undefinierbare Laute, die Marie auch nicht näher zuordnen wollte. Sie atmete einmal tief durch und lief mit schnellen Schritten auf das Treppenhaus zu. Nichts wie raus aus diesem morbiden Haus, schnell an die frische Luft, den ganzen Ärger vergessen und sich draußen wieder lebendig fühlen!

»Frau Hagen, darf ich Sie ganz kurz sprechen?«

Marie stoppte widerwillig, denn sie wollte hier an sich keine Sekunde länger bleiben. Es war die ältere Stationsschwester, die aus der Küche kam und sich ihr in den Weg stellte.

»Frau Hagen«, begann sie mit leicht gesenkter Stimme, die trotzdem erstaunlich viel Nachdruck hatte, »wir haben hier einen Karton mit einigen privaten Sachen ihrer Mutter: Tagebücher, Zettel, Notizen, kleine Schriften und ein Packen Briefe, solche Dinge. Sie wird es nicht mehr lange schaffen. Wollen Sie diese Sachen nicht schon einmal an sich nehmen?«

Den Kopf leicht schräg und mit einem aufmunternden, bittenden Lächeln hielt sie ihr mit ausgestreckten Armen einen kleinen Karton entgegen, der an den Seiten schon leicht eingerissen war und durch ein Gummiband zusammengehalten wurde. Marie war das unangenehm, sie fühlte sich in ihrem eiligen Aufbruch ertappt, wollte sich nicht rechtfertigen, wollte keine Erklärungen abgeben, wollte keine Sachen von ihrer Mutter, wollte einfach nur weg. Doch sie traute sich nicht, dem freundlichen Blick der Schwester mit Abweisung zu begegnen, also nahm sie den Karton zögerlich an sich, murmelte ein paar Worte, die so viel bedeuten sollten wie *danke, ich muss jetzt los, ich komme morgen wieder* – und wollte davoneilen. Doch die Schwester hielt sie unerwartet behände am Arm fest, nicht mit Kraft, sondern mit einer subtilen Intensität, der Marie sich nicht entziehen konnte.

»Ja, kommen Sie morgen wieder, Ihre Mutter spürt Ihre Nähe, auch wenn sie nicht immer so reagiert.« Fast flüsternd fügte sie noch eindringlicher hinzu: »Bitte, es ist das Letzte, was Sie für Ihre Mutter tun können.«

Marie war überrascht, dass diese Pflegerin sich so für ihre Mutter einsetzte. Wahrscheinlich lag den Schwestern wirklich etwas an den alten Leuten, die sie hier versorgten und deren langsamen Abschied sie begleiteten. Wie oft hatten sie es wohl mit Angehörigen wie Marie zu tun, die nur aus Pflichtgefühl kamen, die enttäuscht waren von ihrem lange vor sich hergeschobenen Besuch, von dem sie gedacht hatten, er würde die alten Wunden heilen, vor allem die eigenen. Aber die Alten schwebten schon zwischen den Welten, waren nur noch bedingt ansprechbar, fielen ihnen nicht um den Hals vor lauter Dankbarkeit, waren verwirrt, zornig, müde oder schlicht desinteressiert. Gleichzeitig machte sich bei Marie ein Gefühl breit, das sie nur allzu gut kannte und deshalb so hasste: Der Klumpen in ihrem Magen begann zu wachsen und immer mehr Platz einzunehmen, erschwerte ihr das Atmen und drückte ihr von innen auf die Brust. Sie wusste genau, was das war: Schuld, sie fühlte sich schuldig, mal wieder. Eindringlich versuchte die *Muhme Angst*, die sich unbemerkt hinter der Schwester aufgebaut hatte, Marie in das dunkle Zimmer der Mutter zurück zu dirigieren. *Vielleicht starb sie gerade in diesem Moment, vielleicht hätte sie so gerne noch einmal ihre Tochter gesehen, vielleicht wäre sie froh, wenn jemand an ihrer Seite wäre auf diesem letzten Weg.* Kurz verspürte Marie den Drang, tatsächlich zurück zu laufen, um sich zu vergewissern, dass ihre Mutter noch nicht im Sterben lag, doch sie wusste ja, in welchem Zustand sie die alte Frau zurückgelassen hatte. Jetzt waren die Pflegerinnen für sie verantwortlich, sie durfte gehen. Morgen würde sie es erneut probieren, das war sie sich und der Situation schuldig, sie war doch extra dafür hierhergekommen. Die *Muhme Angst* schüttelte ärgerlich den Kopf und verdrehte die Augen ob so viel Eigenmächtigkeit. Marie sah einfach nicht hin.

Die Schwester hatte sie losgelassen und schien auf eine Antwort zu warten. Marie nickte ihr vage zu, nahm den Karton unter den Arm und eilte ins Erdgeschoss. Wieder stieg ihr dieser eigenartige Geruch in die Nase, der jetzt noch ergänzt wurde durch eine Prise Pfefferminz, weil in der Küche Tee gekocht wurde. Marie stemmte die schwere Tür nach draußen auf und bekam endlich wieder Luft, als diese sanft hinter ihr zufiel, abgedämpft durch ein dickes Lederkissen, so dass sie nicht ins Schloss fallen konnte und ein winziger, senkrechter Spalt offen blieb. Wie ein Locken, eine Aufforderung, die Unterwelt doch nicht zu verlassen. Vielleicht war es auch der perfide Versuch, durchlässig zu bleiben, keine Grenze zu ziehen zwischen dem Innen und dem Außen. Dabei lagen Welten dazwischen, nur getrennt durch diesen kleinen Spalt. Marie schüttelte sich. Der Steinmann an der Bushaltestelle schaute noch immer mit der Hand über den Augen zu einem der Fenster hinauf. Das Fenster ihrer Mutter war es nicht.

Abrupt riss sie sich von ihren Gedanken los und lief hastig in Richtung Hotel. Hinter dem Dom ging langsam die Sonne unter, eine angenehme Frische war heraufgezogen und die Straßen leerten sich allmählich. Es war Abendessenszeit. Sie hatte Hunger und überlegte, wo sie noch etwas essen könnte, ohne sich in eines der zahlreichen Lokale zu setzen, die um diese Uhrzeit sowieso mit Pilgergruppen angefüllt sein würden.

Das hatte sie schon früher erstaunt: wie präzise das System Wallfahrt jeden Tag aufs Neue funktionierte und seine Besucher vor sich hertrieb. Ankunft mit dem Bus oder zu Fuß, Prozession, Messe, Butterbrote auf einer Bank, Kreuzweg, für die Genusssüchtigen Kaffee und Kuchen, erneut Andacht, Kapelle und dann zum gemütlichen Teil in die Hotels und Restaurants, danach eventuell noch ein Fackelumzug – und am nächsten Tag das Ganze von vorne. Kurzes Überschneiden der abfahrenden und ankommenden Busse, temporäres Gewusel, Chaos, baldige Ordnung – und neue Menschen fügten sich ins Schema.

Marie beschloss, einfach ein paar Meter die Hauptstraße hochzugehen und sich in *Kööps* Imbissbude etwas zu holen. Der Gedanke an Pommes Frites mit Mayo und Ketchup, vielleicht sogar noch eine Currywurst dazu, beflügelte sie, so dass sie beschwingt ihrem Abendessen entgegeneilte. Vor lauter Vorfreude auf die lange nicht mehr genossene Mahlzeit lief ihr das Wasser im Munde zusammen.

Kööp hantierte gewohnt routiniert und schweigsam mit seinen Sieben herum, füllte sie mit rohen Kartoffelstäbchen und tauchte sie in das brodelnde Fett. Er schnitt die Currywurst klein, träufelte Sauce darüber, packte alles zusammen auf ein großes Pappschälchen, quetschte mit einem glucksenden Geräusch je einen Klecks aus der Mayonnaise- und danach aus der Ketchupflasche darüber und reichte ihr das Bestellte über die Theke, ohne dabei eine Miene zu verziehen. Natürlich erkannte er sie nicht mehr, warum auch?

Marie bezahlte und trug alles an einen der Stehtische vor dem Imbiss, vorsichtig darauf bedacht, dass nichts runterfiel. Es schmeckte fast so gut wie früher auf der Fensterbank, aber die kindliche Siegerlaune, die zu Anfang in ihr aufstieg, während sie die ersten Fritten mit den Fingern in die Mayonnaise tauchte und genüsslich in den Mund schob, ließ bald nach und wich einem immer schaler werdenden Gefühl. Sie kam sich erbärmlich vor. Das fette Zeugs gehörte doch schon lange nicht mehr zu ihren Lieblingsspeisen. Sie fühlte sich ertappt wie die kleine, dicke Marie, die heimlich am Süßigkeitenschrank der Mutter gestanden und genascht hatte. Manchmal hatte die Mutter den Schlüssel nicht gut genug versteckt und Marie hatte sich in einem unbemerkten Moment an all den herrlichen Dingen bedient, sie in sich hinein gestopft, bis nichts mehr hineingepasst hatte. Wenn sie sich dann übergeben musste, stand die Mutter mitleidlos daneben und beklagte nur wortreich ihre Gier.

Missmutig starrte sie auf die Pommes in ihrer dicken, weiß-rot-braunen Sauce. Diese Kleinstadt, diese Straßen, diese Erlebnisse, diese Jugendjahre lagen zentnerschwer auf ihrer Seele und verdarben alles. Wieviel Sehnsucht nach schönen, freudigen Erinnerungen versuchte sie hier gerade in Mayonnaise zu ertränken? Sie ließ einen großen Rest auf dem Schälchen zurück und warf es dann wütend in den überdimensionierten Mülleimer.

14

Im Hotelzimmer schlug ihr die angestaute Tageshitze entgegen. Es war stickig, die Wärme hatte das Holz von Bett und Schrank so aufgeladen, dass man ihr Alter riechen konnte. Die Möbel schienen mit ihren trocken-staubigen Ausdünstungen Geschichten erzählen zu wollen, Geschichten von all den Menschen, die in diesem Bett geschlafen, in diesem Schrank ihre Kleidung aufgehängt und in dieser Kommode ihre wichtigen Dinge aufbewahrt hatten. Marie wollte diese Geschichten nicht hören und öffnete beide Fensterflügel. Ein leichter Wind strich ihr übers Gesicht und bewegte die bodenlangen Vorhänge sanft hin und her. Auf der Straße unter ihrem Fenster war es ruhig geworden, die meisten Pilger waren irgendwo eingekehrt, stopften stumm ihre Mahlzeiten in sich hinein oder plapperten, sich in Lautstärke und Tonfall gegenseitig überbietend, über das Erlebte des Tages. Am Horizont sah man noch ein paar rosafarbene Schlieren von der untergehenden Sonne. Erst in etwa einer Stunde würde sich das Bild noch einmal ändern, wenn die Lichterprozessionen zur Kapelle zogen. Marie erinnerte sich daran, dass das in der Josefsburger Wallfahrtszeit immer dienstags, donnerstags und samstags auf dem Programm stand. Heute war Dienstag. Eine Tradition, die ihr früher gut gefallen hatte: die vielen Pilgergruppen, die ihre Lampions entzündeten, Marienlieder sangen und in der zunehmenden Dunkelheit etwas schwerfällig und müde ihrem Zug folgten. Das hatte nichts mehr mit dem lauten Treiben des Tages zu tun. Das Schleppende des abendlichen Umherziehens hatte sie immer an mittelalterliche Mönche erinnert, die in langen Kutten und mit Pechfackeln ihren Weg suchten. Die Hektik des Tagesgeschehens war von den Pilgern abgefallen, kein begleitender Priester, der ihren Gesang anheizte, kein lautes Beten, eher ein meditativer Spaziergang. Am Ende legten sie ihre mitgebrachten Kerzen, Gedenktafeln und Figuren, die als Geschenke in Josefsburg bleiben sollten, vor der Gnadenkapelle ab.

Wenn die Lichterprozessionen dann vorbei waren, huschten aus dem gegenüberliegenden Priesterhaus einige Patres, die dort schon gewartet hatten, und schleppten unter leisen Flüchen alles Dargebrachte von der Gnadenkapelle in die angrenzende Kerzenkapelle. Und jeden Tag in aller Herrgottsfrühe sorgten sie dort für neuen Platz, indem sie die alten, unansehnlich gewordenen Prozessionsgeschenke in den verwinkelten Keller des Priesterhauses räumten. Hier stapelte sich alles wild durcheinander bis zu dem gefürchteten Tag im November, an dem das große Aufräumen begann.

Marie hatte früher den Sommer auch deswegen geliebt, weil sie hin und wieder abends, nach dem Fackelverkauf am Eingang des Geschäfts der Mutter, hatte mitgehen dürfen, um beim Spektakel zuzusehen. Dann hatte sie sich immer eingebildet, genau ihre Fackeln wiederzuerkennen. Manche waren aus buntem Aluminium und sahen aus wie kleine Glasfenster. Andere, rund und aus Papier, trugen Marienmotive. Die Aluminium-Fackeln waren teurer und sahen besonders hübsch aus, wenn man die Kerzen darin entzündete. Sie hatte meist zwischen ihren Eltern am Rande des großen Kapellenplatzes gestanden, die linke Hand in der des Vaters, die rechte in der der Mutter, die Luft war weich und mild und ein ganz klein bisschen frisch, es roch nach Weihrauch, und wäre es nicht so warm gewesen, hätte man denken können, St. Martin sei schon auf dem Weg. Doch der brauchte den dichten November-Nebel, um nach dem Umzug, der in Josefsburg immer ein großes Fest war, wieder in den Himmel aufzusteigen. Verdeckt durch ein großes Feuerwerk über dem Rathaus, verschwand am Ende des Zuges dahinter der heilige Mann. Aber zuvor hatte ihr Vater sie oft auf den Arm genommen und St. Martin entgegengehalten, der im vollen Ornat des Bischofs von Tour auf einem prächtigen Schimmel ritt. Der hatte dann in seinen großen Sack gegriffen, Marie milde zugelächelt und ihr mit seinen weiß behandschuhten Fingern ein Lebkuchenplätzchen gereicht. Wie stolz und auserwählt hatte sie sich da gefühlt.

Marie nahm das Fernsehprogramm zur Hand, überflog die Seiten und stellte fest, dass es da nichts gab, was sie interessierte. Sie schaute auf die Uhr, der Fackelumzug begann erst gegen 21.00 Uhr. Gleichgültig blickte sie sich in ihrem Zimmer um, ging kurz ins Bad, setzte sich wieder in den großen Ohrensessel mit der fadenscheinigen Sitzfläche und stieß dabei mit dem Fuß an den mitgebrachten Karton, den sie beim Reinkommen achtlos auf dem Boden abgestellt hatte. Sie hob ihn hoch, setzte sich die zerschlissene Pappe auf die Knie und versuchte, das Gummiband abzuziehen, das den Deckel mit seinem Unterteil verband. Der Gummi war schon so porös, dass er dabei zersprang. Vorsichtig nahm sie den Deckel ab.

Oben auf lagen einige Büchlein, die sie schon kannte, denn ihr Vater hatte seinerzeit für ihre Mutter Gedichte geschrieben, seine Art der Annäherung in der langen Zeit ihres Kennenlernens. Die hatte ihre Mutter nach Vaters Tod alle abgetippt und in einige schmale Büchlein binden lassen. Darunter gab es ein paar alte Kladden, am Heftrücken ausgefranst und mit Eselsohren am Einband, aber sorgfältig mit Tinte beschriftet, die mit den Jahren verblichen war. Sicher so etwas wie Tagebücher. Sie hatte ihre Mutter allerdings nie Tagebuch schreiben sehen. Nach den Jahreszahlen zu urteilen stammten sie aus einer Zeit vor Maries Geburt. Einen Stapel mit Briefen legte sie erstmal beiseite. Er war fein säuberlich mit einem roten Band umschnürt und sah aus wie ein Geschenk, das nie geöffnet worden war. Darunter kamen eine Menge alter Fotos zum Vorschein, aufgenommen wohl in den 30er, 40er und 50er Jahren. Sie erkannte darauf ihren Vater, die Mutter, eine hübsche junge Frau mit einem feinen Gesicht, schmalen, aber schön geschwungenen Lippen, dunklen Augen und lockigen, zu einem Dutt frisierten Haaren. Der Vater in Uniform, den Mund zu einem schiefen Lächeln verzogen, adrett salutierend. Schwarz-Weiß-Fotos mit ihrer typischen gezackten, weißen Umrandung. Die Großeltern mütterlicherseits, die lange vor Maries Geburt gestorben waren: eine kleine, hagere Frau mit frommem Gesichtsausdruck, die angestrengt und etwas genervt in die Kamera schaute, gekleidet in ein einfaches, hochgeschlossenes Kleid, um das sie eine Schürze gebunden hatte. Daneben ein mächtiger, aber freundlich dreinschauender Mann mit großem, gezwirbeltem Schnauzbart und kahlem Kopf. Alles an ihm war groß: seine Statur, der Bauch, die Weste, die Taschenuhr, die an einer Kette hing. Nur die Augen waren klein, verschwanden fast in seinem dicklichen Gesicht und hatten sich vom vielen Lachen zu schmalen Schlitzen verengt, die von den Wangen darunter gestützt zu werden schienen. *Oma Bernhardine und Opa August van Leuwen*, so hatte Marie sie zu nennen gelernt.

Die Großeltern väterlicherseits, das nächste Bild; auch diese beiden hatte Marie nicht mehr kennengelernt und nur ihre Bezeichnung *Großpapa und Großmama* übernommen. Etwas gestelzt war ihr das über die Lippen gekommen, aber die Mutter hatte darauf bestanden, um die beiden Paare sprachlich auseinanderzuhalten: *Opa und Oma* war weich, *Großpapa und Großmama* zeugte von Respekt und Abstand. Damit einher ging auch eine Typisierung ihrer Herkunft, das hatte in diesen Bezeichnungen immer mitgeschwungen: Oma Bernhardine hatte ihr Leben nur mit Arbeit verbracht, 11 Kindern das Leben geschenkt, ein Hotel geführt, für alle gekocht und gesorgt, zwei Kriege überstanden, zu viele Kinder an den frühen Tod verloren. Opa August hatte die Schreinerei im hinteren Teil des Hauses unterhalten, die in Winterzeiten ohne Hotelgäste den Lebensunterhalt der großen Familie alleine hatte erwirtschaften müssen. Im Ersten Weltkrieg hatte er noch selbst als Soldat kämpfen müssen. Von dort hatte er seiner Jüngsten, Elsje, von deren Geburt ihm an die Front berichtet worden war, eine Puppe mitgebracht, in langen, kalten Nächten im Lager mit einem stumpfen Messer geschnitzt, um sich auf diese Weise zu seiner Familie phantasieren zu können. Ein klobiges Holzkind war es geworden, dem Elsje ihre ganze Liebe geschenkt hatte, was sie Marie immer und immer wieder erzählt hatte. Bis zu dem Drama, verursacht von zweien ihrer Brüder: Erst hatten sie die Holzpuppe angesengt und dann in einer Zigarrenkiste in ein eigens dafür ausgehobenes Loch gelegt, um ihre kleine Schwester Elsje danach zu einem besonderen Spiel zu locken: einem Beerdigungsspiel. Niemals hatte sie diesen Schmerz vergessen können, ihre schöne, über alles geliebte Puppe, verkohlt und mit Dreck beschmutzt. Die Brüder hatten dafür vom Vater eine gehörige Tracht Prügel kassiert und die kleine Elsje hatte ihre dem Tod entronnene Puppe daraufhin nur noch mehr geliebt. Den Zweiten Weltkrieg hatte Opa August in seinem Heimatort überstanden und war kurz nach Ende des Schreckens gestorben.

Marie betrachtete lange das schon leicht vergilbte Foto von Großpapa und Großmama. Zu ihnen gab es nur wenige Geschichten, sie kannte nicht einmal ihre Vornamen. Der Vater war zu früh gestorben, um ihr all die Geheimnisse seiner Kindheit zu erzählen. Was sie wusste, hatte die Mutter ihr erzählt, und das war von Strenge und Unterdrückung geprägt. Großpapa und Großmama waren Städter gewesen, hatten in Krefeld gelebt; schon darin lag ein diffuser Klang von Bourgeoisie, Fortschritt und gehobenem Lebensstil, den die kleine Marie durchaus wahrgenommen und als Unterscheidung zum Status des anderen Großelternpaars aus der Kleinstadt auf dem Land vermerkt hatte. Großpapa war Seidenfabrikant gewesen, ein gottesfürchtiger Mann mit ehernem Pflichtgefühl und einer großen Affinität zum Kaiser und zum Großbürgertum, dem er sich nur am Rande zugehörig fühlen durfte. Ein Kratzen am Großen und Bürgerlichen, doch seine Herkunft aus Flandern hatte die meisten Türen der gehobenen Gesellschaft für ihn geschlossen gehalten. Großmama, die seinen Eintritt in die Krefelder Bürgerschaft bedeutet hatte, war eine lebensfrohe, schöne Frau mit übergroßen Hüten und einer weichen Figur gewesen, die verriet, dass sie gerne Kuchen aß und am liebsten in Cafés herumsaß. Marie hätte gerne mehr über sie erfahren, sie fühlte sich dieser mondänen Frau auf dem Foto, die sie so großzügig anzuschauen schien, sehr nahe. Der sinnliche Mund, die vielen Ketten um den Hals, die Finger in Spitzenhandschuhen auf dem Schoß liegend – sie war das genaue Gegenteil von Oma Bernhardine, die dagegen so verhärmt, so ausgezehrt wirkte. Diese Dame, auf die das Wort *Dame* wirklich zutraf, hatte augenscheinlich ein leichteres Leben führen dürfen.

Übervorsichtig war sie wohl gewesen, empfindsam, ängstlich um ihre drei Söhne besorgt. Behüten, verhätscheln, ihre jeweiligen Eigenheiten ignorieren, alles Schwere von ihnen fernhalten, ihren Lebensweg vorzeichnen, sie eng an sich binden, das war ihr Lebensinhalt gewesen. Besonders ihr Jüngster, Maries Vater, der lange kränklich gewesen war, hatte ihre ganze Fürsorge aushalten müssen. »Die Mutter ist eine warme Milch, aber eine, in der man ertrinkt.« Dieser Satz aus Heinar Kipphardts Erzählung *März* fiel Marie ein, als sie Großmama auf dem Bild betrachtete und sich daran erinnerte, was man ihr über sie erzählt hatte. Großpapa hatte gut verdient und sich eine Haushälterin leisten können, die Großmama alle Arbeit abgenommen und ihr ein Leben auf Kissen ermöglicht hatte, umspielt von ihren drei Söhnen, die erst nach ihrem Tod die Freiheit hatten schmecken dürfen.

Maries Mutter, alleine vor dem Eingang des Hotels *Zum St. Josef*, vielleicht 14, 15 Jahre alt, eine dicke, weiße Taft-Schleife im Haar, aufgestellt wie zwei Hasenohren, stolz und mit einer langen, weißen, gestärkten Servierschürze, wie sie und alle ihre Schwestern sie im Sommer getragen hatten, um die Pilger zu bedienen. Es habe ihr immer großen Spaß gemacht, hatte sie Marie erzählt, so schön gekleidet und herausgeputzt den Gästen Kaffee und Brötchen zu bringen, eine saubere Arbeit, nicht zu vergleichen mit der mühseligen Hausarbeit der Wintertage.

Trotzdem hatte Elsje, die niemand Elisabeth nannte, die ruhigen Wintermonate geliebt. Man saß zusammen um den Ofen, erzählte sich Geschichten, betete gemeinsam den Rosenkranz, verrichtete dabei Näharbeiten, erledigte einmal pro Woche den Hausputz, während der Vater und die Brüder neben den Schreinerarbeiten im hinteren Teil des ausladenden Grundstücks mit kleinen Reparatur- und Renovierungsarbeiten das Hotel für die nächste Saison wieder auf Vordermann brachten. Am großen Esstisch in der Küche fielen die Speisen im Winter eher karg und einseitig aus. Alles, was man im Keller konservieren konnte, kam auf die Teller, und das war nicht viel. Aber keiner in der Familie van Leuwen murrte deswegen, alle wurden satt und genossen das Miteinander ohne die vielen Fremden, die das Haus im Sommer in einen Taubenschlag verwandelten. Sauerkraut oder Bohnen als einzige Varianten des Mittagessens waren der Preis für Nähe, für den sonntäglichen Duft nach frisch gebackenem Brot, von dem man naschen durfte, für Bratäpfel ab und an im Advent, für Märchen und gemeinsame Bibelstunden vor dem Schlafengehen, für Aufmerksamkeit, die im Sommer nur der Wallfahrt und den Pilgern galt.

Da musste man sich doppelt schlagen, denn alle zwei Tage wechselten die Gäste, die, je nach Budget, oben in den Zimmern auf Strohsäcken schliefen oder sich mit mehreren ein Bett teilten. Hier ging es nicht um Urlaub, man tat es, um Buße zu tun, um für die Genesung eines Kindes zu beten oder eine gute Ernte zu erflehen. Angekommen, wuschen sich einige erstmal die wunden Füße in großen Emailleschüsseln, die die Töchter des Hauses mit warmem Wasser füllten. Ungläubig und scheu betrachteten die Mädchen die Blasen, die von einem Fußmarsch über mehrere Tage zeugten. Die meisten der Pilger hätten sich eher die Zunge abgebissen, als in den mitgeführten Pferdekarren zu steigen und aufzugeben. Das wäre keine richtige Wallfahrt gewesen. Der Schmerz gehörte dazu.

Abends hatte sich Elsje gerne um die Tische der Gäste geschlichen, die sich Wundergeschichten von spektakulären Heilungen erzählten. Eine dieser Geschichten war ihr besonders im Gedächtnis geblieben und sie hatte sie immer wieder erzählt, so dass auch Marie sie in- und auswendig kannte. Sie handelte von einem 10-jährigen, stummen Jungen, den Elsje persönlich im Hotel erlebt hatte. Mitleidig hatten sie ihn aus der Ferne beobachtet, befremdet von den undefinierbaren Lauten, die statt Worten aus seinem Mund kamen. Jeden Morgen waren seine Mutter und er zur Gnadenkapelle gezogen, hatten den ganzen Tag in Ehrfurcht vor dem Bild der Muttergottes gekniet – *Trösterin der Betrübten, bitte für uns.* Den Rosenkranz rauf und runter, alle Rosenkranzgesetze, die sie kannten, *Gegrüßet seist Du, Maria voll der Gnaden … die Du Deinen Sohn am Kreuze für uns hingegeben hast, bitte für uns, den Du, oh Jungfrau, vom heiligen Geist empfangen hast, bitte für uns, die Du in den Himmel aufgefahren bist, bitte für uns* – und so weiter und so fort. Dazu die Litaneien, Hochämter und Beichtstuhlbesuche – ihr Tag war mehr als angefüllt gewesen.

Eines Morgens, hatte Elsje ihrer Tochter später mit dem immer gleichen, leicht verklärten Blick berichtet, sei der Junge zum Frühstück herunter gekommen und habe sich leise, aber hörbar eine Tasse Milch bestellt, so als traue er seiner eigenen Stimme nicht, ja, als habe er sie selber noch nie gehört. Ungläubig hätten sich alle angeschaut, denn jeder im Hotel habe mittlerweile den nur ungelenk gestikulierenden Jungen gekannt. Der aber sei immer mutiger geworden, seine Stimme immer fester, und endlich hätten sie alle begriffen – die Gebete dieses Kindes und seiner Mutter waren erhört worden, es war mal wieder ein Wunder geschehen. Demütig waren am Abend die Gäste des Hotels mitsamt der 12köpfigen Familie van Leuwen zum geheiligten Bezirk gegangen, um Dank zu sagen für dieses miterlebte Gnadenwerk der Gottesmutter. Elsjes Vater hatte dann für alle sein Lieblingsmarienlied angestimmt: *Jungfrau, wir Dich grüßen – oh Maria hilf …*

Marie hatte es besonders gemocht, wenn die Mutter ihr Geschichten aus dem umfangreichen Verwandtenkreis erzählte. Am besten hatte ihr die von der wundersamen Heilung ihrer Großmutter gefallen, die schwer erkrankt und kraftlos dem Tode entgegengegangen war. Kein Medikament hatte ihr helfen, kein Arzt eine Therapie finden können, die die unbekannte Krankheit hätte aufhalten können. Zehn Kinder und der ganze Hotelbetrieb waren ins Stocken geraten, Elsjes ältere Geschwister völlig überfordert gewesen mit den mannigfaltigen Aufgaben, die Mutter Bernhardine nicht mehr in der Lage gewesen war, zu verrichten. Vater August war verzweifelt und befürchtete, dass seine Frau den Sommer nicht überleben würde. Nicht auszudenken, wenn er dann alleine mit allem dastünde. In seiner Not versuchte er das eigentlich Unmögliche und bat die Cousine seiner Frau, die als Nonne in einem Klarissenkloster nahe Josefsburg lebte, zu ihnen zu kommen und zu helfen. Auch wenn diese qua Gelübde ihr Dasein gänzlich und ausschließlich der Gottesanbetung verschrieben hatte, nicht nur hinter Klostermauern, sondern hinter diesen auch noch durch Gitter separiert, ließ sie sich von der Oberin für diesen besonderen Notfall Ausgang und Absolution für Weltliches erteilen.

Schwester Edeltraut hatte alle Arbeiten im Haushalt übernommen, mit den Kindern, im Hotel, und trotzdem noch Zeit gefunden, abends in den nahen Dom zu eilen, um dort eine Stunde lang für die wohl unheilbar erkrankte Bernhardine zu beten. So waren einige Wochen vergangen, und Bernhardine hatte sich in dieser Zeit ganz langsam, aber stetig erholt. Dafür war es ihrer Cousine immer schlechter gegangen. Erst hatte man gedacht, die ungewohnte Arbeit würde die Nonne schwächen, doch irgendwann hatte sie sich dem Mann ihrer Cousine offenbart und erklärt, dass sie jeden Abend dafür bete, die Krankheit auf sich nehmen zu dürfen, um die Mutter von zehn Kindern zu retten. Und der Herr habe ihre Bitten wohl erhört.

Atemlos hatte Marie dieser Geschichte gelauscht, die damit endete, dass Schwester Edeltraut irgendwann in ihr Kloster zurückgebracht worden und dort wenige Wochen später an genau dieser unheimlichen Krankheit gestorben war, während Bernhardine zur Verwunderung aller Ärzte vollständig gesund geworden war und ihr Leben wieder hatte aufnehmen können. Wunder geschahen immer und überall, Frömmigkeit und Demut vor Gott waren die Voraussetzung und Garanten dafür, davon war Elsje seitdem felsenfest überzeugt.

Marie hätte diese Überzeugung gerne übernommen, aber je öfter die Mutter ihr von diesen Vorkommnissen berichtet hatte, desto häufiger hatte sie der Verdacht beschlichen, dass Vieles davon nur erfunden war oder mindestens überspitzt, um einen besseren Spannungsbogen zu erzielen und so dramaturgisch geschickt Gottesfürchtigkeit zu lehren.

Je älter sie geworden und je häufiger sie nachgefragt hatte, desto einsilbiger war die Mutter geworden, hatte auf bereits Erzähltem beharrt und die kindlichen Nachfragen schroff abgebügelt. Dabei hätte Marie so gerne auch die Zwischentöne gehört, die keine Erwähnung fanden, weil sie nicht in das Gesamtkonzept des Wunders passten. Danach das Unvermeidliche, das auf diese Minuten des Austausches, die sie als wärmende Momente ihrer erzwungenen Zweisamkeit genoss, folgte: Inspiriert durch ihre eigenen Geschichten zeigte die Mutter ihrer Tochter zum x-ten Male die einzelnen Stationen des Wallfahrtsbereiches, eine Art biografischer Kreuzweg, den man ablief, um alles Gehörte noch einmal vor Ort zu veranschaulichen. Erste Station war dabei stets die Kerzenkapelle, in die Marie nur widerwillig hineinging, weil das Düstere und Muffige der alten Kirche sie einschüchterte.

Doch die Mutter hatte Maries Zaudern geflissentlich ignoriert; vielleicht hatte sie sie auf diese Weise an das Dunkle, Beängstigende der Religion gewöhnen wollen, Furcht gehörte nun mal zum Glauben dazu, damit man sich brav allen Regeln unterwarf. Gott sieht alles und er straft, wenn er es für richtig hält. Das hatte sie selbst früh lernen und genau so an ihre Tochter weitergeben müssen.

Sie zog sie an der Hand zu all den Beweisstücken früherer Wunder und erinnerte noch einmal daran, dass sie so Viele von ihnen miterlebt habe; bei jedem Besuch wurden es mehr. Die rechts und links auf eigens dafür montierten Gerüsten gestapelten Krücken aller Art, Gehhilfen, Tragen, Stöcke, teils schon von Holzwürmern zerfressen, verdeckten fast die vielen marmornen Tafeln, auf denen die Menschen der Madonna für ihre Hilfe dankten. Marie schaute kaum noch hin, hörte kaum noch zu. So oft waren sie schon hier gewesen. Nach innen schauen, eigenen Gedanken nachhängen, nach außen interessiert wirken – sie hatte das im Laufe ihrer Kindheit perfektioniert. Es folgten noch weitere Gebetsstätten, die Beichtkapelle, die Bruder Klaus Kapelle, der Dom; das Finale markierte Mutters immer gleicher Satz: »Und jetzt noch eben zur Kapelle«, Marie konnte wieder Luft schöpfen, das Ende war nah.

Marie legte die Fotos zur Seite und kramte weiter in dem Karton. Ganz unten fand sie den Rosenkranz, mit dem die Mutter abends gerne gebetet und den sie Marie voller Stolz gezeigt hatte, stammte der doch wiederum von ihrer Mutter Bernhardine, die ihn noch im Sterben um ihre Finger gewickelt gehalten hatte. Marie hatte ihn nie anfassen dürfen. Jetzt hielt sie ihn in den Händen, ließ ihn durch die Finger gleiten und beschloss, ihn morgen im Pflegeheim vorbeizubringen, damit die Schwestern ihn ihrer Mutter nach dem Tod um die Finger legen könnten. Sie wollte ihn nicht behalten.

15

Sie blätterte unentschlossen in den Tagebücher-Kladden. Die frühen Einträge waren für sie schwer zu lesen, denn ihre Mutter hatte in der Schule noch Sütterlinschrift gelernt und sich danach eine Mischform angewöhnt. Die Geschichte des Kennenlernens ihrer Eltern kannte sie zur Genüge, aber die Zweifel daran, ob sie die richtige Version gehört hatte, ob das, was die Mutter erzählt hatte auch mit ihren intimen Aufzeichnungen übereinstimmte, gingen über in eine unbezwingbare Neugier. Wie oft waren wohl Versatzstücke zu den Episoden hinzugedichtet worden, je nachdem, was die Mutter jeweils bezwecken wollte. Vielleicht hatte sie sich ihre Vergangenheit auch nur ein bisschen schöner gemalt, als sie es in der Realität gewesen war, oder andersherum: Die vermeintlich pädagogisch wertvollen Elemente wurden weitergegeben, der Rest blieb im Nebel. Marie konnte das mit dem, was sie wusste, nicht beurteilen. Ob ausgedacht oder wirklich erlebt, das Gehörte war an der jugendlichen Marie irgendwann nur noch abgeperlt, was sie jetzt bedauerte. Sie wusste letztlich gar nichts von der Frau, die die Mutter gewesen war, als man sie noch Elsje genannt hatte.

Friedrich Hagen war ein kleiner, schlanker Mann, der mit Mitte dreißig noch Junggeselle war und in einer Pension am Rande von Josefsburg wohnte. Morgens auf dem Weg zur Arbeit kam er an dem Pilgerhotel der van Leuwens vorbei, wo ein junges, hübsches Mädchen im Türrahmen stand, das ihn verstohlen musterte, um dann mit einem flüchtigen Lächeln sowie einem Knicks, der schon halb abgewandt war, schnell im Haus zu verschwinden. Friedrich gefiel das offenbar, er zog rasch seinen Hut und grüßte das Fräulein, bevor es vom Dunkel des Raums verschluckt wurde.

Ein Jahr lang ging dieses verschämte Spiel, ohne dass die beiden je ein Wort miteinander gewechselt hätten. Erzählen durfte Elsje das niemandem, höchstens ihrer Schwester Bernhardine, die zwar den Namen der Mutter trug, aber Elsje niemals bei den Eltern verpfiffen hätte. Bernhardine war, neben Heinrich, der für weibliche Angelegenheiten nicht geeignet schien, seit Kindertagen Elsjes engste Vertraute. Das große, stämmige Mädchen mit den dicken, dunklen Zöpfen hörte ihr zu, tröstete sie, beschützte sie vor den Streichen der Brüder, half ihr beim Ausbessern der Wäsche und beim Besticken ihrer Aussteuer. Das war eine mühselige Handarbeit, die Bernhardine selbst nicht erledigen musste, denn sie war von der van Leuwen'schen Familie dazu auserkoren, ins Kloster zu gehen. Die Frage, ob sie das überhaupt wollte, existierte für Bernhardine dabei überhaupt nicht. Es war selbstverständlich, denn immer wurde ein Kind, ein Sohn oder eine Tochter, ins Kirchenamt entsandt. Das stand wie ein Gesetz über jeder Familie in Josefsburg, und sicher auch anderswo. Sie empfand es nicht als Zwang, sondern als Privileg, ihr erwachsenes Leben der Frömmigkeit zu widmen und sich damit für das Heil der Familie aufzuopfern. Außerdem lockten die schönen, rosafarbenen Gewänder der Ordensfrauen. Keine Schmutzarbeiten mehr, kein Schrubben, kein Fegen, nur noch beten. So angenehm stellte sie sich das Leben als Nonne des kleinen holländischen Ordens vor, der etwa eine Stunde Reisezeit von Josefsburg entfernt lag. Doch das alles zu erleben, sollte ihr nicht vergönnt sein.

Bernhardine hatte eine schreckliche, unheilbare Krankheit ereilt, die sie brutal ihrer Bestimmung entrissen hatte. Im Winter 1934 legte die kräftige junge Frau plötzlich einen ungeheuren Appetit an den Tag, wurde aber gleichzeitig immer weniger. Alle verzweifelten an dieser Gefräßigkeit, deren Ergebnis sich doch stetig ins Gegenteil verkehrte. Würgend stand sie nach jeder Mahlzeit draußen am Bottich im Hof, erbrach mehr, als sie gegessen hatte, und brach danach vor schierer Anstrengung zusammen. Ganz flirrend wurden ihre Augen, blass ihre Haut und kraftlos ihre Stimme. Laufen fiel ihr zunehmend schwer, bis sie nur noch im Bett liegen konnte, so dass man sie endlich ins Krankenhaus einlieferte. Doch dort konnte man ihr auch nicht mehr helfen. Bald darauf bekam sie keinen Bissen mehr herunter.

Im Frühjahr 1935 war sie im Krankenhaus an dieser grausigen Krankheit gestorben, bei der ihr zuletzt die Würmer aus dem Mund gekrochen waren, so dass Bernhardine elendig erstickt war. Sie hatten sie nur noch tot nach Hause holen können, um sie dort einige Tage aufzubahren und bald darauf im Familiengrab zu beerdigen, in dem schon ihre Großeltern sowie zwei Geschwister bestattet worden waren. Für Bernhardine war ihr Bruder Heinrich ins Kloster gegangen.

Doch zu Beginn der 30er Jahre wusste noch niemand etwas von dem schlimmen Schicksal, das Bernhardine ereilen würde. Die gesamte Familie hatte mit Mühe und Not den Tod von Gertrud überwunden, die in den kargen Jahren nach dem Ersten Weltkrieg mit zwölf an Schwindsucht gestorben war, und auch Hugo, der gleich nach der Geburt hatte beerdigt werden müssen, war nur noch eine wehmütig-süße Erinnerung. Das Leben war wieder hell, vor allem für Elsje, die kaum noch an die toten Geschwister dachte. Friedrich kam jeden Morgen vorbei, nur das schwirrte ihr im Kopf herum.

Eines Tages beschloss sie, diesem schweigsamen, freundlichen Herrn zu folgen; er ging in Richtung Wallfahrtsbezirk, was konnte da schon schiefgehen? Der Mann lief zielstrebig zum Domplatz und bog dann am Ende der Straße in einen hohen Torbogen aus Ziegelsteinen ein, auf dessen rechter Strebe ein Messingschild angebracht war, das einen christlichen Verlag anzeigte. Das also war seine Arbeitsstelle. Schnell lief sie wieder zurück nach Hause, bevor jemand ihr Fehlen bemerken konnte. Ein Verlag, das war interessant, das erschien ihr intelligent und sauber.

Nach einem weiteren Jahr des schüchternen Grüßens blieb der Mann an einem sonnigen, klaren Morgen auf einmal bei der völlig verblüfften und erschrockenen Elsje stehen, um sie nach ihrem Befinden zu fragen. Sie brachte stotternd ein paar Worte heraus, knickste und lief schnell in den Gastraum, wo um diese Zeit keine Pilger saßen. Nur langsam wollte sich ihr pochendes Herz beruhigen, das widerzuhallen schien in dem leeren, großen Saal. Hoffentlich kam jetzt niemand vorbei und sah sie, so aufgelöst, wie sie war. Was war das nur, warum bescherte ihr dieser Mann wackelige Knie, was brachte ihr Herz so zum Rasen? Das durfte doch gar nicht sein.

Zaghaft ging sie auf seine Verabredungswünsche ein, traf ihn hin und wieder in einer der hinteren Kirchenbänke in der Beichtkapelle. Da konnte man nebeneinander knien, ohne dass es auffiel, und ganz leise miteinander tuscheln, so als ob man auf seinen Beichtvater wartete. Geflissentlich ging Elsje dann stets auch wenige Tage darauf zur Beichte; erlaubt war das, was sie da taten, sicher nicht. Gott sei Dank saßen im Sommer viele holländische Priester in den Beichtstühlen, die sie nicht verstanden und so auch den Eltern nichts verraten konnten.

Allmählich wagten sie sich bei ihren gemeinsamen Unternehmungen weiter vor; sie nahmen zusammen an der Prozession *Josefsburg pilgert nach Josefsburg* teil, die einmal im August stattfand, wurden noch übermütiger und stahlen sich irgendwann sogar auf den Kreuzweg hinter dem Friedhof, auf diesen großen, von Bäumen gesäumten Rundgang, dessen 10. Station, *Jesus wird seiner Kleider beraubt*, besonders geschützt im üppigen Buschwerk versteckt lag. Dort setzten sie sich auf eine Bank, Friedrich zog das Gesicht der verlegen auf den Boden blickenden Elsje zu sich her und gab ihr den ersten Kuss, zart und sanft auf den Mund. Das war ein halbes Jahr vor ihrer Hochzeit gewesen. Nach diesem ersten Kuss hatte er sich endlich ein Herz gefasst, sich in der Pflicht gefühlt, und außerdem war Elsje jetzt bald 21 Jahre alt. Er hatte also ihren Vater förmlich und mit ausgesuchter Höflichkeit gebeten, Elsje heiraten zu dürfen. Dem großen, schweren Mann mit dem rotblonden Schnauzbart war es schwergefallen, sein kleines Mädchen einem anderen Mann zu geben, noch dazu einem, der so viel älter war, und hatte ihn eindringlich ermahnt, immer gut für Elsje zu sorgen. Friedrich hatte es versprochen und war nach der Hochzeit mit seiner jungen Frau in eine kleine Etagenwohnung im Seitentrakt des Hotels gezogen, das schon nicht mehr vollständig als Gasthof gedient hatte. In die Wohnung, in der mehr als zwei Jahrzehnte später auch Marie auf die Welt gekommen war.

Das war in etwa die Version, wie Marie sie kannte.

Doch in den etwas ungelenken, spröden Aufzeichnungen der jungen Elsje las sie nun von einem viel tiefergehenden, durchaus bewussten Verlangen nach einander. Von einem Ausprobieren des Verbotenen, schon zwei Jahre nach dem Kennenlernen. Von einem überstürzten Abenteuer auf einer einsamen Lichtung im Wald. Von seinem Drängen, ihrem verwirrenden Begehren, seinem Keuchen, ihrem Schmerz, seinem entrückt Sein, während er sie in seiner Lust in den sandigen Boden drückte. Von ihrer Scham, als sie realisierte, was da wie im Rausch passiert war. Von ihrer Furcht vor den Folgen, die sie nur ihrem Tagebuch und Bernhardine anvertrauen konnte. Von ihrem Rückzug, um weitere Episoden wie diese zu verhindern, und seinem Unverständnis darüber.

Marie kam sich vor wie ein Voyeur, als sie die erschrockenen, angsterfüllten Zeilen ihrer Mutter las, unter der Bettdecke hingekritzelt, viel fahriger als auf den Seiten davor, aus denen die schwärmerische Vorfreude eines unerfahrenen Teenagers sprach. An keiner Stelle waren diese Worte für andere bestimmt, schon gar nicht für Marie.

Diese Naivität, die ihre Mutter hatte draufgängerisch werden lassen, ohne genau zu wissen, was da auf sie zukam, überrumpelt von ihrem eigenen Verlangen, so dass sie Friedrichs Werben zunächst nichts hatte entgegenstellen wollen. Wie zwei Kinder auf einer Wiese waren sie umeinander herumgetollt, spielerisch, ausgelassen, neckend – bis Friedrich sie umfasst und nicht mehr losgelassen hatte.

Niemals hatte Elsje in ihrer Familie oder bei ihren Vertrauten jemanden von diesem Gefühl sprechen hören, das sie so wehrlos gemacht hatte. Zerknirscht und schuldbewusst hatte sie sich alles am Abend darauf von der Seele geschrieben. Der Traum vom Fliegen, vom Himmelstürmen war geplatzt, alles war schwer, sie fühlte sich beschmutzt und musste nun auch noch Angst haben, dass ihre Verfehlung für alle sichtbar würde. Völlig derangiert hatte sie Bernhardine auf der Bettkante im gemeinsamen Zimmer flüsternd berichtet, was geschehen war, und die hatte entsetzt die Hände vor Gesicht geschlagen. Auf das dringende Anraten ihrer Schwester hin hatte sich Elsje in den Tagen danach mehrfach heimlich zur Gnadenkapelle gestohlen, um Kerzen aufzustellen, für ihr Seelenheil zu beten und der Gottesmutter einen heiligen Eid zu schwören: Wenn die sie vor dem Schlimmsten bewahrte, würde sie nie mehr in solche Abgründe fallen, das versprach sie voller Inbrunst.

Einige Wochen später hielt sie mit Erleichterung in kurzen Worten fest, dass die Madonna sie erhört, ihre Beteuerungen und Hilferufe anerkannt und ihre Sorge ausgelöscht hatte. Nie wieder wollte sie Friedrich auf diese Art und Weise Besitz von sich ergreifen lassen, auch nicht, wenn sie den Bund der Ehe schließen würden. Wie ein bockiges Mädchen stampfte sie mit dem Fuß auf und schwor sich schmallippig, dem Leben zu trotzen. Ein heiliger Eid, den sie mit fünf Ausrufezeichen untermauert hatte.

Die Ehe war ja tatsächlich viele Jahre lang kinderlos geblieben, ob aufgrund dieses jugendlichen Schwures oder aus anderen Gründen, vermochte Marie nicht einzuschätzen. Sie fand dazu auch keine weiteren Einträge. Der Tonfall späterer

Aufzeichnungen war eher der einer Frau, die sich in ihr Dasein geschickt, ihre Lebenslust zusammen mit den wilden Locken abgeschnitten und den Hut der sittsamen Gattin tief ins Gesicht gezogen hatte, um mit ihrer Ausstrahlung keine Angriffsfläche mehr zu bieten. Ein Schleier aus Resignation überdeckte jetzt ihr früheres Leuchten. Friedrich musste das auch bemerkt haben. Vielleicht war die Ehe so; er hatte sich dreingefügt.

Wie gestelzt, ja, verlogen waren doch die Erzählungen der Mutter von diesen Anfängen mit Friedrich gewesen, im krassen Gegensatz zu diesen Aufschrieben, stets mit erhobenem Zeigefinger. Da war die Rede gewesen von Keuschheit, von Anständigkeit, Zurückhaltung und Geduld, verknüpft mit dem dringenden Appell, sich niemals zu verschleudern, sich aufzubewahren für den einen, den einzigen. Am besten, man betete schon von klein auf dafür, einmal solch einen guten Mann zu bekommen.

Kopfschüttelnd sinnierte Marie über dieses Konstrukt, in dem die Mutter akrobatengleich die Balance gehalten hatte, immer ganz nah am Abgrund, kurz vor dem Fall. Wahrscheinlich glaubte sie sogar selbst daran, hatte ihre eigenen Erinnerungen so modelliert und umgebogen, bis sie zu dem Bild passten, das man sie genötigt hatte zu malen und das schließlich als einzig richtige Wahrheit übriggeblieben war. Hätte man an der Fassade gekratzt, den groben Putz mit einem Spatel beiseite gefegt, hätte sich eine mit weichen Pinselstrichen gezeichnete sinnliche, lebensfrohe Frau herausgeschält. Elsje. Aber Elsje durfte es nicht mehr geben, aus ihr war Elisabeth geworden.

Marie überlegte, wann diese gebetsmühlenartig vorgetragene Anleitung zum Glücklichsein bei ihr nicht mehr verfangen hatte, wann es gekippt war, dieses Bemühen, für einen guten Ehemann sein Leben in die Waagschale zu legen. Wann die Mutter nicht mehr durchgedrungen war mit ihren Geschichten, die Heuchelei atmeten. Es war unmerklich geschehen, unmerklich, aber beständig, jedes Mal wieder ein kleines bisschen mehr Abwehr, ein kleines bisschen mehr Überdruss, ein kleines bisschen mehr Überzeugung, dass das nicht den Weg beschrieb, den Marie für sich erhoffte. Wie ein Backstein im Mauerwerk, der sich langsam aus seinem Zementbett löst, weil man an ihm ruckelt, ihn stößt und schubst, bis er schließlich herausfällt und alles in sich zusammenbricht.

Irgendwann hatte sie sich lautstark gegen die Prinzipien der Mutter zur Wehr gesetzt. Hatte ihr an den Kopf geworfen, dass sie an Leidenschaft glaube, an Faszination, an Höhenflüge, an Begeisterung, an die konsequente Erfüllung all ihrer Träume. Die Mutter hatte dann nur abweisend den Kopf geschüttelt und Marie als maßlos und egoistisch getadelt. Wie hatte sie ihre eigenen Sehnsüchte nur so vollständig vergessen können? Es waren doch die gleichen Wünsche, das gleiche Begehren, das die junge Elsje verspürt haben musste. Vielleicht hatte sie andere Worte benutzt, andere Ziele gehabt, aber im Kern waren sie doch identisch.

Marie ließ die Tagebücher sinken und spürte eine tiefe Trauer in sich aufsteigen. Sie weinte um die Mutter, um ihre vergessenen Träume, ihr sprödes Leben und all das Schöne, das sie sich selbst versagt hatte. Und sie weinte um sich selbst, denn vieles von dem, was sie als Heranwachsende so lautstark für sich reklamiert hatte, war schlicht verpufft. Teils, weil sie in die immer gleichen Fallen getappt war, teils durch den Versuch, sich zu schützen, um keine Verletzungen mehr davonzutragen. Gesetzt auf eine Schiene, die kein Abweichen erlaubte. Vielleicht wäre es einfacher gewesen, wenn sie um all die Facetten der Mutter, um ihre Ängste, ihre Traurigkeit, ihre Zugeständnisse, ihre Wünsche gewusst hätte. So hatte sie nur das statische Äußere einer Frau gekannt, die sie auf ihrem gemeinsamen Weg verloren hatte.

16

In der Schule hatten die Herbstferien begonnen. Endlich ein paar Tage frei und Fiona und Marie alt genug, um alleine wegzufahren. Die beiden Mädchen hatten unter Aufbietung all ihrer Überredungskünste und unzähliger Folgsamkeitszusagen so lange ihre Eltern angebettelt, bis diese in einen kurzen Jugendherbergsurlaub im nahe gelegenen Arnheim eingewilligt hatten, nicht ohne einen prall gefüllten Katalog an Verhaltensregeln und Ermahnungen mitzugeben, der die zwei 17-Jährigen begleiten sollte. Fiona und Marie waren außer sich vor Freude, halfen sich gegenseitig beim Packen und warfen sich zwischendurch immer wieder kreischend aufs Bett, wenn sie laut darüber nachdachten, welches Kleidungsstück wohl gewagt genug wäre, um abends auszugehen. Vielleicht dieses rückenfreie T-Shirt? Fiona hielt es sich vor die Brust und stolzierte aufreizend durchs Zimmer. Marie pfiff bewundernd hinter ihr her, bis sie wieder losprusteten und wie zwei ausgelassene junge Pferde durch das Zimmer sprangen. Marie holte einen Minirock aus dem Schrank, von ganz hinten, wo sie ihn versteckt hielt, ein Geschenk von Fionas größerer Schwester. Ihre Mutter hätte ihr so etwas nie und nimmer gekauft. Nachdem sie ihn angezogen hatte, stellte sie sich wie ein Model vor den Spiegel, setzte mal die linke, mal die rechte Beckenseite nach vorne, stemmte die Hände in die Hüften und stolzierte dann, genauso wie Fiona zuvor, ein Bein lasziv vor das andere setzend durch den Raum.

»Wow, Marie, damit bist Du die Königin!«, sagte Fiona voller Anerkennung und trat zu ihr, um ihr die Haare noch wilder zu verstrubbeln als sie ohnehin schon waren. »So, jetzt ist es perfekt. Hast Du passende Stiefel dazu? Sonst ruf ich schnell Nicola an und frage, ob sie uns ihre leiht. Ich hab noch was gut bei ihr.«

»Nicht nötig«, erwiderte Marie. »Ich hab mir neulich vom Bediengeld selber welche gekauft. Todschick! Ich zeig sie Dir.«

Fiona war sichtlich beeindruckt. So verging der Nachmittag vor der großen Reise mit viel Lampenfieber vor der eigenen Courage.

Beide Mädchen hatten noch keinerlei intime Erfahrungen mit Jungen gemacht. Umso begieriger lauschten sie den Erzählungen mancher Schulfreundinnen, die da schon weiter waren. Es war *das* Gesprächsthema auf der Mädchentoilette des Gymnasiums. Generös gaben diejenigen, die sich selber als erfahren bezeichneten, pikante Details an die Unwissenden weiter, beschrieben diese oder jene Praxis, rühmten sich, schon mit 14 den ersten Mann gehabt zu haben und deshalb das Leben und die Liebe weiß Gott zu kennen. Ihnen machte man so schnell nichts mehr vor. Staunend hingen die beiden Freundinnen an ihren Lippen und wünschten sich nichts sehnlicher, als auch endlich in den Kreis der Eingeweihten aufgenommen zu werden. Gut, dass die Mutter das alles nicht hörte!

Ein kühler Morgen zog auf, am Himmel standen ein paar Regenwolken, aber Fiona und Marie waren so aufgeregt und voller Erwartungen, dass sie selbst Hagel und Gewitter nicht hätten abhalten können, ihre Tour zu starten. Eine letzte Ermahnung von Maries Mutter, die die beiden zum Zug brachte, ein Kreuzzeichen, das sie immer machte, wenn jemand wegfuhr oder ihm etwas Schwieriges bevorstand. Marie hielt einfach still, auch wenn es ihr unendlich peinlich war, aber sie wusste, jeder Protest würde die Mutter nur verärgern und skeptisch machen . Und jetzt galt es so schnell wie möglich wegzukommen, damit sie es sich nicht noch anders überlegte.

Zwei Stunden brauchte der Zug bis Arnheim, wo er mit quietschenden Rädern in den kleinen Bahnhof einfuhr. Marie und Fiona packten ihre Sachen und stiegen aus, sich neugierig umblickend, was sie hier wohl erwartete. Schwer hing das Vordach über dem Bahnhofsausgang, draußen liefen ein paar dunkel gekleidete Menschen im Grau des regnerischen Nachmittags herum, geschäftig oder schlurfend, je nach Alter, eine Straßenbahn verschaffte sich bimmelnd Durchfahrt und gegenüber führte die Straße auf das gesichtslose Kaufhaus einer Billigmarke mit verstaubten Auslagen und Schaufensterpuppen zu, die auch schon bessere Tage gesehen hatten.

Seitlich davon entdeckten sie das Schild *Jugendherberge – 200 m.* Sie folgten dem Hinweis und suchten im Laufen rechts und links nach Bars oder Cafés, wo man am Abend einkehren könnte. Eine Imbissbude mit ausgebleichten Plastikstühlen davor, die mit den Rückenlehnen an die Tische gekippt waren, so dass der Regen von der Sitzfläche ablaufen konnte, war alles, was ihnen ins Auge fiel.

Endlich an der Jugendherberge angekommen, erwartete sie ein ebenso tristes wie einfallsloses rechteckiges Gebäude. Schmutzige Fahnen mit dem Jugendherbergsemblem blähten sich im Wind. Betonstufen führten zu der milchigen Glastür, hinter der es noch düsterer wurde. Kein Rasen lud zum Sitzen ein, eine krumme Stange mit einem zerfetzten Netz um einen Ring schien früher mal als Basketballkorb gedient zu haben, eine Bank, deren Sitzfläche an einigen Stellen durchgebrochen war, rundete das Bild der Ödnis ab. Wo waren sie hier bloß gelandet?

Fiona und Marie schauten sich an und beschlossen übereinstimmend, dass das nicht der Ort ihres Kurzurlaubs sein würde. Da hätten sie ja auch gleich in Josefsburg bleiben können.

»Was schlägst Du vor?«

Fiona, die normalerweise die Spontanere war, wirkte schon leicht genervt, zumal jetzt auch noch der Regen immer stärker wurde.

Marie überlegte kurz angestrengt, dann hellte sich ihr Gesicht schlagartig auf. »Ich hab's!«, sagte sie triumphierend. »Wir gehen einfach zurück zum Bahnhof und steigen in den nächsten Zug nach Amsterdam. Der braucht von hier aus höchstens eineinhalb Stunden. Wir rufen von dort aus an, dass wir gut angekommen sind, und wenn wir wieder zu Hause sind, wissen wir ja, wie es in Arnheim aussieht, das können wir dann auch so erzählen.«

»Das ist doch nicht Dein Ernst!« Fiona war unwohl bei dem Gedanken, ihre Eltern so anzulügen. Ehrlicherweise hatte sie aber vor allem Angst vor der großen Stadt, über die die wildesten Gerüchte in Umlauf waren.

»Ach komm schon, was soll denn passieren? Wir suchen in Amsterdam eine Jugendherberge, genauso wie hier, und haben dafür eine viel tollere Stadt für unseren Ausflug. Jetzt komm schon!«

Und ohne noch weiter Rücksicht auf Fionas Zaudern zu nehmen, schleifte sie die Freundin in Richtung Bahnhof, wo schon bald der nächste Zug nach Amsterdam abfuhr.

Als sie Amsterdam erreichten, wurde es bereits allmählich dunkel. Fiona und Marie zupften nervös an ihren Rucksäcken herum, denn eine Bleibe hatten sie ja jetzt noch nicht, und keiner von ihnen kannte sich in der niederländischen Metropole aus. Mit sturem Blick und entschlossenem Schritt, der ihre Unsicherheit nur mangelhaft überspielte, versuchten sie sich wie in einem Hindernislauf durch all die Pendler und Reisenden zu schlängeln, die um diese Zeit ankamen oder abfuhren, und den Ausgang zu finden. Die Wegweiser in diesem großen Bahnhofsgebäude waren verwirrend, sie schickten sie mal hierhin und mal dorthin, bis sie endlich über einem großen Rundbogen das ersehnte Schild mit der Aufschrift *Uit* entdeckten. Draußen lag eine breite Straße vor ihnen, auf der sich Auto an Auto und Fahrrad an Fahrrad drängte. In einem halsbrecherischen Manöver überquerten sie im Zick-Zack-Kurs die Straße, um gegenüber in ein Viertel einzutauchen, in dem sich die Menschen mindestens ebenso dicht drängten. Sie holten tief Luft, hielten sich aneinander fest wie an einem Sicherheitsanker und warfen sich in den Strom, der sie durch die verwinkelten Straßen in die aufziehende Nacht spülte. Endlich fanden sie am Straßenrand einen Stadtplan hinter Glas und suchten auf ihm nach Anhaltspunkten für eine Jugendherberge oder etwas Ähnliches. Tatsächlich entdeckten sie mehrere als *Jugendhotel* ausgewiesene Punkte. Es konnte nicht weit sein. Schnell überschlugen sie ihre Route und liefen los.

Grell leuchteten ihnen verschiedenfarbige Neonreklamen entgegen, kleine Gassen öffneten sich vor ihnen und schienen im Nichts zu enden, rot erleuchtete Fensterscheiben, oft im Souterrain, eröffneten Einblicke in kleine Zimmer, in denen üppig geschminkte Frauen in aufreizender Kleidung auf Barhockern saßen oder sich breitbeinig in Plüschsesseln räkelten. Lässig gingen sie einer Handarbeit nach, lackierten sich die Fingernägel oder blätterten in einer Illustrierten, als sei es das Normalste von der Welt, sich so feilzubieten. Fiona und Marie schauten sich ungläubig an; das hatten sie nicht erwartet. Sie liefen durch die Straßen und schauten teils neugierig, teils peinlich berührt auf dieses bunte Treiben, völlig überfordert von diesem Vexierspiel aus Farben, Geräuschen und Gerüchen. Niemand achtete auf die beiden Rucksack bepackten Mädchen im Parka; unbehelligt gelangten sie an die Kreuzung, die sie sich auf dem Stadtplan gemerkt hatten. Sie bogen in eine Nebenstraße ein, an deren Ende in Leuchtschrift *Jugendhotel* zu lesen war. Erleichtert liefen sie darauf zu, froh, dass sich ihnen hier keine roten Schaufenster boten, sondern nur ein paar kleine Bars und Clubs, die offenbar in den Kellern der einzelnen schmalen Häuser zu finden waren.

Süßliche Luft schlug ihnen entgegen und aus dem Inneren des Jugendhotels drang laute Musik, Stimmengewirr und Gläsergeklapper. Marie traute sich als Erste, einzutreten, vorbei an einigen Jugendlichen, die dort auf alten Sofas in einem bunt bekritzelten Foyer saßen, als habe jeder Gast hier seine Zeichen hinterlassen. Hinter einer Theke, die aussah wie die Rezeption, stand ein hochgewachsener junger Mann, der sich nach Piratenart ein Tuch um den Kopf gebunden hatte, links und rechts unterschiedliche Ohrringe trug und gerade damit beschäftigt war, genüsslich an seiner Zigarette zu ziehen.

»Hallo, habt Ihr noch zwei Betten frei? Meine Freundin und ich suchen für vier, fünf Nächte eine Unterkunft.«

Marie hatte bewusst langsam gesprochen, denn da sie kein Niederländisch konnte, hoffte sie auf Deutschkenntnisse bei ihm.

»Ja, da hast Du Glück«, antwortete er auf Deutsch mit starkem niederländischen Akzent, was aber auch daran liegen konnte, dass er seine Zigarette nicht aus dem Mund nahm. »Wir haben in einem Achter-Zimmer noch ein Stockbett für zwei frei. Ist das in Ordnung? 20 Gulden für zwei pro Nacht, und ein Frühstück gibt's morgens auch noch. Schlafsäcke habt Ihr ja dabei, wie ich sehe.«

Fiona und Marie berieten sich kurz, ihr Budget ließ das zu, und ließen sich die Zimmerschlüssel geben. Im dritten Stock, den man über eine steile, ausgetretene Treppe erreichte, fanden sie ihren Raum, in dem schon drei Mädchen tief und fest schliefen; zwei andere spielten auf ihren Betten Karten und schauten nur kurz auf, als Fiona und Marie eintraten. Ein Stockbett war noch nicht belegt, dahin retteten sich die beiden und begannen auszupacken.

»Habt Ihr was zu rauchen?«, fragte das eine kartenspielende Mädchen. Sie mochte Mitte 20 sein, mit raspelkurzen, weißblond gefärbten Haaren, die in alle Richtungen abstanden. Ihre Fußnägel waren in fünf verschiedenen Farben lackiert und sie trug eine weite, orange-rote Pumplatzhose, die ihre dünne Statur nur erahnen ließ. Marie und Fiona fühlten sich ertappt, versuchten aber, gelassen zu wirken, und versprachen lässig, später, wenn sie zurückkommen würden, etwas mitzubringen.

Also noch mal raus ins Gassengewirr. Nur nicht wieder in die Sträßchen mit den Frauen. Lieber noch ein Bier trinken in einer der Kellerbars, obwohl sie beide hundemüde waren. Draußen sogen sie die frische, kühle Oktoberluft ein und hakten sich unter, plötzlich wieder ganz frisch und unternehmungslustig. Sie suchten schnell nach einer Telefonzelle, um in dürren Worten durchzugeben, dass sie gut in Arnheim angekommen seien und nun bald schlafen gingen, weil die Jugendherberge um 22.00 Uhr geschlossen werde.

Ihr schlechtes Gewissen über diese Notlüge war bald vergessen. Wenn Marie mit Fiona zusammen war, drang die *Muhme Angst* nicht zu ihr durch.

Vor einer der Kellerbars blieben sie stehen. Treppen führten hinab. Wieder schlug ihnen der süßliche Geruch entgegen, den sie vorher schon auf der Straße wahrgenommen hatten, und die Stimmen von lachenden, lärmenden Menschen. Wie eine Welt für sich, in die sie sich nur zögerlich hineintrauten. Durch die geöffnete Tür konnte man meist junge Leute erkennen, die sich unterhielten, tranken, rauchten oder mit einem Queue um Billardtische herumtänzelten. Fiona und Marie traten noch unschlüssig von einem Bein auf's andere, abwägend, ob sie in dieses fremde Terrain eindringen sollten, als von oben zwei junge Männer die Treppe hinabkamen, erst einen Bogen um sie machten, sie dann aber freundlich von der Seite ansprachen:

»Na, Meisjes, will je naar et kleine paradijs gaan?«

Auch ohne Holländisch sprechen zu können, verstanden sie, was die beiden gefragt hatten. Jetzt nur keine Schwäche zeigen, sich nicht als Provinzpomeranzen offenbaren.

»Aber klar doch«, gab Fiona zurück und schüttelte ihre langen, dunkelblonden Haare, eine Geste, die sie sich bei ihren älteren Schwestern abgeschaut hatte.

»Ah, ihr seid deutsche Dames. Das ist gut, wir sprechen auch beide besser Deutsch als Holländisch. Das ist Jan und ich bin Carlos. Dann mal los.«

Die beiden jungen Männer gingen vor und Marie und Fiona, sich verstohlen zugrinsend, hinterher. Innen gelangten sie zunächst in einen Vorraum, den sie vorher schon kurz gesehen hatten, als die Tür aufgestanden hatte. Doch jetzt wurde ihnen klar, dass sich dahinter ein ganzes Zentrum befand, mit mehreren Räumen, Tanzflächen und Theken, plüschigen Sesseln und abgewetzten Sofas. Einzeln, zu zweit oder zu mehreren saßen oder lagen dort Männer und Frauen, berauscht von ihren Joints, die heftig kursierten, betrunken von Bier und Genever, verschlungen im Liebesglück oder angetörnt von der Musik, die aus den Lautsprechern dröhnte. *The Doors* spielten sie gerade, *Love me Two Times*, danach *L. A. Woman*, *Light my Fire*, *Whiskeysong* … Aber auch *Canned Heat*, *Supertramp*, *Cream*, all die Musik, die Fiona und Marie so gerne und oft hörten, lief hier. Das war ihr Raum, ihr Abend, ihre Party, ihre Zeit, so viel stand fest.

Der ohrenbetäubende Beat ließ in manchen Teilen des *Kleinen Paradijs* nur eine Unterhaltung in Zeichensprache zu. Die Bar war eine Dependance des legendären *Paradiso* in einer ehemaligen Kirche, wo schon alle großen Bands gespielt hatten, sogar die *Doors*. Jim Morrison, der schon seit vier Jahren auf dem berühmten Friedhof Pere Lachaise lag, hatten sie im letzten Jahr auf einer Klassenfahrt nach Paris die letzte Ehre erwiesen.

Marie genoss das neue, unbekannte Lebensgefühl in vollen Zügen. So toll hatte sie es sich nicht vorgestellt. Carlos, der größere der beiden Männer, die sie ermuntert hatten, mitzukommen, saß neben ihr auf dem Sofa und betrachtete sie ungeniert. Marie ertrank fast in seinem Blick, der ihr sagte, dass er sie schön fand, der wirklich *sie* meinte und nicht eine Freundin neben ihr.

Fiona, wo war Fiona? Marie sah die Freundin mit dem anderen, Jan, auf der Tanzfläche herumwirbeln. *School* von *Supertramp* lief gerade, ihr Song, bei dem sie sich im *Pam-Pam*, einer kleinen, schäbigen Diskothek nicht weit von Josefsburg, immer direkt vor die Lautsprecher stellten und ihre Haare im Rhythmus der Musik wild hin und her warfen. Wie ein Löwe sah Marie nach einem solchen Tanz aus. Gesetzt den Fall, sie hatten zu Hause eine Ausrede gehabt, um in den verbotenen Club zu fahren, womöglich sogar zu trampen, womit sie beide acht Wochen Hausarrest oder Schlimmeres riskierten.

Carlos hatte die ganze Zeit kunstfertig an einer Tüte gebastelt, die er nun anzündete und Marie reichte. Marie hatte noch nie an so etwas gezogen, wollte das aber natürlich nicht zugeben und nahm den Joint ganz lässig entgegen. Der Qualm brannte in ihrem Mund und in ihren Lungen, sie musste husten und schnappte nach Luft, doch sie empfand es als ihre Initiation. Das Mädchen Marie war auf dem Weg zur Frau.

Carlos lächelte und nahm ihr den Joint wieder ab. Er war Halbspanier, mit hellblonden Haaren und blauen Augen, und studierte seit einiger Zeit in Amsterdam. *Studierte*, dieses Wort elektrisierte Marie ungemein, denn Studium war für sie gleichbedeutend mit Freiheit, von zu Hause weg sein, ein eigenes Leben führen.

Offenbar gefiel Carlos ihre Unbedarftheit. Er sah ihr tief in die Augen, beugte sich zu ihr vor und ermunterte sie wortlos, eine Salzstange, die er sich zwischen die Zähne gesteckt hatte, aus seinem Mund zu pflücken. Mit klopfendem Herzen näherte sich Marie dem andere Ende der Salzstange, doch noch ehe sie sie erwischt hatte, zerbröselte das Gebäck in seinem stürmischen Kuss. Marie verlor den Boden unter den Füßen. Angst und Glück machten sich gegenseitig den Rang streitig. Schon lange hatte sie sich nach einem solchen Kuss gesehnt, ohne zu wissen, wie er sich anfühlen und was er im Schlepptau haben würde. Sie gab sich ganz diesem Gefühl hin, wähnte sich geliebt, auserkoren und begehrt. Carlos hatte sich in sie verliebt, das war ganz klar, und sie erwiderte seine Liebe. Er brauchte nicht viel zu tun, sie schmolz unter seinen Händen, die sich jetzt unter ihren Pulli schoben, ihre kleinen, festen Brüste umfassten und Marie mit sich forttrugen. Carlos sah Marie an, die scheu und erregt zugleich vor ihm saß, ihre Augen in die seinen versenkt, ganz Hingabe, ganz Zuneigung, und er verstand es, darauf zu antworten.

»Komm mit«, flüsterte er ihr lockend ins Ohr. »Ich wohne hier ganz in der Nähe auf einem Hausboot in einer der vielen Grachten. Nicht groß, aber gemütlich und ungestört.«

Marie zögerte kurz, ein Quäntchen schlechtes Gewissen und eine diffuse Beunruhigung kämpften in ihrem Innern mit der überbordenden Neugier auf dieses für sie noch unbekannte Abenteuer, auf diesen Mann, der sie so intensiv ansah, dass sie es als Liebesversprechen las.

Ein Blick zu Fiona, die mittlerweile mit Jan auf einem der Sofas lag und den zweiten Joint rauchte. Marie bat Carlos um eine Minute Zeit, sie wollte nur noch Fiona Bescheid sagen. Aber die winkte nur ab, mit ihrem Verstand längst nicht mehr im Hier und Heute, sondern auf einem Trip zur dunklen Seite des Mondes. Marie versuchte noch, ihr zu bedeuten, dass sie sich morgen wieder im Jugendhotel treffen würden, aber das erreichte die Freundin schon gar nicht mehr.

Hand in Hand verließen Carlos und Marie den schummrigen Club, in dem der Dunst aus Rauchschwaden, Tanzschweiß und Bier immer undurchdringlicher geworden war. Carlos ließ ihre Hand nicht los, auch nicht, als sie endlich die steile Treppe ins Freie hinaufgeklettert waren, vorbei an lachenden jungen Leuten, die ihrerseits nach unten geströmt waren und durch die sie sich regelrecht hatten hindurchkämpfen müssen. Draußen blieben sie erst einmal kurz stehen, um Atem zu schöpfen. Die frische, klare Nachtluft und ein kräftiger Wind trieben Marie den Nebel aus dem Kopf; die Welt hier oben auf der Straße hatte nichts mehr zu tun mit der dort unten. Sollte sie umkehren? Mit Fiona lieber schnell ins Hotel zurückgehen und alles als kleines Abenteuer abhaken? Noch war Zeit.

Marie schaute Carlos verstohlen an, unsicher, ob das, was sie vorhatten, wirklich richtig war. Unten im Keller war alles so klar gewesen, so klar, wie der Raum vernebelt gewesen war. Aber jetzt? Sie kannte diesen Mann doch überhaupt nicht und nun regten sich all die tief eingebrannten Ermahnungen und Warnungen, krochen aus den verborgenen Winkeln ihrer Seele, um sie in Zweifel zu stürzen. Die *Muhme Angst*, die für kein Geld der Welt in diese Unterwelt gegangen wäre, hatte draußen geduldig gewartet und hoffte nun auf Gehör: *Das ging doch alles wirklich zu weit. Und dann dieser Gigolo da an ihrer Seite. Natürlich wollte der nur das eine, das musste Marie doch sehen!*

Aber Marie wollte nicht sehen, denn Carlos argumentierte lautlos dagegen. Er beugte sich zu ihr hinunter, küsste sie ganz zart und intensiv zugleich, sah ihr dann lange in die Augen, und Marie verstand, wollte verstehen, glaubte zu wissen, was sein Blick besagte: *Es ist alles in Ordnung, ich weiß um Deine Ängste, ich gehe sorgsam mit Dir um,* so dass sie nur noch halbherzig Vernunft gegen Verlangen stellte. Die letzten kleinen Vorbehalte wischte sie kurzerhand weg und ließ die *Muhme Angst* triumphierend einfach stehen. Sie war doch nicht nach Amsterdam gekommen, um jetzt kleinmütig wegzulaufen! Es war noch gar nicht lange her, dass einer ihrer Josefsburger Favoriten bei ihrem Anblick im Badeanzug im Freibad den *Beatles*-Song angestimmt hatte: *I'm the walross, here comes the walross* … und alle in sein Lachen mit eingefallen waren. Jetzt hatte sie ihre Chance, und sie wollte sie nutzen. Genau jetzt!

Carlos schien erleichtert, als sie sich mit ihm in Bewegung setzte. Sie überquerten eine große Straße, die um diese Zeit immer noch stark befahren war, dann links in eine Gasse, wieder rechts, und gelangten so an eine der vielen Grachten Amsterdams, wo ein Hausboot neben dem anderen sanft im Wind schaukelte. Auf ein eher unscheinbares, leicht marode wirkendes Boot mit einer spanischen Flagge steuerte Carlos zu, betrat den schmalen Steg, der zum Boot führte, und zog Marie an der Hand hinter sich her bis zu einer winzigen Tür, bei der er sich tief hinunterbücken musste, um sich nicht den Kopf anzustoßen. Dahinter erwartete Marie ein schmuddeliger Raum, der einzige auf diesem Hausboot, wie es aussah. Sitzen konnte man nur auf einem großen, ungemachten Bett in der Mitte. Auf dem Boden lagen Kleidungsstücke herum, leere Bierflaschen, Pizzakartons, dazwischen Bücher, Schreibutensilien und Zigarettenschachteln.

Aus einem kleinen Camping-Kühlschrank holte Carlos eine Flasche Wein, nahm zwei Gläser und setzte sich im Schneidersitz vor dem Bett auf den Boden. Dankbar nahm Marie diesen Aufschub an und setzte sich ihm gegenüber, erzählte von Josefsburg, von zu Hause, von der Schule, quasselte und lachte viel zu laut, um die angespannte, aufgeladene Stimmung zu übertönen. Carlos schaute sie nur an, zog an seiner Zigarette, trank seinen Wein, jetzt schon das dritte Glas, mal intensiven Augenkontakt suchend, mal leicht süffisant lächelnd, mal mit sanftem Rehaugenaufschlag, mal mit flammendem Begehren im Blick.

Marie trank ihren Wein viel zu schnell und brach ihre Erzählung abrupt ab, als sie bemerkte, dass Carlos sich so nah an sie herangerobbt hatte, dass sie seinen Atem spüren konnte.

Seine Lippen setzten sich auf ihre, saugten sich an ihnen fest, seine Zunge drang ihr in den Mund, eroberte ungestüm den Raum, während seine Hände, des langen Wartens müde, sich die Arbeit teilten: Die eine fuhr forsch unter ihren Pulli, um das schon im *Kleinen Paradijs* erkundete Terrain in Besitz zu nehmen, während die andere Hand den Reißverschluss ihrer Jeans aufzog und fordernd zwischen ihre Beine glitt.

Marie wurde mitgerissen von seinem Überraschungsangriff und ergab sich wehrlos seinen Forderungen. Sie vermisste die Zärtlichkeiten von vorher, aber sie registrierte auch entzückt dieses für sie neue unendliche Begehren, diesen dringlichen Wunsch, sich hinzugeben, den anderen in sich aufzunehmen, im Gleichtakt zu atmen und dabei in die Seele des anderen zu schauen.

Doch Carlos hatte offenbar wenig Interesse an ihrer Seele, zog Marie ungeduldig die Kleider vom Leib und schob ihren nackten Körper aufs Bett, ein wenig zu grob für Maries Begriffe, spreizte ihr die Beine und versuchte, in sie einzudringen. Marie wollte ihn küssen, doch dafür war jetzt keine Zeit, Carlos war ganz und gar mit sich selbst beschäftigt. Immer wieder drängte er in sie hinein, nahm Anlauf, um den Widerstand zu brechen.

Marie verkrampfte von Mal zu Mal mehr, fühlte sich ausgeliefert, wie ein Objekt, das man versuchte aufzuspießen. Ihr Mund begann sich zu kräuseln, ihre Atmung wurde immer flacher, ein Hyperventilieren, das alles in ihr verschloss. Ihr trat der Schweiß auf die Stirn aus Angst vor dem wiederkehrenden Schmerz. Gleichzeitig schämte sie sich, weil sie fürchtete, diesem Mann nicht zu genügen, ihn zu enttäuschen, sich für das Liebesspiel als unfähig zu erweisen, nicht liebenswert zu sein. Sie wollte es Carlos so gerne rechtmachen, doch der hatte es schon lange drangegeben, auf ihre

Gefühle zu achten. Er arbeitete sich unermüdlich an ihr ab, bis er endlich mit einem kräftigen Stoß das gewünschte Ziel erreichte. Marie schrie auf vor Schmerz, während Carlos sich mit einem grunzenden Laut in ihr ergoss, um sich dann schnell von ihr herunterzurollen und auf die Seite zu fallen.

An der Innenseite ihrer Schenkel lief ein schmaler, dunkler Faden herunter, den sie verstört und verschämt mit ihrer Unterhose wegwischte, die in Griffweite lag, ehe er Carlos' Bett beflecken konnte. Der hatte sich schon eine Zigarette angezündet und forderte sie auf, unter die Dusche zu gehen.

Nach einer kleinen Ewigkeit unter dem Duschstrahl wurde Marie langsam ruhiger. Sie trocknete sich ab und sah keine andere Möglichkeit, als sich in ein großes, fleckiges Tuch zu wickeln, das nachlässig über einem Wäschekorb hing. Das einzige Stück Stoff in dem winzigen Bad, das groß genug war. Als sie zurückkam, hatte sich Carlos bereits zur Wand gedreht und war eingeschlafen.

Sie hatte so gehofft, er würde noch etwas Nettes zu ihr sagen, ein Kompliment für ihren Körper übrighaben, seine Gefühle für sie artikulieren – aber außer einem gleichmäßigen Schnarchen hörte sie nichts mehr von ihm. Sie schaute auf den Mann, von dem sie geglaubt hatte, er wolle ihr Herz erobern, wie er da vor ihr lag, nackt und zerzaust. Ihr schwante, dass sie jetzt nichts mehr für ihn bedeutete, nie etwas für ihn bedeutet hatte, dass er sie nur benutzt hatte, seine Liebesbekundungen nur Mittel zum Zweck gewesen waren. Nicht einmal auf ihren Schmerz hatte er reagiert. Das Finale Furioso war geschafft, der Stier lag erstochen am Boden und der Torero träumte wahrscheinlich schon vom nächsten Kampf in seiner schwankenden Arena.

Marie schämte sich; immer noch lief ihr etwas Blut die Beine hinunter. Die Freundinnen hatten immer nur von dem Hochgefühl und dem Spaß berichtet, den sie mit ihren Lovern hatten, keine hatte davon gesprochen, wie demütigend es war, als Objekt zu fungieren, als unbekannter Sparringspartner für einen jungen Wilden, der sich daran berauschte, das Recht der ersten Nacht errungen zu haben. Nein, davon hatte keine gesprochen, und Marie schwor sich, auch sie würde diesen Vorfall, wie sie ihn für sich nannte, niemandem gegenüber erwähnen. Sie hatte versagt und fühlte sich wie der Verlierer in einem Spiel, dessen Regeln sie noch nicht kannte. Schnell sammelte sie ihre Kleider ein, zog sich leise an und verließ auf Zehenspitzen das Hausboot in Richtung Jugendhotel, wo Fiona im oberen Stockbett schon tief schlief.

Drei Tage darauf waren sie wieder nach Hause gefahren. Arnheim war nett gewesen, es war nichts Besonderes passiert.

Marie lächelte wehmütig, als sie an diese Zeit dachte, an sich selbst als 17-jähriges, unerfahrenes Mädchen, so hoffnungsvoll, so ungestüm, so hungrig. Alles in ihrem Kopf hatte sich damals ums Verlieben gedreht – und darum, geliebt zu werden. Nur damals? War ihre Sehnsucht nicht immer gleich stark geblieben, bis heute, nur dass sie sich jetzt nicht mehr traute, solche Risiken einzugehen? Und was war mit ihrer Mutter? Aus ihren Tagebüchern sprach die gleiche Lebenslust, die gleiche Sehnsucht. Die Mutter war 42 gewesen, als Marie geboren worden war, zwei Jahre jünger als sie heute. Warum wusste sie nichts von Elsjes Leben vor ihrer Zeit?

Kurz schlug sie eines der Büchlein mit Gedichten des Vaters auf, die er für seine Elsje geschrieben hatte. Sie sprachen von Liebe, von einer innigen Zuneigung, von der Hoffnung auf eine glückliche gemeinsame Zeit. Von der idealen Frau, die er in ihr vermutete, die für ihn sorgen, sich um ihn kümmern, ihm den Haushalt führen und ihm letztlich viele Kinder schenken würde. Aber – hatte er wirklich bekommen, was er sich erträumt hatte? Waren sie seelenverwandt gewesen? Hatten sie im Gleichklang gelebt? Hatten sie sich solche Gedanken überhaupt erlaubt? Oder gar die Formulierung intimer Wünsche? Eher nicht, fürchtete Marie. Die paar Jahre, in denen sie sie als Elternpaar erlebt hatte, waren zwar zu wenig, um es wirklich beurteilen zu können, aber Kinder haben feine Sensoren für das, was ist, und das, was darunter schwelt. Und auch für das, was nicht ist und was sie schmerzlich vermissen.

Marie war unsicher, ob sie ein Recht dazu hatte, weiter in den Aufzeichnungen der Mutter zu lesen. Sie enthielten ihre Geheimnisse, die Marie jetzt ungefragt lüftete, und sie war sich nicht sicher, ob die Mutter das gutheißen würde. Sie biss sich auf die Lippe, drehte und wendete den Stapel mit Briefen in ihren Händen, rutschte unruhig auf dem viel zu weichen alten Sessel herum, sprang schließlich auf und lief ans geöffnete Fenster. Draußen war es bereits Nacht. Ein leichter Wind strich über die Hauswände, hinter denen die Menschen ihre Abende verbrachten. Einsam, im Streit, sich angeregt unterhaltend, mit den Kindern noch ein Spiel spielend, ein Buch lesend oder schon bereit fürs Bett. Marie wünschte sich manchmal, hinter die Fassaden blicken zu können, das Leben der anderen zu beobachten, zu erkunden, welche Formen des Miteinanders es gab. Sie kannte nur ihre Version des Daseins, noch ein paar wenige andere, aber die Palette der Möglichkeiten erschien ihr wesentlich größer, und von all dem hatte sie keine Ahnung.

Sie ging zurück zum Sessel und nahm die Briefe wieder in die Hand. Lange würde die Mutter nicht mehr zu leben haben und nach ihrem Tod gäbe es kein Briefgeheimnis mehr, das sie zu wahren hätte. Dann aber beschloss sie doch, es für heute mit dem Gelesenen bewenden zu lassen und einfach noch ein paar Tage zu bleiben. Morgen würde sie erneut ins Pflegeheim gehen, vielleicht wäre es ja doch möglich, von der Mutter noch ein paar Dinge zu erfahren. Sie würde sie ermuntern, offen zu sein, im Gegenzug auch von sich erzählen. Einen Versuch war es wert. Schnell packte Marie die Sachen der Mutter wieder in den Karton, ganz obenauf den Rosenkranz, damit sie nicht vergessen würde, ihn der Schwester zu bringen. Für heute reichte es.

Müde ließ sie sich in das weiche, alte Doppelbett fallen, genoss das leichte Nachfedern und schlief sofort ein.

17

Am nächsten Morgen wurde Marie gegen 8.00 Uhr vom durchdringenden Glockengeläut des nahen Wallfahrtsdomes geweckt. Sie sprang aus dem Bett und schaute auf die Straße hinunter, wo schon die ersten Pilger zum Hochamt gingen. Schnell zog sie sich an und machte sich bereit für den Tag, an dem sie ihrer Mutter die ganze Geschichte mit Adrian erzählen würde. Es fühlte sich an wie eine Prüfung, die ihr bevorstand und die sie bestehen konnte oder nicht. Nie zuvor hatte sie auch nur die Neigung dazu verspürt, sich ihrer Mutter anzuvertrauen, sämtliche Schranken einzureißen. Sie wusste nicht einmal, ob sie es aushalten könnte, so schutzlos vor der Mutter zu stehen. Wenn die auf ihre Offenheit gar nicht oder gar böse reagieren würde, würde sie sofort weg sein, und zwar für immer. Dieser kleine Ausweg blieb ihr auf jeden Fall. Es war ein Wagnis, ja. Aber andererseits wusste sie jetzt so viel von ihrer Mutter, hatte einen intimen Blick auf die junge Elsje erhascht. Das zarte Band, das dadurch geknüpft worden war, ließ sie mutig an ihr Vorhaben glauben.

Wie jeden Morgen schminkte sie sich sorgfältig, ihre Art, sich auf den Tag einzustimmen. Wenn Marie sich so im Spiegel betrachtete, sah ihr nur noch höchst selten das schüchterne Mädchen von damals entgegen, das sich selbst nicht gefiel. Jetzt war es eher ein Wohlgefallen am eigenen Bild. Meistens wenigstens. Für Marie war das Schminken ein meditativer Akt, der ihr half, ihr inneres Gefühl mit dem äußeren Erscheinungsbild in Einklang zu bringen. Sie wollte keine Maske, sie wollte eine Unterstützung ihrer selbst. Sie hatte lange gebraucht, bis ihr das selbst klar geworden war. Auch in der Kleidung war sie immer puristischer geworden: schwarz, mit Rollkragen, so dass ihr Gesicht mit den üppigen Haaren wie eine Fotografie wirkte. Am liebsten hätte sie in Paris gelebt, in einem Bistro Kaffee getrunken, geraucht, mit befreundeten Literaten über die Zukunft parliert, im Zentrum einer Bewegung, die sie inspiriert und zu eigener Kunst angeregt hätte. Malerei vielleicht, Schauspielerei, Musik oder die Dichtkunst. Muse und Kreative in einem. Wie gerne hätte sie auch einmal mit einer Mutter, die Freundin und Vertraute war, in einem solchen Café in Paris gesessen und mit ihr ihre Phantasien geteilt.

Aber Paris war weit weg und Josefsburg nicht dazu angetan, solchen Überlegungen nachzuhängen. Also beeilte sie sich mit dem Frühstück, packte den Karton unter den Arm und lief eilig zum Pflegeheim.

Es war gegen zehn, als sie dort ankam. Die Schwestern waren gerade wieder dabei, die Mutter zu waschen und frisch zu betten. Mit einem freundlichen Nicken, ohne ihre Arbeit zu unterbrechen, quittierten sie die Tatsache, dass Marie wiedergekommen war. Wie gestern auch ließ die Mutter die anstrengende Prozedur klaglos über sich ergehen, verzog hin und wieder schmerzverzerrt das Gesicht und schien dabei völlig abwesend zu sein.

Marie musste an Mutters Erzählung von der Blinddarmentzündung denken, an der diese in ihrer Kindheit fast gestorben wäre. Doch der Hausarzt der Familie van Leuwen habe einen Ruf zu verlieren gehabt, denn ein Jahr zuvor war es ihm schon nicht gelungen, ihre Schwester Gertrud zu retten. Als er also gesehen habe, wie sie die Hand nach einem fernen Licht ausstreckte, von dem sie behauptete, es sei der heilige Josef gewesen, ihr Geist also schon in Richtung Nirgendwo habe entschwinden wollen, habe er sie mit einer solchen Wucht geohrfeigt, dass sie wütend zu sich gekommen sei – und weitergelebt habe.

»Ihre Mutter hatte eine ruhige Nacht, aber sie sollte etwas essen, Frau Hagen, und auch trinken. Sind Sie so nett und versuchen, sie zu füttern? Wenigstens ein bisschen Joghurt oder ein paar Schlucke Tee wären gut.«

Die Pflegerinnen, es waren die gleichen zwei wie gestern, bedankten sich und verließen das Zimmer, wobei ihr die Stationsschwester, die ihr den Karton übergegeben hatte, noch einmal fest die Hand drückte.

Marie sah auf ihre Mutter, von der man nicht wissen konnte, wo sie gerade war. Nach einiger Zeit war ihr, als schienen durch die vom Alter geprägten Gesichtszüge schemenhaft die des jungen Mädchens, der jungen Frau hindurch. Marie sah sie ganz deutlich vor sich, als ob sich mehrere Bilder übereinander geschoben hätten. Wie ein Gemälde versuchte sie das Gesicht der alten Frau zu interpretieren, neugierig, distanziert und dann wieder staunend, weil ihr vieles Bekannte auf einmal in einem ganz anderen Licht erschien.

Was sie sah, war die Fassade, die ihre Mutter ihr immer gezeigt hatte, aber wenn man genauer hinsah, lag darunter das Leben der Elsje Hagen, geborene van Leuwen, das Marie nur rudimentär kannte, das sie aber brennend interessierte, denn irgendetwas sagte ihr, dass dahinter auch der Schlüssel zu ihrem eigenen Leben lag.

»Du musst etwas essen, haben die Schwestern gesagt«, bemerkte Marie sanft, um ihre Mutter vorsichtig in die Gegenwart zurückzuholen. Die alte Frau lächelte nur mit geschlossenen Augen und schüttelte kaum merklich den Kopf.

»Hast Du keinen Hunger?«, fragte Marie, jetzt etwas mutiger.

Die Mutter antwortete nicht, öffnete aber wie in Zeitlupe das rechte Auge, während das linke auf halber Höhe hängen blieb. Sie schien einen bestimmten Punkt zu fixieren, kniff die Augen zusammen, um dann das eine wieder weit aufzureißen.

»Schau mal da, das Tanzpaar«, sagte sie flüsternd. Offenbar sah sie am Bettende wirklich zwei Menschen, die sich zu einer imaginären Musik bewegten. Marie neigte sich näher zu ihr hin, um sie verstehen zu können.

»Wer ist es denn?«, fragte sie dann leise zurück.

»Ein schöner Baron, der tanzt mit mir«, erwiderte die alte Frau mit einem seligen Lächeln.

»Gefällt Dir der Baron?«

»Oh ja, der sieht so gut aus und die schöne Uniform«, schwärmte sie.

»Hast Du dich in ihn verliebt?«, wollte Marie wissen und fand ihre Frage fast unverschämt.

»Ja, ein bisschen«, gab die Mutter verschämt zu, wurde dabei sogar ein wenig rot und musste kichern, tonlos, wie alles, was sie von sich gab.

Marie traute ihren Ohren nicht – diese Frau, die Moral und Monogamie über alles gestellt hatte, die jeden verurteilt hatte, der sich nicht an dieses *bis dass der Tod euch scheidet* hielt, ließ ihren Gefühlen in ihrem hohen Alter freien Lauf?

»Und was ist mit Friedrich, Deinem Mann?«, stichelte Marie.

»Der ist doch tot, hast Du selber gesagt, oder nicht?«

Das konnte jetzt wirklich nicht wahr sein! Die Trauerkleidung, die ihre Mutter noch Jahre getragen hatte … Kein Mann mehr, keine Freude mehr. Warten auf den Tod. Das war ihre Devise gewesen.

»Er hat so schöne schwarze Haare«, flüsterte die alte Frau nun verträumt, »und er kann tanzen, tanzen, tanzen.«

Es schien, als wiege sie sich in Gedanken im Takt; eine Hand hob sich von der Bettdecke und bewegte sich ganz sachte mit. Eins, zwei, drei, eins, zwei, drei, Marie konnte den Walzerschritt ihrer Mutter fast spüren.

»Wird er wiederkommen, was meinst Du?«, fragte sie Marie schließlich ein wenig ängstlich.

»Ist das Karol Baum, mit dem Du da tanzt?«, fragte Marie mit klopfendem Herzen und wagte sich damit direkt ins Zentrum ihres Interesses. Sie vermutete stark, dass dieser Karol eine wichtigere Rolle in Elsjes Leben gespielt hatte als nur die eines guten Freundes der Familie. Das Päckchen Briefe im Karton der Mutter enthielt auf jeden Fall Briefe dieses ominösen Malers aus der Zeit des Krieges, so viel hatte sie gesehen.

Die Mutter schien die Frage nicht gehört zu haben oder nicht hören zu wollen. Statt einer Antwort fragte sie nochmals: »Kommt er morgen wieder?« Ihrem dünnen, heiseren Stimmchen schien jegliche Energie abhandengekommen zu sein.

»Aber sicher, er kommt bestimmt schon morgen früh wieder, wenn Du dich ein wenig vom Tanzen ausgeruht hast.«

»Ja, ich möchte was trinken, ich bin ganz außer Atem.« Die Greisin schickte ein dankbares Lächeln in Maries Richtung. Doch sie war nicht gemeint, das spürte sie ganz deutlich; das Lächeln ging durch sie hindurch.

Marie hielt ihrer Mutter behutsam die Schnabeltasse mit dem kalten Tee an die Lippen und nahm ihren Arm zu Hilfe, um den fragilen Körper, der unter ihren Händen zu zerbrechen drohte, zu stützen. Fast tat es gut, sie endlich einmal anzufassen, nachdem Marie sich so lange von ihr ferngehalten hatte. Die Mutter nahm mit vorgeschobener Unterlippe vorsichtig einen winzigen Schluck, sog die Flüssigkeit schlürfend ein. Das musste sehr anstrengend für sie sein.

Matt fiel sie ins Kissen zurück und sah Marie erschöpft an, wobei sie auch das gesunde Auge kaum noch aufhalten konnte. Das andere blieb fast vollständig zu. Verwegen sah das aus, zwielichtig, wie die schlechte Karikatur eines Ganoven. Doch Marie ahnte, dass auch diese Schwäche dem nahen Tod geschuldet war, und auf einmal hatte sie das Gefühl, sich beeilen zu müssen, um der verbleibenden Zeit mit ihrer Mutter noch ein paar besondere Momente abzuringen. Sie fühlte sich ihr so nahe wie noch nie, vertraut, als wäre sie eine enge Freundin, und obwohl sie dieses Gefühl befremdete, freute sie sich doch darüber und wollte es festhalten, auch wenn ihr klar war, dass die alte Dame kaum mehr etwas an die Realität band. Dieses offene Gesicht, dieses offene Herz, diese Neugierde und Leichtigkeit kannte sie von ihrer Mutter nicht und hatte sie doch so herbeigesehnt. Ob sie jetzt den nächsten Schritt wagen sollte?

»Mutter, ich muss Dir auch etwas erzählen«, begann sie vorsichtig und blickte dabei erwartungsvoll auf die alte Frau.

Ob die überhaupt registrierte, dass Marie, ihre Tochter aus Fleisch und Blut, hier war? Die Mutter hob nur leicht eine Augenbraue.

»Mutter, ich habe mich im letzten Jahr ganz schrecklich verliebt, aber es ist schiefgelaufen.«

Jetzt war es raus.

»Aha, und wer ist es?«

Flackerte da etwa wirkliches Interesse bei ihr auf? Marie war wachsam, als ob sie einen Schlag einkalkulieren müsste, der die gelöste Stimmung zerstören würde, die gerade zwischen ihr und der Mutter herrschte.

»Ein Mann, den ich bei einem beruflichen Termin kennengelernt habe. Ich dachte, er sei meine große Liebe, aber er hat mich wieder verlassen.«

»Hm, und warum?«

»Er war verheiratet und hat sich für seine Frau entschieden.«

»Dann ist das doch wohl besser so – man kann sein Glück nicht auf dem Unglück eines anderen Menschen aufbauen«, kam es streng aus dem zahnlosen Mund. Obwohl die Mutter so schwach war und nur noch mit Mühe sprechen konnte, manche Silben tonlos verschluckte, erschien Marie das Gespräch jetzt wie ein Verhör.

»Wie lange war er denn mit seiner Frau zusammen?«, insistierte sie weiter.

»Ich glaube, an die 25 Jahre.«

»Das ist lange genug. Man kann in einem langen Leben mehrere Lieben haben. Und wenn es vorbei ist, ist es vorbei.«

Marie traute ihren Ohren nicht. Die Ehe hatte für die Mutter immer an oberster Stelle rangiert, unantastbar, ein Verbrechen, sie zu brechen, das unweigerlich ins Verderben führen musste. Vielleicht konnte sie ihr noch mehr entlocken, wenn sie ihr ein Foto zeigte, das einzige, das sie hatte. Marie nahm ihre Handtasche auf den Schoß und zog das Foto von sich und Adrian heraus, das bei einem Empfang entstanden war, zu dem sie beide eingeladen gewesen waren. Es war schon ganz knittrig; Marie hatte es nur noch nicht übers Herz gebracht, es endlich zu entsorgen und sich selbst damit Ruhe zu verschaffen.

Vorsichtig hielt sie es der Mutter so hin, dass sie es sehen konnte, stolz und zugleich ärgerlich über sich selbst, dass sie sich immer noch und immer wieder mit diesem Schmerz konfrontierte. Es tat nur noch weh, es hatte nichts Schönes mehr, eine Erinnerung an etwas, das sie sich so sehr gewünscht hatte, das aber nie mehr sein würde. Liebe kam für sie nicht mehr infrage, sie verlor dabei jedes Mal ein Stück von sich selbst. Der Kummer stand in keinem Verhältnis zur Euphorie des Anfangs. So war es immer gewesen, und so würde es wohl auch immer bleiben. Sie konnte das nicht, Liebe, Beziehung, Partnerschaft. Besser, man versuchte es erst gar nicht mehr.

Wie zum Hohn strahlten Adrian und Marie auf diesem Bild um die Wette, als gäbe es kein Gestern, sondern nur unendlich viele schöne Morgen. Mit Mühe nahm die Mutter das Bild, das Marie ihr hinhielt, in die Hand und bemerkte anerkennend:

»Was für ein schöner Mann! Er sieht ein bisschen aus wie Karol.«

Marie horchte auf: »Karol? Der Maler?«

Doch die Mutter reagierte auch auf diese Frage nicht und meinte nur leise:

»Er sieht nett aus, ihr seid ein schönes Paar!«

Marie liefen die Tränen übers Gesicht, sie wusste selbst nicht, ob aus Liebeskummer oder wegen der völlig überraschenden Zuwendung ihrer Mutter. Die hatte sie bei ihrem letzten Satz schon nicht mehr angesehen, sondern bereits wieder die Augen geschlossen, war wieder eingetaucht in die schillernde Welt jenseits des Pflegeheims. Sie hatte Maries Tränen nicht mehr registriert. Das Bild kippte sanft auf die Bettdecke, als ihre Finger sich entspannten. Kurz erschrak Marie fürchterlich, denn sie befürchtete, die Mutter hätte sie verlassen, die Augen zum Sterben geschlossen, bis sie erleichtert die regelmäßigen Atemzüge der alten Frau wahrnahm, die vor lauter Erschöpfung einfach eingenickt war. Aber sie war noch da!

Marie wischte sich mit dem Handrücken die Tränen vom Gesicht und stützte den Kopf auf die Arme, die sie über dem Bettgitter verschränkt hatte. Ja, Adrian hatte sie noch einmal aus ihrer selbstgewählten Einsiedelei herausgezerrt, ungefragt, ungestüm, um bald darauf, als sie lichterloh in Flammen gestanden hatte, die Glut gnadenlos wieder auszutreten. Sie erinnerte sich an jede Sekunde mit ihm; jedes noch so kleine Detail hatte sich in ihrem Gedächtnis eingebrannt, als gälte es, ein Archiv für die Ewigkeit anzulegen. Könnte sie es doch einfach anzünden und vernichten. Manchmal versuchte sie in Gedanken den schönen Teil in die Länge zu ziehen und möglichst lange bei dem anfänglichen Überraschungscoup zu verweilen. Doch die Dramaturgie fügte sich irgendwann unbarmherzig dem Verlauf der Geschichte und tauchte schon bald alles in ein schmutziges Grau.

18

Es war einer dieser dunklen, kalten Januartage. Draußen flogen lustlos ein paar versprengte Schneeflocken herum, die Marie darin bestätigten, dass der Januar ein überflüssiger Monat war. Ohne den Glanz der Vorweihnachtszeit. Wie ein Bleikissen legte sich der Jahresanfang Tag für Tag schwerer auf all die Neujahrsideen, Wünsche und Zukunftsvisionen, schnürte ihnen ganz langsam die Luft ab, ließ sie schrumpfen, noch ein wenig zappeln, bis sie Ende Januar ganz in sich zusammenfielen, ähnlich einem alten Luftballon, der trudelnd noch einmal hier und da anstößt, bevor er leer und ausgelaugt auf dem Boden liegenbleibt. Marie mochte diesen Monat nicht, obwohl er ihr in diesem Jahr nicht ganz so ungnädig vorkam wie all die Januare zuvor, und das war Dr. Adrian Fischer zu verdanken.

Seit sie in Annemarie Schübleins kleiner Buchhandlung als zweite Kraft angefangen hatte, war es Maries Aufgabe, das Lesungsprogramm zu gestalten, was ihr sehr viel Spaß bereitete. Mit Neuerscheinungen auf dem Buchmarkt kannte sie sich mittlerweile bestens aus, genauso wie mit Klassikern und literarischen Zwittern, die man zwar gerne und viel las, die aber im Feuilleton – zu Recht – nicht vorkamen. Und der König dieses Genres war Dr. Adrian Fischer, Mediziner und Erfolgsautor populärwissenschaftlicher Werke sowie einiger Romane, die im Arztmilieu angesiedelt waren. Eigentlich konnten sie sich jemanden wie ihn in dem kleinen Buchgeschäft gar nicht leisten; das Budget gab das Honorar für Gäste seines Kalibers einfach nicht her. Doch Marie hatte trotzdem alles daran gesetzt, den Bestsellerautor auf seiner Lesereise auch nach Neustadt zu holen. Annemarie Schüblein hatte sich die Haare gerauft, wie sie es immer tat, wenn sie sich aufregte. Mit beiden Händen fuhr sie sich dann durch ihre halblangen, zinnfarbenen, schon etwas schütteren Haare. Wahrscheinlich dachte sie in dieser Zeit nach, erwog das Pro und Contra, haderte kurz mit ihrem Dasein als Buchhändlerin und überlegte, ob ihre einzige Angestellte, Marie, diesmal doch zu eigenmächtig gehandelt habe. Es war wie ein Ritual: Wann immer Marie einen neuen Vorschlag für ihre Buchhandlung machte, brauchte Frau Schüblein diesen Moment des Sammelns und Kämmens, gefolgt von einem langen und tiefen Seufzer, wenn die Haare schließlich wieder geordnet herunter hingen, bevor sie ihre Angestellte stirnrunzelnd ansah und mit den Händen ein resigniertes *na gut, machen Sie nur* andeutete. Zwar kam sich Marie dann immer ein bisschen vor wie ein lästiger Hund, den man wegscheuchte, aber Frau Schübleins Geste hatte bei alldem auch etwas Liebevolles. Sie konnte nicht böse sein, wollte aber auch nicht gleich zustimmen, um wenigstens ein bisschen Autorität zu demonstrieren. Die Buchhändlerin stand kurz vor der Pension, immer im tadellosen, beige-braunen, leicht altmodischen Kostüm, unter dem man einen mageren Körper erahnen konnte. Der war auch für die vielen tiefen Falten in ihrem Gesicht verantwortlich, die ihr bisweilen holzschnittartige Züge verliehen.

Marie wusste, dass sie freie Hand hatte, ihre Chefin dabei aber tunlichst nicht übergehen durfte. Dieses Mal war es schwer gewesen, ihr den Gast, der 1500 Euro Honorar verlangte, schmackhaft zu machen. 1500 Euro! Aber die Aussicht auf ein volles Haus, den großen Werbeeffekt und viele verkaufte Exemplare seiner Bücher hatte sie in dieses finanzielle Wagnis einstimmen lassen. Marie war sicher, dass der prominente Besuch als großer Erfolg für die *Lesestube* von allen regionalen Zeitungen registriert werden würde.

Erst neulich hatte sie ihn in einer Talkshow im Fernsehen gesehen. Er lachte viel, legte im nächsten Moment höchst konzentriert seine Stirn in waagerechte Falten, als würde er über eine wissenschaftliche Abhandlung dozieren. Zwei steile Furchen zwischen seinen Augenbrauen, Zornesfalten, deuteten auf einen Hang zum Cholerischen hin. Ein temperamentvoller Mann, so schien es ihr, der bei seinen Ausführungen überschwänglich mit den Händen gestikulierte, den Körper hin- und herwiegte, um schließlich wieder entspannt in seinen bequemen Sessel zurückzufallen, die Moderatorin anzustrahlen und ergeben auf die nächste Frage zu warten, stolz, die vorhergehende so glänzend beantwortet zu haben.

Maries Favoriten in der Literatur waren eigentlich solche, die man mit Fug und Recht *Künstler* nennen konnte. Solche, die die Worte fein abwogen, die jeden Satz immer wieder auf seine Bedeutung und Wirkung hin überprüften, die mit den kleinsten Unebenheiten in Sprache und Inhalt haderten, sie unermüdlich neu fassten, ja, neu dachten. Einer, der etwas erzählen *musste*, weil es ihn sonst zerriss. Einer, der sich quälte für den einen gelungenen Satz, die exakt passende Färbung, die atmosphärische Dichte.

Adrian Fischer war von all dem weit entfernt. Seine Sachbücher bestachen durch einfache Sprache und populäre Argumente. Für seine Romane verwendete er die immer gleiche Rezeptur aus Spannung, Tränen, Liebe, Erotik und Überraschendem. Da komponierte er punktgenau, und der Leser blätterte beim Lesen atemlos noch schnell zum nächsten Kapitel, um zu erfahren, wie es weitergehen würde. Genau da aber trieb der Autor seinen Schabernack mit seinen Lesern und Leserinnen, Letztere waren in der Mehrzahl, indem er seinen Helden, meist waren es Held*innen*, im Geschehen ein Stück zurückfallen ließ, wie bei einem

1000-Meter-Lauf, um einen anderen Läufer wieder in den Vordergrund zu stellen, den er wiederum zwei, drei Kapitel zuvor hatte zurückfallen lassen. Ein Wettstreit der Figuren, ein ausgeklügelter Kampf um Aufmerksamkeit, so dass man nicht anders konnte, als in nur einer Nacht durch seine Bücher zu hecheln.

Marie wusste nicht zu benennen, warum sie ihn so unbedingt nach Neustadt hatte holen wollen, oder besser: Sie wollte es sich selbst nicht eingestehen, dass dieser Mann sie interessierte. Sie hatte einiges über ihn gelesen und meinte, ihn bereits zu kennen. Adrian Fischer kam gebürtig aus der Provinz, einer Region in Deutschland, deren Bewohnern man unterstellte, eher grobschlächtig zu sein, wohl auch wegen des breiten, kehligen Dialekts, der in den Ohren schmerzte. Wie ein zu dicker Pflock, den man mit Gewalt in eine zu enge Öffnung treibt. Schweinebraten war in diesem Flecken Land mit seinen vereinzelten, unspektakulären Erhebungen besonders beliebt, kross und fettig, dazu Bier aus heimischen Brauereien. Eine Mahlzeit wie aus dem 19. Jahrhundert.

Adrian Fischer strafte dieses Bild, das er selber gerne aufgriff und in aufschneiderischer Bescheidenheit als sein Markenzeichen anführte, mit seiner Erscheinung Lügen. Er war mittelgroß, schlank und schmalfüßig. Seine immer leicht gebräunte Haut passte vorzüglich zu den fast schwarzen, vollen, seitlich gescheitelten Haaren, in die sich allmählich dünne silberne Strähnen mischten und die ein wenig zu lang waren, um als korrekt durchgehen zu können. Wenn ihm eine Strähne in die Stirn fiel, strich er sie mit drei Fingern seiner feingliedrigen Hand, die keinerlei Spuren von körperlicher Arbeit aufwies, wieder zurück. Während er seine Finger wie einen grobzinkigen Kamm durch seine Haare gleiten ließ, legte er den Kopf in den Nacken und schloss kurz die Augen – Augen, die mit ihrem blassen Blau so gar nicht zu seinem sonstigen Aussehen passen wollten. Ja, er war das, was man allgemein als gutaussehenden Mann bezeichnete. Und er wusste es, obwohl er immer so tat, als ob ihn seine Wirkung jedes Mal aufs Neue selbst am meisten überraschte.

Marie hatte mit solchen Männer nun wirklich schon oft genug zu tun gehabt, sie kannte Männer wie Adrian Fischer nur zu gut, die die ganze Klaviatur des Umwerbens beherrschten, leidenschaftlich diskutierten, aber auch still und nachdenklich sein konnten, die flüsterten, säuselten, lockten und sich einfühlsam gaben, wenn es darauf ankam. Und es kam fast immer darauf an. Schon bald aber drängte sich der eigentliche Kern, um den sich alles drehte, wieder in den Vordergrund – und dieser Kern war natürlich der jeweilige Mann selbst. Sie wusste das alles ganz genau. Und doch konnte sie nicht anders, als mit dem Feuer zu spielen und sich dabei selbst einzureden, sie habe das Löschen gelernt. Und auch die *Muhme Angst*, die bei diversen ihrer ungeliebten Besuche von diesem Abenteuer abgeraten, Anstand und Einsicht gefordert und an vergangene unglückliche Begegnungen dieser Art erinnert hatte, war bei Marie auf taube Ohren gestoßen.

Bald war der 5. Februar da, der Tag der Lesung. Es war stickig geworden in dem kleinen Verkaufsraum der *Lesestube*, wo in den sechs eng bestuhlten Reihen exakt 68 Gäste das Geschehen verfolgt hatten. Erstes Stühlerücken und Füßescharren zeigte an, dass sich die gespannte Konzentration, die während der ganzen Stunde von Adrian Fischers Vortrag den Raum in – ja, fast andächtige – Stille getaucht hatte, langsam löste. Die Zuhörer, und noch mehr Zuhörerinnen, räusperten sich mehrfach, bewegten dann die Finger wie nach einem langen Schlaf, streckten ihre Schultern und Oberkörper, schauten sich nach allen Seiten um, in Erwartung der Reaktion anderer auf das Gehörte. Dabei demonstrierten die meisten bereits mit einem bejahenden Lächeln oder anerkennenden Kopfnicken ihre Zustimmung und Zufriedenheit mit Inhalt und Performance des populären Gastes auf dem Podium. Es war immer das gleiche Spiel, das Marie nach einer solchen Lesung beobachtete.

Annemarie Schüblein würdigte Marie mit einem ihrer strengen Blicke, der für Außenstehende erstaunlicherweise immer freundlicher wirkte, als er gemeint war, und den ihre Angestellte sofort als Aufforderung verstand, das Fenster in der Teeküche und die Eingangstür zu öffnen, um etwas Durchzug zu schaffen. Else Meyer-Röhn, die Gattin des Sparkassen-Filial-Leiters der benachbarten Stadt und eine der Stammkundinnen der *Lesestube*, hatte nämlich bereits damit begonnen, sich mit dem Programmzettel auffällig Luft zuzufächeln, eine Geste, in die jetzt auch Alvara Brauers, Redakteurin beim hiesigen Lokalblatt und Freizeitautorin mit wenig Talent, sowie Christiane Schneider, Rektorin der Grundschule, mit einfielen. Ein deutliches Zeichen zu handeln.

Adrian Fischer hatte noch einige Sekunden im Nachhall seiner Worte verweilt und löste nun mit dem einsetzenden Applaus langsam seine Augen vom eben zugeklappten Buch mit dem vielsagenden Titel: *Bis zum Letzten*. Ein verlegenes Lächeln auf den Lippen, aber mit erwartungsvoll freudigem Blick maß er, so kam es Marie vor, auf einer Skala von 1 bis 10 den Grad seiner Resonanz. Was er sah, musste ihn überzeugen: ein bis auf den letzten Platz ausverkaufter Raum, zufriedene Gesichter, die zur Bestätigung ihres Zuspruchs teilweise sogar die Arme hoben, um ihrem Beifall mehr Nachdruck zu verleihen. Adrian Fischer war offensichtlich zufrieden, denn jetzt lag ein breites Lächeln auf seinem Gesicht, dieses unwiderstehliche Lächeln, mit dem er Marie schon am Nachmittag aus der Fassung gebracht hatte, als er unangemeldet viel zu früh in die Buchhandlung geplatzt war, schwungvoll seine alte Ledermappe auf den Verkaufstisch geschleudert, sie dann angestrahlt und »Da bin ich!« gerufen hatte. Ein schelmisches Lächeln um die Mundwinkel, für das sein direkter Blick gleich um Entschuldigung hatte bitten wollen.

Marie war unsicherer gewesen, als sie es sich für diesen Fall vorgenommen hatte. So früh hatten sie nicht mit ihm gerechnet, sonst wäre Frau Schüblein mit Sicherheit schon eher vom Friseur zurück gewesen. Sie hatte alleine mit ihm zurechtkommen müssen. Warum hatte sie sich heute Morgen nur für diesen einfallslosen schwarzen Faltenrock mit dem schlichten Rollkragenpullover entschieden? Kein Esprit, nichts Schillerndes, auch die neue Frisur konnte ihr Unbehagen nicht wettmachen, das sie in seiner so plötzlichen Gegenwart empfand. Kein Kribbeln, nur Zittern. Sie war doch keine 17 mehr! Gott sei Dank war er bald darauf noch einmal in sein Hotel verschwunden, um sich frisch zu machen, doch seine kurze Anwesenheit hatte genügt, um Maries Anspannung in helle Aufregung umschlagen zu lassen.

Langsam wurde die Schlange kleiner, die vor Adrian Fischers Pult ehrfürchtig angestanden hatte, um sich das gerade gekaufte Exemplar mit einer persönlichen Widmung von ihm signieren zu lassen. Annemarie Schüblein war sehr zufrieden mit den Verkaufszahlen dieses Abends, hatte doch mehr als die Hälfte der Besucher ein neues Exemplar erworben, obwohl viele von ihnen, das wusste sie genau, schon kurz nach Erscheinen eine Ausgabe bei ihr gekauft hatten.

Ein neues Meisterwerk von Adrian Fischer lautete auch Annemarie Schübleins unumstößliches Urteil, ein wichtiger und verlässlicher Kaufimpuls für die Kundinnen der *Lesestube*.

Auf den nächsten eindeutigen Blick ihrer Chefin hin begann Marie die Stühle aufeinander zu stapeln, um sie sogleich die schmale Steintreppe hinunter zu tragen. Während sie damit beschäftigt war, bemerkte Marie aus dem Augenwinkel, wie Else Meyer-Röhn sich immer wieder unbemerkt und wie zufällig in der Schlange zurückfallen ließ, um sich dann, endlich Letzte geworden, bereit zu machen, um vor Adrian Fischer ans Pult zu treten. Die Seite mit der Widmung war schon aufgeschlagen: ebenso kurz wie unergründlich – *für B.*

Noch war Alvara Brauers mit dem Versuch beschäftigt, ihn in ein Gespräch zu verwickeln. Sie war ganz nah an sein Gesicht gerückt, was ihn wiederum bewogen hatte, mit seinem Stuhl gefährlich weit nach hinten zu kippeln. Offenbar buhlte sie um ein Interview. Freundlich wiegte Adrian Fischer den Kopf, bemüht, ihrer jeweiligen Sprechrichtung unbemerkt zu entkommen, denn sie hatte ein kariöses Gebiss und einen schlechten Atem. Das wusste sie und versuchte durch dauerndes Lutschen von Pfefferminzdragees ihre Nähe für andere erträglicher zu machen. Das gelang nur bedingt, denn dafür stach einem der scharfe Pfefferminzgeruch in den Augen.

Der Autor schien um Bedenkzeit zu bitten, ohne endgültig abzulehnen, aber zumindest gab sich Alvara Brauers damit fürs Erste zufrieden. Sie schob ihm noch ihre Visitenkarte zu, vermerkte schnell und mit einem Augenaufschlag ihre Handynummer, bevor sie ihr rechtes Bein, wie das linke in viel zu enge rote Leggings gepresst, langsam wieder vom Podest herunter nahm. Ihr grob gestrickter Pullover glättete sich wieder zu seiner enormen Länge bis zum Knie, sie winkte Adrian Fischer noch einmal verschwörerisch zu und trat ergeben zur Seite.

Nervös hatte Else Meyer-Röhn in ihrem eleganten, hellgrauen Hosenanzug über dunkelroter Schluppenbluse währenddessen mit der rechten Schuhspitze ihrer mäßig hohen, aber teuren Pumps hin und her getippt und zum x-ten Mal betont beiläufig im matten Glas der Vitrine mit den großen Bildbänden und Kochbüchern ihr Aussehen überprüft. Sie schob noch einmal mit der flachen Hand die blondierten, am Hinterkopf leicht toupierten, aber schon etwas ausgedünnten Haare nach oben, um Volumen und Fülle vorzutäuschen.

Marie hielt beim Stapeln der sichtbar abgewetzten Stühle kurz inne, weil sie sehen wollte, wie Else Meyer-Röhn ihren Auftritt vor Adrian Fischer anlegen würde. Scheinbar diskret betrat sie zwar das Podest nicht, machte dann aber einen Schritt zur Seite, den sie mit einem entschuldigenden Lächeln kommentierte, um sich dem Autor von hinten rechts zu nähern. Fast hinter ihm stehend schob sie dann ihr Buch dicht an ihm vorbei auf den Tisch und flüsterte dabei etwas in seinem Rücken, das Marie nicht hören konnte, aber dennoch als anmaßend empfand.

Irritiert drehte sich Adrian Fischer, weiterhin um Freundlichkeit bemüht, nach rechts und links, bevor er zu seinem Füllfederhalter griff und seinen Namen schwungvoll und ausladend auf die von ihr gewünschte Seite setzte: *Für Else, Ihr Adrian Fischer*, das Ganze noch einmal mit Nachdruck unterstrichen. Das schien ihr nicht zu reichen, denn es folgte ein zweites Flüstern von schräg hinten. Marie war das schon beim Zuschauen peinlich. Nun musste dieser Fischer nach Alvara Brauers scharfem Pfefferminzatem auch noch Else Meyer-Röhns Parfumwolke verkraften. Auch Annemarie

Schüblein schien das registriert zu haben, denn nun schnellte sie mit leicht gesenktem Kopf quer durch die *Lesestube* auf den Signiertisch zu, in der Bemühung, den Autor zu retten, ohne dabei die beiden wichtigen Damen zu brüskieren.

Gespannt verfolgte Marie ihren Lauf durch die Bücherstube, ähnlich einem Stier beim Angriff auf das rote Tuch, geschickt ein paar im Wege stehende Stühle umtänzelnd, zwei Schritte nach vorne, einen zurück, einen seitwärts, um vorne am Lesepult aufrecht und zuvorkommend Halt zu machen, als wäre nichts. Auf dem Weg dorthin hatte sie Marie noch schmallippig zugezischt, sie möge sich mit dem Aufräumen doch bitte ein wenig beeilen.

Mehr konnte Marie nicht sehen, denn sie packte schnellstens einen neuen Stapel Stühle und schleppte auch ihn die steile Kellertreppe hinunter, um ihn dort zwischen ein paar Einmachgläsern, einem alten Verkaufstisch mit gesprungener Glastheke und einigen Kartons mit Remittenden, die an die Verlage zurück gingen, für die nächste Veranstaltung zu deponieren. Sie brauchte etwas länger, denn mittlerweile war der Raum für die restlichen Stühle knapp geworden, so dass man genau platzieren musste, damit am Schluss auch alle hineinpassten.

Als sie gerade wieder hinaufsteigen wollte, um die nächste Fuhre zu holen, kam ihr auf der Treppe Dr. Adrian Fischer, ebenfalls beladen mit einem Stapel Stühle, entgegen. Aus Maries Gesicht entwich jäh die Farbe. Der berühmte Gast stand zwei Stufen über ihr und schaute lächelnd, aber auch erschöpft auf sie herab. Er trug eine schwere Last; auch wenn er es sich nicht anmerken lassen wollte, konnte sie das sehen. Ganz leicht zitterten seine Wangen vor Anstrengung, die Strähnen, die er sich sonst so kunstvoll zurückstrich, hingen jetzt feucht auf seiner Stirn bis fast in die Augen hinein.

Seine Hände, die die Stühle umklammerten, er hatte sich gleich sechs geschnappt, eindeutig zu viel für eine Person, färbten sich an den Fingerknöcheln schon ganz weiß, seine Oberarme vibrierten beim Bemühen, seine schwere Last nicht fallen zu lassen.

Quasi im Lauf hatte er sie erwischt und zum Stehen gebracht, ihr rechtes Bein auf der dritten, das linke noch auf der darunterliegenden Stufe. Um souverän an ihm vorbeizukommen, fehlte der Platz. Wie bei einem riskanten Wendemanöver an einer schmalen Bergkehre sah Marie sich zwischen Abgrund und Felsmassiv eingeklemmt. Panik überkam sie, die Situation war ausweglos. Er für seinen Teil war schon viel zu weit unten, um noch nach oben abzudrehen. Ein kurzer, hilfloser Versuch ihrerseits, doch noch auszuweichen, schlug fehl; sie war zwar schlank, aber nicht so dünn, dass sie zwischen ihn und Kellerwand gepasst hätte, was er mit einem Lachen quittierte, wobei er versuchte, die Arme wie eine Sperre noch ein wenig weiter auszubreiten, was ihm aber mit den viel zu vielen Stühlen im Arm kaum gelang.

Marie hatte eindeutig den Kürzeren gezogen in diesem Wettstreit am Treppenberg. Sie musste jetzt auch lachen, allerdings ein bisschen verkrampft, denn er hatte damit begonnen, sie mit seinen Stühlen vor sich her zu schieben. Rücklings stolperte sie die zwei, drei Stufen hinunter, zurück ins unwirtliche Untergeschoss der *Lesestube*. Dort stellte er den Stapel auf den erstbesten Platz, klatschte die Hände ein paar Mal aneinander, um eventuelle Staubreste abzuklopfen, und fuhr mit der Hand einmal prüfend über den durchscheinenden Stoff der maroden Polster, die verlegen dastehende Marie von der Seite verschwörerisch angrinsend.

Marie fühlte sich ertappt und suchte mit den Blicken Halt auf dem Boden, um ihn nicht anschauen zu müssen.

Wieder fühlte sie sich wie ein Teenager und ärgerte sich darüber. Endlich fand sie eine defekte Kachel, der sie ihre ganze Aufmerksamkeit widmete, während ihr Gesicht von kreidebleich zu puterrot changierte. Adrian Fischer brach jovial das beredte Schweigen, daran gewöhnt, dass man in seiner Gegenwart schon mal nervös wurde.

»Wie heißen Sie mit Vornamen?«, fragte er.

»Marie«, antwortete sie viel zu leise.

»Wie bitte?«

Er hielt die flache Hand hinter sein linkes Ohr und beugte sich etwas näher an ihr Gesicht, wofür er sich andeutungsweise bücken musste, denn sie war gut einen Kopf kleiner als er. Eine feiner Hauch vom Geruch seines Schweißes, der sich mit den Resten eines herben Aftershaves mischte, stieg ihr in die Nase.

»Marie«, sagte sie nun etwas deutlicher, nachdem sie sich geräuspert hatte, um Klarheit und korrekte Auskunft bemüht.

»Marie«, wiederholte er mehr zu sich selbst als zu ihr. »Sehr schön, dann sind Sie also ein Marienwunder«, fügte er gedankenverloren hinzu, die Blicke nun ebenfalls auf die defekte Bodenfliese geheftet.

Mit einem Mal verspürte Marie wieder das Gefühl der physischen Bedrängung, so wie am Nachmittag, als er zu früh in die Buchhandlung gekommen war. Ihre Augen klebten unsinnigerweise vereint auf dieser einen defekten Bodenfliese. Das Dämmerlicht rings herum, der leicht modrige Geruch, die gedämpften Geräusche aus der *Lesestube*, die wie durch Watte zu ihnen herunterdrangen. Sie wagte nicht, sich zu rühren.

Eine, vielleicht zwei Sekunden lang verharrten sie so, dann ging ein kurzer Ruck durch seinen Körper, sein Blick riss sich und dadurch auch Maries von der Kachel los. Es schien, als schüttele er kurz alle Glieder durch, er straffte seinen Körper und fragte: »Marie, gibt es hier unten ein Bad?«

»Ja, natürlich.«

Innerlich noch völlig derangiert von diesem kurzen intensiven Moment, der sich jetzt durch etwas so Profanes wie einen Badbesuch ebenso schnell in Luft auflöste, wie er entstanden war, zeigte sie auf eine schmale Tür: »Da hinten rechts.«

»Vielen Dank, ich bin gleich wieder da.«

Adrian Fischer zwängte sich geschmeidig um ein paar Stuhlstapel herum bis zu der schmalen Tür, auf der *WC* stand und hinter der sich zudem eine kleine Dusche und ein winziges Waschbecken mit ein paar bunten Gästehandtüchern befanden. Marie wusste nicht, wohin mit sich. Einerseits wollte sie auf gar keinen Fall dumm herumstehen und Zeugin seines Badaufenthaltes werden. Andererseits konnte sie auch nicht einfach nach oben rennen und ihn im Keller stehen lassen. In die dumpfe Stille hinein hörte sie, wie der Wasserhahn aufgedreht wurde. Kurz darauf bewegte sich der Schlüssel im Schloss und Adrian Fischer trat aus der schmalen Tür und kam sichtlich erfrischt durch das Halbdunkel des kleinen Kellerraumes zwischen den gestapelten Stühlen wieder auf sie zu, betrachtete das Durcheinander um sich herum und sagte dann, nachdem er sie eine Weile, eine unendlich lange Weile lang, ohne zu lächeln angeschaut hatte:

»Französische Länge!«, um dann, auf ihren verdutzten Blick hin, im gleichen ernsthaften Ton zu ergänzen: »Ihr Rock, französische Länge. Das hat Stil.«

Erstaunt sah Marie ihm für den Bruchteil einer Sekunde direkt in die Augen, die jetzt leicht verengt, man könnte auch sagen abschätzend, auf ihr ruhten, um dann sofort wie ertappt den Kopf zu senken und einen kleinen Faden von ihrem Rock zu zupfen, froh, ihn entdeckt zu haben und sich somit beschäftigen zu können. Sie folgte mit den Blicken dem Segeln des Fadens auf den Boden, als ob sich dahinter ein großes Geheimnis verberge, und hoffte inständig, dass er beim nächsten Aufschauen seine Augen von ihr genommen hätte und damit auch die Röte verschwinden würde, die sie heiß und fleckig in ihrem Gesicht spürte. Wie jedes Mal.

Adrian Fischer musste das gespürt haben, denn sein Blick blieb unverändert an ihr haften, jetzt eher mit nachsichtigem Spott.

»Dass ich heute hier bin, habe ich Ihnen zu verdanken, Marie, nicht wahr?«

Und nach einer kleinen Pause:

»Dann machen wir auch das Geschäftliche zusammen, ja?«

Der Autor war jetzt noch einen Schritt näher gekommen und hatte den letzten Satz ganz leise, aber mit Nachdruck gesprochen.

»Ja«, gab Marie ebenso leise zurück.

»Wie bitte?«

Noch ein »Ja« von ihr, viel zu schnell und kaum lauter als zuvor.

»Ja? Was, ja?« Er schien jetzt ungeduldig.

»Das Geld«, stotterte sie, »ich besorge es Ihnen.«

19

Oben, in der sich allmählich leerenden Bücherstube, galt es jetzt, Annemarie Schüblein zu umgehen, damit sie mit dem Bündel von 15 100-Euro-Scheinen, das schon präpariert in der Kasse lag, wieder zu Adrian Fischer hinunter konnte, um mit dem Auszahlen der vereinbarten, wirklich sehr hohen Gage alles schrecklich Peinliche aus der Situation zu nehmen.

Annemarie Schüblein war noch im Gespräch mit Else Meyer-Röhn und Alvara Brauers, die beide abwechselnd immer wieder zum Kellerabgang schielten, in der Hoffnung, endlich Dr. Fischer dort auftauchen zu sehen. Man wollte mit ihm noch ins *Avantgarde* gehen, zu dem neuen Italiener, bei dem es endlich wieder die diversen Antipasti und Calamaretti auf Rucola gab, die man nach der überhasteten Schließung des *Paparazzi* an gleicher Stelle so lange vermisst hatte.

Wie ein Dieb schlich Marie auf Zehenspitzen am äußersten Rand des Raumes an den restlichen Stühlen vorbei. Es waren noch 12 oder 13 übrig, schätzte sie aus dem Augenwinkel, die wie lose Zähne in einem schadhaften Gebiss im Raum herumstanden. Also noch vier bis fünf Gänge abwärts zu Adrian Fischer, wenn er nicht längst hinter ihr her nach oben gekommen war, um in den illustren Kreis der auf ihn wartenden Gäste einzutauchen.

Ob er diese Leute mochte? Seinen Charme hatte er über jede und jeden von ihnen ausgeschüttet, ungeachtet ihres Aussehens, ihrer viel zu schrillen Stimmen oder ihrer distanzlosen Penetranz; das war ihr beim Aufräumen vorher etwas aufgestoßen. Männer wie er pflegten diesen Charme erst einmal ungefiltert und ohne Ansehen der Person zu versprühen, das wusste sie aus Erfahrung. Und zwar nicht aus

Menschenfreundlichkeit, sondern weil es ihnen nützlich war, weil man so Türen öffnete, sich Sympathien sicherte, Aufmerksamkeit bekam. Bei wem sich diese Investition tatsächlich lohnte und bei wem nicht, konnte man immer noch später entscheiden.

Ein hastiger Blick in Richtung Keller. Nein, er war wohl noch unten. Beide Möglichkeiten versetzten sie in Unruhe. Aber gleichzeitig genoss sie diese Unruhe, die sie so lange nicht mehr gekannt hatte, ja, für sich auch nicht mehr erwartet hatte, wenn sie ehrlich war, weil sie tief in sich selbst versunken war, sich aus Selbstschutz vor jeder möglichen Liebelei weggeduckt hatte. Aber die Sehnsucht war geblieben.

Sie erlaubte sich einen kurzen Seitenblick in das Fenster, hinter dem, schwer erkennbar, der Nebeneingang zur *Lesestube* lag und das sich gut als Spiegel eignete.

Hinter dem Spiegel steht der Teufel dröhnte ihr wie eine Ohrfeige die Stimme ihrer Mutter im Ohr. Immer diese Sätze, die man im Leben nicht loswurde.

Reiß Dich am Riemen – ebenfalls ein Lieblingsausruf ihrer Mutter, oft gehört und mit jeder Faser ihres Seins verinnerlicht. Jetzt gab er Marie Halt und den nötigen Ruck, sich auf das zu konzentrieren, was getan werden musste, nämlich Geld für Adrian Fischer zu holen, viel Geld, um ihn auszubezahlen. Nicht mehr und nicht weniger!

Die Luft war schwer von dem Gemisch aus letzten Parfumschwaden, unterschiedlichsten Körperausdünstungen und winterlich feuchter Kälte, die die Wärme der Sonne, die an diesem Februartag schon zaghaft vorbeigeschaut hatte, nicht hatte vertreiben können. Entschieden zerstörte sie ihr Spiegelbild, indem sie auch dieses Fenster kurzerhand aufriss, um noch mehr Luft herein zu lassen. Ein Blick von Annemarie Schüblein, erst missbilligend ob des unerwarteten Geräuschs, dann zustimmend, weil kalte Luft auch eine willkommene Aufforderung zum Gehen für die letzten Gäste der *Lesestube* bedeutete. Die Damen, die immer noch beieinander standen, begannen nach ihren Mänteln und Schals zu suchen, so dass Marie unbemerkt zur Kasse im vorderen Teil der *Lesestube* gelangen konnte.

Ein kurzer Code für die elektronische Kasse, die sie erst vor Kurzem angeschafft hatten, Marie hatte Prokura, tatsächlich zugesprochen von Annemarie Schüblein, nachdem sie sie vor einem halben Jahr gefragt hatte, ob sie in absehbarer Zeit ihre Buchhandlung übernehmen wolle, und die Geldlade sprang auf. Im hinteren Teil lagen die 15 100-Euro Scheine, umwickelt mit einem dicken Haargummi, die sich mächtig ausnahmen neben den überschaubaren Einnahmen des heutigen Abends, die sich auf die einzelnen Notenfächer verteilten. Hastig nahm Marie das Geld und versuchte so lautlos wie möglich durch den jetzt fast leeren Raum zum Kellerabgang zu gelangen. Annemarie Schüblein, die die letzten Mäntel an ihre Stammkundinnen verteilte, trat ihr entgegen, war aber nicht nahe genug dran, um sie aufhalten zu können. So winkte Marie verstohlen mit dem Notenpäckchen und deutete ihr damit an, dass sie Adrian Fischer nur noch schnell auszuzahlen gedenke. Jetzt bloß keine Fragen riskieren, warum so heimlich und warum im Keller. Die Buchhändlerin war schon nervös genug, denn Else Meyer-Röhn hatte in beleidigt-süffisantem Tonfall gemutmaßt, dass der Autor wohl bereits verschwunden sei, ohne sich zu verabschieden. Frau Schüblein beeilte sich ihr zu versichern, dass Adrian Fischer seine treuesten Fans, gewinnendes Lächeln in Richtung Else Meyer-Röhn, keineswegs vergessen habe. Er mache sich sicher im Kellerbad nur kurz frisch und werde gleich bester Laune erscheinen.

Maries Puls hatte sich mit jeder Stufe, die sie bemüht langsam nahm, beschleunigt. Sie musste sich beeilen, wenn sie sich nicht den Zorn ihrer Chefin und der wartenden Kundinnen zuziehen wollte. Für ein Geplänkel mit Adrian Fischer war jetzt nicht der richtige Zeitpunkt. Wenn sie es geschickt anstellte, könnte sie sich wie selbstverständlich den Damen anschließen und mit etwas Glück am Tisch neben dem Gast sitzen. Adrian Fischer hatte sich auf einen Stuhlstapel gesetzt und las in einer der Remittenden. Ein bisschen sah er aus wie ein König, der erhaben auf einem Thron sitzt. Als Marie die letzte Stufe genommen hatte, schaute er zu ihr auf, legte den Ladenhüter zur Seite und hob kaum merklich die Augenbrauen.

»Ich habe das Geld«, sagte Marie so leise, als gälte es einen geheimen Handel zu besiegeln.

»Prima, na dann wollen wir mal zusammen durchzählen, ob es auch reicht.« Auch das klang mehr nach Mafiadeal als nach ordnungsgemäßer Honorierung.

Sie schluckte und begann zu zählen: »Einhundert, zweihundert, dreihundert …« Bei jedem Hunderter legte sie eine neue Banknote in die ihr hingestreckte offene Hand.

Adrian Fischer schaute überhaupt nicht auf die Scheine, die sie abzählte, stattdessen klebten seine Blicke an ihrem Mund, der allmählich trocken wurde.

»… vierhundert, fünfhundert, sechshundert …«

Ein kurzer Blick in sein Gesicht – Adrian Fischer sah von ihrem Mund auf und ihr direkt in die Augen. Eine Spur zu lange, so dass sie aus dem Tritt kam und nicht mehr wusste, wo sie beim Zählen stehengeblieben war.

»Wir waren bei sechshundert«, sagte er grinsend, als er ihr Stocken bemerkte. Zügig wollte Marie weiterzählen, aber jetzt legte ihr der Autor seine freie Hand auf den Arm.

»Es ist sicher alles richtig, so ordentlich, wie bei Ihnen alles abläuft, werte Akkuratessa. Ich glaube es Ihnen auch so.«

Er nahm ihr die restlichen Scheine aus der Hand, steckte sie zusammen mit den Scheinen, die schon in seiner Hand lagen, in die Innentasche seines Jacketts, rüttelte alles kurz zurecht und bot ihr dann mit übertriebener Geste den Arm.

»Mein schönes Fräulein, darf ich wagen, meinen Arm und Geleit ihr anzutragen?« – Goethe.

Marie fand das ziemlich dick aufgetragen, aber eigentlich auch ganz schön. Sie ging neben Adrian Fischer, ihr Arm hing leicht verkrampft in seiner Armbeuge, die Treppe hinauf, mit aller Macht darum bemüht, Contenance und Haltung zu bewahren, die Verlegenheit im Zaum zu halten, so dass niemand ihre Unsicherheit bemerkte, am allerwenigsten Adrian Fischer selbst. *Wer die Gefahr sucht, kommt darin um*, auch so ein Satz ihrer Mutter, zum Glaubensbekenntnis erhoben – und wohl leider wahr, das musste sie zugeben.

Der Abend im *Avantgarde* verlief ganz harmonisch. Wie geplant konnte Marie einen Platz neben dem Autor ergattern, den anderen bekam Annemarie Schüblein, die übrigen Damen, die noch mitgekommen waren, saßen ihnen gegenüber. Einen Prosecco für alle, ein Pastagericht für ihn – er brauche nach so einem Abend jede Menge Kohlenhydrate, hatte er bei seiner Bestellung entschuldigend in die Runde der Salat essenden Damen gesagt –, ein Bier »zum Nachspülen« und einen Espresso für alle zum Abschluss. Dann der Aufbruch, er sei müde, er gebe immer alles an so einem Abend. Die anderen Damen entzückt von seiner Leidenschaft. Nur Marie war mulmig zumute und das kam sicher nicht von dem einen Prosecco.

»Wollen wir noch ein Stück zusammen gehen?«

Marie war die Letzte, die sich bei der langwierigen Verabschiedungszeremonie für den schönen Abend bedanken wollte. Wie die Meyer-Röhn, durchfuhr es sie, und ganz kurz schämte sie sich dafür. Sie hatte gewartet, bis alle Damen in ihre jeweiligen Richtungen aufgebrochen waren, es war spät geworden. Nur sie hatte alle Zeit der Welt. Etwas zu schnell willigte sie mit einem Kopfnicken ein, ihn zu begleiten. Immerhin führte ihr Heimweg an seinem Hotel vorbei.

Adrian Fischer hatte einen leichten Mantel übergezogen, eindeutig zu dünn für Februar, und den Kragen gegen die Frische der Nacht hochgeschlagen. In dem Pullover, der zwar zu Maries schwarzem Faltenrock passte, aber ansonsten nur wenig Wärme abgab, fröstelte sie mit jedem Schritt mehr. Sie zog sich den Schal enger um die Schultern; den Mantel hatte sie in der Hektik des Aufbruchs in der *Lesestube* vergessen. Sie bemühte sich, ihr Zähneklappern beim Reden zu unterdrücken, doch der Reflex war stärker. Adrian Fischer musste das aus ihren kurzen Antworten auf seine unverbindlichen Plaudereien herausgehört haben, denn schon bald spürte sie seine warme Hand auf ihrem Rücken zwischen den Schulterblättern. Sie traf Marie wie Hagens Speer den ahnungslosen Siegfried. »Sie frieren ja«, sagte er und nahm das als Vorwand, um seinen Arm ganz um sie zu legen und halb scherzhaft, halb im Ernst zu bemerken, wie gut sie da hineinpasse.

Der Weg zum Hotel war sehr kurz, wie alle Wege im Zentrum von Neustadt, und viel zu schnell standen sie vor der Eingangstür des *Kupferkessels*, eines preiswerten, aber keineswegs billigen Hotels. Auf dem Weg gab er kleine Anekdoten von anderen Lesungen zum Besten, lobte sie für die gelungene Organisation, es folgte ein verlegenes Lachen, beidseitig, kurze Momente des Schweigens, die allerdings sehr laut.

Jetzt wäre normalerweise der Zeitpunkt der endgültigen Verabschiedung gekommen, aber Marie spürte immer noch seinen Arm auf ihrer Schulter, der keinerlei Anstalten machte, sich zu lösen, sondern sie im Gegenteil mit leichtem Druck zu sich herdrehte, so dass sie sich Auge in Auge mit Adrian Fischer wiederfand. Anstelle eines *Auf Wiedersehen, vielen Dank, alles Gute, Ihnen auch*, für das sie schon Luft geholt hatte, schaute er ihr abermals so tief in die Augen, dass sie sich darin heillos verhakte und erst ein wenig zeitversetzt realisierte, dass er sie küsste, um den Kuss dann aber gebührend zu erwidern.

Der erste Kuss ist immer etwas Besonderes, hatte er in seinem neuen Roman *Bis zum Letzten* geschrieben. Er zeige schon in der ersten Sekunde, ob man zueinander passe, ob die Lippen sich aneinander anschmiegten, ob man sich ergänze oder störe, ob der Geschmack des anderen wie Honig oder wie Essig sei. Beim Lesen war sie regelrecht dahingeschmolzen. Jetzt wusste sie nicht, ob sie jemals einen so süßen, perfekten Kuss bekommen hatte: frisch, zärtlich umwerbend und dann wieder fordernd. Sein Geschmack war wunderbar; selig und verstört zugleich, konnte sie gar nicht mehr aufhören, ihn zu küssen.

»Langsam«, mahnte er, »langsam«, und nahm ihr Gesicht in beide Hände, um es etwas von sich wegzuhalten und genau zu betrachten.

»Ist Marie wirklich Dein richtiger Name?«

»Ja, natürlich, ich heiße Marie, so wie Sie – Adrian.«

»Dann sind wir zwei Originale, die zueinander gehören.«

Und auch wenn dieser Satz eine Spur zu kitschig klang und sicher schon Eingang in einen seiner Romane gefunden hatte, folgte sie ihm wie ein ahnungsloses Schaf zur Schlachtbank. Seine Hand zog sie mehr hinter sich her, als dass sie neben ihm ging, Widerstand war zwecklos und auch nicht beabsichtigt.

20

In seinem Zimmer war es warm, die Bettdecke vom Zimmerservice schon zurückgeschlagen, der Champagner, ein Gastgeschenk des Hauses, im Kühler. Daneben eine einzelne Rose – sie hatten es ihm schön gemacht, so wie Marie es bei der Reservierung vorsichtig erbeten hatte. Ein besonderer Autor sei er, ein großes Glück, dass man ihn für Neustadt und die *Lesestube* habe gewinnen können, er, der sonst nur in ausgesuchten, großen Buchhandlungen lese und da sicher im Luxus schwelge.

Marie hätte der Hotelbesitzerin gerne noch mehr Gutes über Adrian Fischer erzählt, um ihm den bestmöglichen Service zu garantieren, aber ihre Sorge, dass die ihr Werben für den prominenten Gast missverstehen und postwendend Annemarie Schüblein zutragen würde, hatte ihr Einhalt geboten. Die beiden Damen waren befreundet und sie konnte förmlich hören, wie sie beim sonntäglichen Damenkränzchen in der kleinen Chocolaterie über sie klatschten. Dass sie jetzt mit ihm hier gestrandet war, hatte sie vielleicht insgeheim gehofft, aber sicher nicht einkalkuliert, obwohl …

Ein quadratisches Zimmer, die Nummer 112, was Adrian Fischer zu dem kleinen Bonmot veranlasste, da brauche sie ja keinen Notruf mehr, sie sei in besten Händen. Sonnengelbe Wände mit mediterranem Touch, über dem Bett der große Kunstdruck eines Gemäldes von Sandro Botticelli, umrandet mit einem üppigen Goldrahmen. Einmal nicht die *Geburt der Venus*, sondern *La primavera, der Frühling.* In der Mitte ein kleiner Cupido mit Engelsflügeln, den Pfeil auf einen Jüngling mit schwarzem Haar und drei neben ihm stehende, weiß gewandete Frauen gerichtet. Genau vor diesem Gemälde war sie stehen geblieben, als sie wenige Jahre zuvor in Frankfurt die Botticelli-Ausstellung besucht hatte. Es hier in diesem Zimmer und zu diesem Anlass wiederzusehen, wertete sie als gutes Omen.

Adrian Fischer hatte ihren Blick aufgefangen und in stiller Übereinkunft ihre Hand genommen, um kurz und andächtig *La primavera* zu murmeln und das Bild zusammen mit ihr zu betrachten. Natürlich hatte auch er es in der Frankfurter Ausstellung gesehen. Er lebte in Frankfurt und war sicher ein gerne gesehener Gast bei jeder Art von Vernissage.

Marie schien es, als drehe sich alles in rasendem Tempo um sie: so viel Übereinstimmung, so viel Empathie, so viel Zugewandtheit, so viel Geist. Schon immer war sie anfällig gewesen für Fügungen und schicksalshafte Verquickungen. Dankbar nahm sie jedes Zeichen auf, mit dem sie ihr Tun bestätigt sah. Auch wenn sie sich nach außen hin spöttisch gab, freute sie sich, wenn weiße Vogelfedern oder vierblättrige Kleeblätter unvermutet auftauchten und ihr Glück versprachen. Was sollte also schon schieflaufen?

Etwas befangen standen sie sich nun in diesem Hotelzimmer gegenüber, während ihre Finger miteinander spielten, als seien sie schon längst über die Verlegenheit hinaus. Der Rest ihrer Körper jedoch war sich fremd in diesem Halbdunkel, vom Straßenlicht heller ausgeleuchtet als zu dieser späten Stunde üblich. Kurze Blicke in die Augen des anderen, dann wieder ein Senken der Lider aus Angst vor dem, was man sehen könnte oder müsste. Ein weiterer Kuss raubte Marie das Gefühl für Raum und Zeit.

Adrian Fischer lächelte sie an, küsste sie noch einmal kurz wie zur Probe auf den Mund und ließ ihre Hände los. Er setzte sich auf das kleine Zweiersofa in der einen Ecke des

Zimmers, genau gegenüber dem Fußende des klassischen Doppelbetts, Kirschbaum furniert, wie es früher in allen Elternschlafzimmern gestanden hatte, und schlug schwer atmend die Hände vors Gesicht, seufzte und schaute wieder auf, nun ganz ernst. Marie war auf dem Stück Teppichboden stehen geblieben und wusste nicht, wohin mit ihren Händen, die jetzt schlaff herunterhingen, nicht mehr gehalten von seiner Aufmerksamkeit. Fragend und ratlos sah sie ihn an, wie ein Kind, das das Spiel nicht versteht. Er begegnete ihrer Unsicherheit mit einem wehmütigen Lächeln und meinte endlich:

»Für mich wäre es das Schlimmste, mich in Dich zu verlieben. Aber eigentlich ist es schon geschehen.«

Was sollte Marie dazu sagen? Ihr Mund war zu trocken, um zu antworten. Schließlich sprang Adrian Fischer auf, wie jemand, der einen Entschluss gefasst hat, nahm behände die zwei Meter, die ihn von Marie trennten, und küsste sie erneut so leidenschaftlich, dass ihr keine Zeit blieb zu überlegen, was er wohl damit gemeint haben könnte.

»Ich führe eine intakte Ehe«, sagte er nach dem Kuss, ganz nah an ihrem Gesicht, seine Stirn an ihre gelehnt.

Sie mussten beide lachen, denn danach sah es nun gerade wirklich nicht aus. Der Bann war gebrochen, trotz seiner erschlagenden Erklärung, von der Marie sofort beschloss, sie tunlichst zu vergessen. Die *Muhme Angst* schloss die Augen und raufte sich stillschweigend die Haare.

Adrian zog ihren schwarzen Rollkragenpullover hoch. Als hätten sie beide ein ganzes Leben vor sich, betrachtete er versonnen ihre schwarze Spitzenunterwäsche und holte zärtlich und geschickt eine ihrer Brüste aus der Umhüllung – ein Anblick, der ihm tatsächlich kurz den Atem nahm, so dass er erneut die Hände vors Gesicht schlug, diesmal nicht aus

Qual, sondern vor Überwältigung. Jedenfalls interpretierte Marie es so, die jetzt ganz ruhig geworden war und ihm die Regie überließ. Er begann sie langsam auszuziehen, immer wieder ihren Blick suchend, fast wie um zu prüfen, wie sie zu seinen einzelnen kleinen Aktionen stünde. Den Rock, den er mit seinem Lob vom simplen Faltenrock zur Haut Couture geadelt hatte, streifte er hinunter, so dass sie sich kurz mit den Händen an seinen Schultern festhalten musste, um auszusteigen: erst rechts, dann links. Alte Menschen und Kinder zieht man so aus. Am Ende warf er den Rock hinter sich wie ein russischer Offizier sein Glas, um dann einen Schritt zurückzutreten wie ein Maler, der sein Bild aus der Distanz betrachten möchte. So genießerisch er den Akt des Ausziehens zelebrierte, so achtlos warf er seine Beute hinter sich auf den Boden, wo sie quer hingestreckt über seinen feinen, dunkelbraunen Lederschuhen zu liegen kam, die er sich schon beim Eintreten von den Füßen gestreift hatte.

Immer stolzer zeigte Marie sich ihm, als würde ihre Gestalt mit jedem Stück Stoff, das er ihr wegnahm, schöner und ebenmäßiger. Es war sein Blick auf ihren Körper, der sie so stolz machte, ein liebevoller, kundiger Blick, der jeden Zentimeter Haut abtastete, wobei er seine Hände immer wieder sachte auf eine frei gewordene Stelle legte, mal länger verweilend und wärmend, mal flüchtig.

Adrian Fischer hatte sich jetzt auch entkleidet, hastig, ohne Ordnung, Maries Rock lag unter seinem Hemd, seine Hose hing über der Sofalehne, in aller Eile hingeworfen. Er reichte ihr die Hand und führte sie an die rechte Seite des Bettes, drückte sie sanft auf die Matratze, berührte sie überall und flüsterte ihr die schönsten Vergleiche ins Ohr. Marie weidete sich an seinen Liebkosungen, an seinem Körper, an seinem Blick, an seinen Worten. Er roch nach einem würzigen Duschgel, nach Leidenschaft, nach Aufmerksamkeit, nach Nassrasur und etwas Schweiß, eine Mischung, die das beste Eau de Toilette nicht hinbekommen konnte. Seine Küsse schmeckten wie reife, aromatische Tomaten. Sie sättigten sich aneinander und wurden gleich wieder hungrig. Alles, was sie taten, begannen sie schüchtern, um bald festzustellen, dass es keinen Grund gab, verhalten zu sein. Die Choreografie, der ihre beiden Körper an diesem Abend im Hotel *Zum Kupferkessel* folgten, war eine seit ewigen Zeiten perfekt einstudierte. So schmeckte wohl das Glück. Das musste es endlich sein!

Marie schwebte in dieser rosa-goldenen Blase und konnte nicht fassen, dass es so etwas tatsächlich auch für sie geben sollte. Nach all den Jahren, den vielen Enttäuschungen, den halbseidenen Liebschaften, die sie letzten Endes zu der Erkenntnis gebracht hatten, ohne Partner wäre es besser. Trotzdem war sie als gebranntes Kind in Liebesdingen vorsichtig und traute dem Taumel dieser Nacht noch nicht ganz. Aber es passierte nichts. Es ging einfach weiter! Bedingungslose, abgrundtiefe Liebe schien möglich, sogar für Marie.

Wenn sie irgendwo zusammen auftauchten, selten genug und nur in fernen großen Städten, denn nach wie vor galt es, sich heimlich zu sehen, attestierte man ihnen, ein schönes Paar zu sein. Ganz so wie auf dem einzigen Foto, das es von ihnen gab. Sie trafen sich in Hotels, in Waldstücken, Industriegebieten, auf Lichtungen, riefen Spanner auf den Plan, jagten Kinder in die Flucht, Jogger verrenkten sich den Hals – und bei all dem waren sie sich so nah. Sie lachten, redeten, schauten sich an, balancierten auf Holzstämmen und wärmten sich in kalten Gartenhäuschen aneinander. Doch das anfangs so Leichte und Großartige ihrer Begegnung wich im Laufe einiger Monate viel zu vielen Unebenheiten.

Die Liebe war noch da, aber schmerzhaft und mit Widerhaken im Herzen, vor allem für Marie.

Irgendwann eröffnete er ihr, dass er verrückt würde, wenn er dieses Parallelleben weiterführen müsse. Er könne seine Schuldgefühle seiner Familie und besonders seiner Frau gegenüber nur bewältigen, wenn er ab sofort die Liebe zu ihr und die Lust an ihr radikal unterdrücke. Nur so könne er wieder Tritt fassen, sich von ihr fernhalten und in sein altes Leben zurückkehren.

Marie war verzweifelt. Konnte man denn so große Gefühle, wie sie sie füreinander empfanden, einfach totschweigen? Mit Verboten, Selbstkasteiung und rigoroser Disziplin das Lebendigste und Schönste ausmerzen, das sie beide so bereichert hatte? Marie erschien das absurd, ein Gewaltverbrechen gegen das eigene Herz. Sie wusste nicht mehr ein noch aus, nur dass sie diesen Mann wollte, wirklich wollte. Er hatte die Intensität, nach der sie immer Ausschau gehalten hatte und auf deren vordergründigen Schein sie bei anderen Männern so oft reingefallen war. Dieses Mal gab es keine Lügen im Blick – hatte sie gedacht und sich damit genauso geirrt, wie bei all den Begegnungen zuvor. Die *Muhme Angst* seufzte; sie hatte es gewusst.

Liebe ist ein Kind der Freiheit, sie fragt doch nicht danach, ob es gerade passt, ob die Umstände so sind, dass man ihr folgen kann.

Adrian legte ihr wortreich dar, dass er seine Frau nach all den Jahren nicht einfach im Stich lassen könne, er trage Verantwortung für sie, sie bedeute ihm alles usw., usf., Fakten, die Marie das Herz zerrissen, auch wenn sie sie insgeheim gekannt hatte. Aber sie hatte so sehr gehofft, stärker zu sein, intensiver zu lieben, das Ruder zu ihren Gunsten herumreißen zu können.

Bei alldem ließen sie seine erklärenden Worte seltsam unberührt: Sie erreichten zwar ihre Ohren, aber sie drangen nicht in den Kern. Adrians Erklärungen klangen für Marie wie ein auswendig gelerntes Plädoyer, juristisch einwandfrei, aber ohne Bezug zu seiner wirklichen Verfassung. Marie war sich seiner Liebe so sicher; sie konnte die Kopf-Stimme zweifelsfrei von der Herz-Stimme unterscheiden. Erstere perlte an ihr ab, hier und da einen kleinen Pieks hinterlassend, und bildete auf dem Boden eine schmutzige Lache aus Beschwörungen und Argumenten. Letztere aber, mit der er Marie so oft auf die schönsten Arten, auch wortlos, seine Liebe bekundet hatte, traf punktgenau ihr Herz und lag wie ein Basis-Ton unter allem. Wie zwei Teile ein- und derselben Person: Der Verstand dozierte, leugnete, banalisierte mit großem Getöse, doch darunter hörte sie seine Seele ganz andere Dinge sagen. Marie glaubte nur der Herz-Stimme, das Rationale hatte sie nach anfänglichem Zögern in den hintersten Winkel ihrer Gedanken verbannt.

Wie konnte man so wunderbare Briefe schreiben und sich dennoch gegen diese Liebe entscheiden? Einen davon hatte Marie hinten auf das Foto geklebt, das sie nicht hatte wegwerfen können, und diese Zeilen viel zu oft gelesen, wie ein Mantra zur Beschwörung ihrer beider Liebe:

Meine süße, wunderbare Geliebte, haben die Götter gelauscht? Als ich mal die Vermutung wagte, es sei eigentlich perfekt, so wie es sei? Gerade weil wir einander nicht haben können, wann wir wollen? Ach, im Moment fällt es mir schwer, an meine Theorie zu glauben. Der Abend gestern war so wunderschön, vielleicht der schönste überhaupt. Ich habe mich Dir so nah, so wunderbar nah gefühlt, mit Leib und Seele. Und hätte diese Nähe so gerne wieder mit Dir genossen, diese sinnliche, lustvolle Innigkeit, die gleichzeitig so tief und so leicht ist. Ich vermisse Dich sehr. Und ich freue mich gleichzeitig, dass ich es tue. Es sind so viele und unterschiedliche und starke, vor allem aber: schöne Gefühle, die Du in mir auslöst. Es ist ein solches Glück, dass ich Dir so nah sein darf. Ich küsse Dich, wie ich nur kann, Adrian.

Heute wusste sie, dass er einfach ein Meister der Formulierung war, Satzbausteine aneinander reihte, die auch bestens in seine Bücher passten. Nach einem halben Jahr hatte er sie endgültig verlassen, gar nicht mehr sehen wollen und das auch durchgehalten, so sehr Marie dagegen angekämpft hatte. Irgendwann hatte sie resigniert und war wie betäubt auf sich selbst zurückgefallen. Ein Lauf auf unwegsamer Strecke, mit immer größeren Schlaglöchern, auf der sie ins Bodenlose gestolpert war.

Sie hatte sich eingestehen müssen, dass sie mal wieder nicht zu den Gewinnern des Lebens gehörte, dass seine Liebe das Werk ihres Wunschdenkens und seiner Eloquenz gewesen war, seiner schönen Worte, dass er nicht sie gemeint, sondern nur sein Ego an ihr befriedigt hatte. Sie war sein Spielball gewesen, für eine Zeit amüsant, aber ohne Bedeutung, sie kannte das doch eigentlich …

Marie hatte nicht gewusst, woher sie noch die Kraft nehmen sollte, all das durchzustehen, all die unglücklichen Lieben, ihre Arbeit ordentlich zu erledigen, auch dieses Drama zu überleben. Der Schmerz der erneuten Zurückweisung, des Fallens aus großer Höhe auf den harten Boden hatte sie mit der Wucht eines Fausthiebs an ihren empfindlichsten Stellen getroffen, die immer noch so wund waren wie bei der jungen Marie. Keine Spur von der Gelassenheit und Erfahrung einer erwachsenen Frau. Ein Knockout; ausgezählt, blutverschmiert war sie im Ring liegengeblieben.

Zum endgültigen Tiefschlag hatte das Schicksal wenige Wochen später ausgeholt, als sie ihn unvermutet von Weitem auf der Frankfurter Buchmesse gesehen hatte, wo sie beruflich ein paar Termine hatte wahrnehmen müssen. Erst hatte sie sich hinter einen Bücherstand geduckt, um ihn zu beobachten und sich mit klopfendem Herzen auf die erste Begegnung nach langer Zeit vorzubereiten. Doch dann war ihr der Atem gestockt, denn ohne sie zu bemerken war er direkt an ihrem Versteck vorbeigegangen, zusammen mit einer unbekannten jungen Frau. Ihre Finger hatten neckend miteinander gespielt, er hatte ihr etwas ins Ohr geflüstert, das sie sehr zu erfreuen schien, sie hatten gelacht, er hatte seinen Arm um sie gelegt und sie kurz auf ihren bereitwillig dargebotenen Mund geküsst, um sich dann unmerklich umzuschauen, ob ihn jemand Bekanntes in dieser Situation gesehen hatte. Ein verschwörerisches Grinsen in Richtung seiner Begleitung, dann die obligatorische Geste des Zurückstreichens der widerspenstigen Haarsträhne, um dann ergeben nach möglichen Fans Ausschau zu halten, denen er mit seinem entwaffnenden Lächeln entgegentreten konnte. Schließlich war er aus ihrem Blickfeld verschwunden, und Marie war in ihrem Versteck wie betäubt lautlos zusammengebrochen.

Sie wusste nicht mehr, wie sie an diesem Abend nach Hause gekommen war. Drei Tage hatte sie im Bett gelegen, hatte darüber nachgedacht, aus dieser Welt zu gehen, hatte einfach nicht mehr gewollt. Doch dann war ein Ruck durch sie gegangen. Ihr Leben war mehr wert als ein Adrian Fischer, ein Urs Jansen oder wie sie alle hießen ihr nehmen konnte. Nie mehr würde sie sich reinlegen lassen, nie mehr so verzweifelt lieben, nie mehr den süßen Worten eines

Mannes glauben, der nur sich in ihren Augen suchte. Sie würde sich nie mehr aufs Glatteis begeben und lieber lernen, alleine zu leben, als diesen Schmerz noch einmal erfahren zu müssen.

21

Es hatte an der Tür geklopft und Marie schreckte hoch, doch niemand trat ein. Die Schwester hatte kurz reingeschaut, die Tür aber sofort wieder geschlossen; sie hatte Marie nicht wecken wollen. Die merkte, dass sie eingeschlafen war, und sah benommen auf, die bösen Erinnerungen langsam wegwischend. Noch immer lag das Foto, das die Mutter betrachtet hatte, auf deren Bettdecke. Marie nahm es an sich, betrachtete es erst wehmütig, dann widerwillig und beschloss, es endlich im nächsten Mülleimer zu entsorgen. Wie gerne hätte sie ihrer Mutter von ihrem Unglück erzählt, ihr berichtet, warum auch mit Adrian Lieben und Leiden so eng verwoben gewesen waren, sie gefragt, wie man mit solchen Enttäuschungen leben konnte. Doch sie ließ den Gedanken fallen, als ihre Mutter wie aus einem schlechten Traum erwachte und sich wirr umschaute.

»Wie spät ist es?«, flüsterte sie und schien nach ihrer kleinen Armbanduhr zu suchen.

»Es ist halb fünf, musst Du denn etwas erledigen?«, fragte Marie lächelnd zurück.

»Ah, Gott sei Dank, ich dachte schon, es wäre später und ich würde nicht mehr rechtzeitig da sein können«, gab die Mutter kaum hörbar zur Antwort.

»Rechtzeitig wo sein können?«

»Bei Papa und Mama, ich muss doch vor meiner Abreise noch meine Eltern besuchen.«

»Wohin willst Du denn abreisen?«

»Weißt Du das nicht? Ich werde meine Koffer packen und dieses Zimmer verlassen, alle 5 Zimmer verlassen«, kam es fast triumphierend aus dem Mund der alten Dame.

»Und wohin gehst Du?«

»Nach Hause, wohin denn sonst?« Die Mutter sah Marie an, als sei diese schwer von Begriff. »Und zur Kapelle muss ich vorher auch nochmal«, ergänzte sie ihre Reisepläne.

Marie hatte keine Ahnung, wovon ihre Mutter da sprach. Dachte sie an ihren Tod und das Heimkehren ins Paradies, sah sie ihre Todesstunde vor sich? Oder gab ihr verwirrter Verstand ihr diese Reiseidee ein? Sie versuchte es ganz vorsichtig:

»Mutter, wenn Du oben bist, wirst Du mir helfen, mein Leben hier auf der Erde in den Griff zu bekommen? Wirst Du mir helfen, glücklich zu sein?«

Ganz feierlich war ihr zumute, als sie diese Frage formulierte. Doch ihre Mutter schien jetzt gar nichts mehr zu verstehen.

»Oben, was meinst Du mit oben?«

Marie schämte sich ein wenig; an den Tod dachte die Mutter wohl gerade überhaupt nicht. Sie versuchte es noch mal anders:

»Mutter, ich bin auch hierhergekommen, weil ich Dir all das Schwierige verzeihen möchte, das wir miteinander hatten. Ich weiß jetzt, wie sehr auch Du Dein Leben lang hast kämpfen müssen, Du hast es bestimmt nicht immer leicht gehabt, ich nicht mit Dir und Du nicht mit mir, ich möchte Dir verzeihen und meinen Frieden mit Dir machen.«

Das verwirrte die alte Frau nun vollends: »Verzeihen, was denn verzeihen, waren Deine Eltern so streng mit Dir?«, wollte sie wissen, um dann schwach, aber bestimmt zu ergänzen: »Mama und Papa haben immer gesagt, wen Gott liebt, den straft er, damit er auf den rechten Weg komme. Also beklage dich nicht!«

Marie sah ein, dass jetzt kein offenes Gespräch möglich war. Offenbar schwankte der Geisteszustand der alten Frau von einer Sekunde zur anderen zwischen Bewusstsein und einer Zwischenwelt, einer Vorstufe zum Tod.

»Gibt es irgendetwas, was Du dir noch wünschst?«, fragte sie resigniert, aber ehrlich bemüht, der Mutter noch etwas Gutes angedeihen zu lassen.

»Ja.« Die verblassten Augen der Sterbenden leuchteten auf. »Ich möchte zur Kapelle!«

Marie musste schlucken. Wie sollte sie das bewerkstelligen? Die alte Frau war zwar nur noch Haut und Knochen, aber tragen konnte Marie sie deswegen noch lange nicht, und um im Rollstuhl zu sitzen, war sie nicht mehr kräftig genug. Marie stand auf, ging um das Bett herum und überlegte, ob man nicht einfach das ganze Bett zur Kapelle schieben könnte. Vielleicht, wenn es dunkel geworden war.

Die Mutter folgte ihr mit den Augen und begann lautlos ihr vertrautes *Gegrüßet seist Du Maria* zu beten, als ob sie spürte, was in Marie vorging. Natürlich war so ein Unterfangen absolut unmöglich, aber war es denn nicht die heilige Pflicht der Überlebenden, einer Sterbenden den letzten Wunsch zu erfüllen, auch wenn er außergewöhnlich war? Sie würde am Abend im Hotel darüber nachdenken.

»Gut, Mutter, ich werde alles versuchen, um es möglich zu machen. Ich könnte Dich vielleicht morgen Abend im Bett zur Kapelle schieben; es ist ja nicht weit von hier. Würdest Du das denn aushalten, wenn ich Dich warm zudecke? Kalt ist es draußen heute nicht.«

Sie betrachtete die alte Frau genau, um ihre Reaktion zu prüfen, denn ihr selbst schien diese Vorstellung völlig absurd. Sie rechnete mit Protest, mit Appellen an die Vernunft und Schicklichkeit. Aber die Mutter hatte sich offensichtlich von allen Fassaden und Regeln gelöst, so dass dieses Abenteuer für sie durchaus denkbar war.

»Ja natürlich, das ist eine gute Idee, dann können wir auf dem Rückweg auch noch kurz bei meinen Eltern vorbeischauen.«

»Gut, das machen wir«, entgegnete Marie. Auf diese Diskussion wollte sie sich jetzt wirklich nicht einlassen.

Das Abendessen verlief wie das Mittagessen, Maries Mutter hatte keinen Hunger, trank unter Mühen ein, zwei Schlucke Tee und wurde dann von den Schwestern für die Nacht fertiggemacht. Windeln wechseln, wunde Stellen einsalben, Bettsocken anziehen, ein Streicheln übers Gesicht, ein Gute-Nacht-Gruß; dann waren sie wieder allein.

Sie sah auf das Häufchen Mensch, das immer noch ihre Mutter war, aber dieses Stadium für sich längst abgeschlossen hatte. Und wieder zermarterte Marie sich das Hirn, wie sie der alten Frau ihren letzten großen Wunsch erfüllen könnte. Die Schwestern hier brauchte sie gar nicht erst zu fragen, die durften ihrem Plan sowieso nicht zustimmen, das war klar. Es galt also, das Unternehmen heimlich auszuführen. Bruder Gisbert, der Pater aus dem Priesterhaus, der ihre Mutter treu besuchte und sie früher oft im Rollstuhl zur heiligen Messe in den Dom gefahren hatte, fiel ihr ein, aber der war ein alter Mann und für solche Verrücktheiten sicher nicht mehr zu haben. Sie brauchte Hilfe, das war klar, alleine war sie nicht in der Lage, das Wagnis zu bestreiten.

Wen kannte sie denn noch von ihren früheren Freunden in Josefsburg, den sie nach so langer Zeit um Hilfe bitten konnte?

Als Erstes fiel ihr natürlich Peter ein. Mein Gott, was war sie verliebt gewesen, schon früher, als er noch nichts davon geahnt hatte. Oft, wenn sie mit dem Fahrrad von der Schule nach Hause gefahren und am *Café Degenhardt*, einem beliebten Schülertreffpunkt nahe dem Gymnasium, vorbeigemusst hatte, war er gerade rausgekommen, hatte die Straße überquert und dabei neckisch den Schritt verlangsamt, sie angegrinst, wenn sie daraufhin scharf abbremsen musste, und die Hand zum Gruß gehoben. Marie hatte das gefallen. Peter war zwei Klassen über ihr gewesen, gutaussehend, lange Beine, hellblonde Haare, im obligatorischen Parka mit verwaschener Jeans; trotzdem hatte er immer etwas Edles ausgestrahlt. Peter hatte bereits diverse Freundinnen gehabt und war damals in der Zeitrechnung der Jugendlichen »schon ewig« mit der unscheinbaren Angie aus der Nachbarstadt zusammen gewesen.

Zwei Jahre später hatten Peter und Marie sich auf einer Party wiedergetroffen und waren für kurze Zeit ein Paar geworden. Aber er hatte zu dem Zeitpunkt schon weit weg von Josefsburg studiert und die Distanz war für beide zu groß gewesen, um etwas Dauerhaftes daraus zu machen. Peter hatte dann eine Journalistin kennengelernt und sie geheiratet. Das Paar mit seinen zwei Kindern galt unter den alten Freunden als eine Art Vorzeigefamilie, weit genug weg von Josefsburg, um das freie Leben zu führen, das sich manch einer hier so gewünscht hätte. Wobei gar nichts Genaueres bekannt war. Er war mit seiner Familie viel umgezogen, das wusste Marie, aber nicht, wo er jetzt lebte. Jedenfalls nicht in Josefsburg, dann hätte er ihr sicher gerne geholfen.

In Gedanken ging sie weitere Mitglieder ihrer damaligen Clique durch: Clemens, eigentlich gelernter Koch, hatte die runtergekommene Kneipe seiner Mutter an einer Ausfallstraße von Josefsburg übernommen. Er tingelte immer noch, wie damals schon, im Herbst und Frühjahr mit *Beatles*-Songs durch die Kirmeszelte der Region und galt im Sommer als ernstzunehmende Konkurrenz für den *König von Mallorca*, denn auf dem Ballermann durfte Clemens dann nicht fehlen, er machte da die Hälfte seines Umsatzes. Was hatte er früher für herrliche Blaubeerpfannkuchen gebacken, wenn sie mal wieder bei Marie zu Hause sturmfreie Bude gehabt hatten, weil Mutter in Kur oder bei Bekannten gewesen war. Nein, Clemens brauchte sie nicht zu fragen, der sang jetzt irgendwo unter der südlichen Sonne.

Hans, der Sohn des Josefsburger Bäckermeisters, bei dem man nach durchfeierter Nacht immer hatte aufkreuzen dürfen und sogar frische Brötchen bekam, weil in der Backstube schon lange gearbeitet wurde, wenn Marie und ihre Clique um drei oder vier Uhr morgens dort eintrudelten. Hans hatte so etwas wie eine eigene Wohnung über der Backstube gehabt und war überhaupt ein beliebtes Anlaufziel gewesen. Er spielte Gitarre, bevorzugte klassische Stücke, wenn er sich nicht gerade dem Blues verschrieben hatte, weswegen man ihm den Spitznamen *Mojo* verpasst hatte. Sie alle hatten unzählige Male zu John Mayals Song *I've got my mojo working* getanzt, den Hans auf seiner Gitarre kongenial spielen konnte. Ja, charmant war Hans, ein Ass in der Schule, der inzwischen in Berlin als Architekt für Furore sorgte. Auch er wäre ein Kandidat zum Helfen gewesen, aber nicht vor Ort.

Charly, was war mit Charly? Charly war ein dicker, gutmütiger Bär, ein wenig langsam, durch nichts aus der Ruhe zu bringen. Wenn die Pilgerzeit in Josefsburg begonnen hatte,

hatte er zu den vielen Jugendlichen des Ortes gehört, die ihr Bett hatten räumen müssen, um den Eltern durch Pilgerübernachtungen ein Zubrot zu ermöglichen. Charlys Markenzeichen war ein struppiger Bart, einer der ersten, der sich einen hatte wachsen lassen können, eine dicke Brille und die Selbstgedrehte in der Hand, so dass er schon in frühen Jahren gelbe Fingerkuppen gehabt hatte. Er hatte immer ein bisschen so gewirkt, als sei er gerade erst aufgewacht, ein wenig dösig, aber von Herzen freundlich und hilfsbereit. Und er spielte Kontrabass, ein Instrument, das wirklich zu ihm passte. Er lebte sicher noch in Josefsburg, vielleicht würde sie später versuchen, ihn zu erreichen.

In all diese Überlegungen hinein platzte ihr Handy. Schnell nahm sie ab, denn sie wollte die Mutter jetzt nicht wecken und hatte vergessen, den Ton abzustellen.

»Marie Hagen«, flüsterte sie hinein, »einen kleinen Moment bitte.«

Mit dem Telefon am Ohr verließ sie das Zimmer, um dann zu fragen, wer am Apparat sei. Es war Annemarie Schüblein aus der *Lesestube*, die wissen wollte, wann sie wieder mit Marie rechnen könnte. Marie berichtete ihr vom Zustand ihrer Mutter und dass sie gerne noch ein paar Tage bleiben würde. Frau Schüblein willigte ein, ohne weitere Fragen zu stellen.

Marie schaute noch einmal ins Zimmer der Mutter und sah, dass diese friedlich schlief.

»Gute Nacht«, murmelte sie ins Leere und zog dann leise die Türe hinter sich zu. Draußen an der frischen Luft atmete sie tief durch, noch immer aufgewühlt von diesem Tag und all den Erinnerungen, die er mit sich gebracht hatte.

Es begann schon zu dämmern, die Luft war weich und mild, einige Pilger liefen zu zweit oder in kleinen Grüppchen in Richtung Gnadenbild. Die Kapelle war nicht weit vom Pflegeheim entfernt und doch zu weit, um die Mutter unbeobachtet dorthin zu bringen. Nicht einmal das *Wie* konnte Marie benennen; sie hatte keinen Schimmer, ob Mutters dringender Wunsch wirklich zu realisieren wäre. Ziellos durch die Straßen rund um den Kapellenplatz streifend, versuchte sie, ihre Gedanken zu ordnen, und beschloss schließlich, einfach bei Charly van Buren anzurufen und ihn ohne Umschweife zu fragen, ob er ihr helfen könne.

Sie hatte Glück, Charly war zwar mehr als überrascht, nach so langer Zeit von seiner alten Freundin zu hören, aber als sie nach einem kurzen Geplänkel gleich auf ihr Anliegen zu sprechen kam, hörte er aufmerksam zu, brummelte Zustimmung und Verständnis, wie es seine Art war, langsam, nachdenklich, aber gänzlich ungerührt ob ihrer merkwürdigen Bitte. Nach einer kurzen Gedankenpause, die für ihn so typisch war und während der Marie gespannt darauf wartete, was ihm einfallen würde, sagte er zu und schlug vor, sich am alten *Kommune-Raum* zu treffen; er habe da eine Idee. Marie hüpfte vor Freude in die Luft, weil er ihr helfen wollte, aber auch, weil sie sich an ihrem alten Cliquentreffpunkt verabredet hatten, der so wichtig gewesen war für ihre Jugendjahre in Josefsburg.

22

Wann immer Marie, Fiona und ihre Freunde etwas gemeinsam hatten unternehmen wollen, reden, trinken, die Welt verbessern, tanzen, meditieren oder Musik hören, hatten sie die Wahl gehabt zwischen der nahen Heide, wo sie in den

Sandbergen zusammensaßen und sich die Köpfe heißredeten oder, wenn jemand eine Gitarre mitgebracht hatte, Lieder sangen, die ihrem Weltbild entsprachen, und, vor allem bei schlechtem Wetter, besagtem Kellerraum, den sie aus nicht mehr nachvollziehbaren Gründen *Kommune-Raum* genannt hatten. Hier wurden Pläne für die Zukunft geschmiedet, aktuelle Ereignisse diskutiert, Manifeste und Petitionen für die Ortsgruppe von *Amnesty international* aufgesetzt, der sie alle angehörten, und Feste gefeiert. Früher war dort für kurze Zeit die Schülerzeitungsredaktion des Gymnasiums ansässig gewesen, nach deren rascher Einstellung hatten sie den Raum übernommen.

Das Besondere an diesem eher muffigen Gewölbekeller war seine Lage, denn er gehörte zum Priesterhaus und befand sich damit mitten im zentralen Wallfahrtsbezirk. Hinter der Fahrradabstellfläche der Messdiener ging es eine dunkle Treppe hinab, an ihrem Ende musste man eine schwere Holztür aufstemmen. Man fand sich wieder in einem rauchgeschwängerten Raum, zwischen diversen ausgemusterten Sofas und einem Plattenspieler. Alles war in schummriges Licht getaucht, denn der Kommune-Raum wurde nur über zwei verstaubte Oberlichter erhellt. Wenn die Party gar zu laut wurde, konnte es vorkommen, dass Pater Louis, der stets angetrunken wirkende Hausmeister des Priesterhauses, plötzlich im Keller erschien, wilde Beschimpfungen ausstieß, mit einer Anzeige beim Dechant und dem endgültigen Rausschmiss aus dem Keller drohte. Doch es passierte nie etwas, und einer von Pater Louis' Auftritten gehörte fast schon zu einem gelungenen Abend dazu. Sie waren eine eingeschworene Gemeinschaft gewesen, hatten nur Musik gehört, die andere Jugendliche in Josefsburg gar nicht erst verstanden. Man war sich in fast allem einig gewesen, hatte sich revolutionär und progressiv gefühlt, wenn *Frank Zappa*, die *Stones*, *Pink Floyd* oder *Janis Joplin* auf dem Plattenteller lagen; sie hatten wild und frei getanzt und zu späterer Stunde ausprobiert, wie sich Küsse und vorsichtige Berührungen anfühlten. Mehr war hier zum Erstaunen, aber auch zur Erleichterung aller Beteiligten in unausgesprochener Übereinkunft nicht passiert. Trotzdem hätten Maries Mutter und einige andere Eltern, wären sie als Zaungast zugelassen worden, das ausgelassene Treiben und Durcheinanderliegen auf den Sofas als einziges Sodom und Gomorra gebrandmarkt. Es war für die Mädchen der Runde schon schwer genug gewesen, den jeweiligen Müttern und Vätern zu erklären, dass man sich mit Freundinnen *und* Freunden traf, vor allem mit solchen, die schon ein, zwei Jahre älter waren als sie. Genaueres hatten sie tunlichst außen vor gelassen, dafür von gemeinsamen Aktionen zur Weihnachtszeit oder von Überlegungen für ein soziales Engagement in der Stadt berichtet. Zur Beruhigung hatte auch die schlichte Tatsache beigetragen, dass dieser Raum direkt unter dem Priesterhaus lag, was jeden Widerspruch, der sich in der einen oder anderen Familie noch hätte regen können, im Keim erstickt hatte.

Auch Maries Mutter war erst entsetzt gewesen zu hören, dass ihre Tochter sich in dunklen Kellerräumen oder im Wald mit anderen Jugendlichen treffen wollte, doch Marie hatte ihre Einwände damit entkräftet, dass sie immer pünktlich nach Hause gekommen war; zudem kamen die genannten Freunde aus guten, katholischen Familien. Sicher passten sie gegenseitig auf sich auf, sogar der vernünftige Wolfgang war dabei, der älteste von 12 Söhnen des Buchhändlerpaars, das den religiösen Buchladen am Dom führte und wegen seiner Frömmigkeit stadtbekannt war. Der Qualmgeruch in Maries Kleidern war der Mutter anfangs suspekt gewesen, doch Marie hatte ihr geschworen, dass er ausschließlich von den Lagerfeuern kam, die die Jugendlichen manchmal in den Sandbergen entfachten, denn Gott sei Dank übertünchte der Lagerfeuergeruch den Zigarettenqualm. Das konnte die Mutter zwar auch nicht gutheißen, aber außer unzähligen Ermahnungen zum vorsichtigen Umgang mit dem Feuer hatte sie letzten Endes nichts dagegen sagen können. So genau hatte sie das alles wohl auch gar nicht mehr wissen wollen. Und wenn die jungen Leute im Raum des Priesterhauses waren, unterstanden sie ja quasi der direkten Kontrolle der Kirche, was sollte also schon geschehen? Besser, sie waren da, als in irgendwelchen Kneipen oder sonstigen Spelunken, wo ohrenbetäubender Lärm jegliche Moral untergrub. Und irgendwie war es für Maries Mutter auch ganz entspannend, Abende ohne Marie zu verbringen. Aber das sagte sie nicht.

Marie ihrerseits hatte immer peinlich genau darauf geachtet, nie den Unmut der Mutter zu provozieren, um ihre abendlichen und nächtlichen Unternehmungen nicht zu gefährden. Pünktlich nach Hause kommen gehörte genauso dazu, wie ein Kaugummi gegen den Zigarettenrauch und ein bereitwilliger Bericht am nächsten Morgen. Das Ritual lief immer nach demselben Muster ab: Zur verabredeten Zeit ging Marie heim, schloss leise die Eingangstür auf, horchte auf die immer gleiche Frage der Mutter, die einen leichten Schlaf hatte und von oben herunterrief:

»Bist Du es Marie? Schließ gut ab!«

Die Angesprochene antwortete darauf mit einem vernehmlichen Gähnen und dem Satz:

»Ja, ich bin's. Gute Nacht, bin schrecklich müde. Schlaf gut, bis morgen.«

Meist war der Kaugummi unnötig, aber man wusste ja nie.

Dann ging sie in ihr Zimmer und dankte dem Herrn aufs Neue, dass sie seit einiger Zeit im Erdgeschoss zum Garten raus wohnen durfte. Auf ihrem Zimmer ließ sie das Wasser im Waschbecken laufen, hustete laut, während sie leise und in Rucken das Rollo zur Gartenterrasse heraufzog, jedes Ziehen unterlegt mit einem neuen Huster, wartete kurz, falls ihre Mutter doch etwas gehört hätte, und verschwand wieder in die Nacht, wo die Freitags-Party im Wald oder im *Raum* weiterging. In warmen Sommernächten enterten sie manchmal auch das kommunale Freibad am Stadtrand und schwammen in Unterwäsche in dem herrlich leeren Becken. Nur einmal war die Polizei auf die nächtlichen Besucher aufmerksam geworden, nachdem sich ihnen bei einem Waldtreffen einer der neuen Referendare für Deutsch und Geschichte angeschlossen hatte, der im Vollrausch nackt auf das Drei-Meter-Brett gestiegen war und dort viel zu laut in die Nacht gegrölt hatte. Amüsiert hatten seine Schülerinnen und Schüler diesen privaten Auftritt verfolgt, der ihn *stante pede* zu einem Lieblingslehrer der Oberstufe erhoben hatte. Eher unrühmlich hatte sich allerdings sein Abgang gestaltet, denn er und ein paar andere waren von den Ordnungshütern mit aufs Revier genommen worden. Marie und Fiona hatten sich gerade noch rechtzeitig im gegenüberliegenden Kornfeld zwischen die hohen Ähren ducken können, sich gegenseitig den Mund zuhaltend, um nicht laut loszuprusten.

Wenn Marie in der Morgendämmerung auf dem gleichen Weg wieder in ihr Zimmer huschte, hatte sie neben Fiona öfter noch andere Freundinnen oder Freunde im Schlepptau, die alle bei ihr auf den ausgelegten Sitzkissen übernachteten, sonst der Sofaersatz im Raum. Am späteren Morgen, wenn man mal ausschlafen konnte und kein Dienst im Café und kein Kirchgang ein früheres Aufstehen nötig machten, schlüpften die heimlichen Schlafgäste durch die Terrassentür wieder hinaus, um gleich darauf vorne am Eingang zu klingeln und unschuldig nach Marie und Fiona zu fragen, um mit ihnen zu frühstücken.

Darüber hatte sich die Mutter komischerweise nie gewundert und die Gäste stets herzlich begrüßt. Bei allem Schwierigen, was zwischen ihnen stand, konnte Marie doch nicht umhin zuzugeben, dass die Mutter ihre Gäste immer freundlich aufgenommen und bewirtet hatte. Zumal ihre Leute mit der Mutter bestens auszukommen schienen. Oft hatte sie sich dann mit an den Tisch gesetzt, was Marie notgedrungen hingenommen und mit einem Augenrollen kommentiert hatte, die Gäste dies und das gefragt und sich ihnen als erstaunlich interessierte Zuhörerin gezeigt. In ihrer häuslichen Zweisamkeit hatte Marie das nie erlebt. Dass diesen friedlichen gemeinsamen Frühstücken eine wild durchfeierte Nacht irgendwo in Josefsburg vorausgegangen war, hätte sich die Mutter sicher niemals träumen lassen, das lag außerhalb ihrer Vorstellungkraft: Was nicht sein darf, das nicht sein kann.

So waren sie beide in ihrer jeweils eigenen Welt verhaftet geblieben, ohne sich ernsthaft in die der anderen hineinbegeben zu wollen. Vielleicht hatte Marie etwas von den echten Sorgen geahnt, die die Mutter umtrieben, weil sie für alles alleine verantwortlich war, das Geld, das Haus, die Erziehung. Vielleicht hatte sie auch geahnt, dass sie sich einmal ein anderes Leben erträumt hatte als dieses, alleine mit einer pubertierenden Jugendlichen und in ständigen Geldnöten. Und vielleicht hatte auch die Mutter geahnt, dass Marie nicht den Weg einschlagen würde, den sie ihr glaubte vorzeichnen zu müssen, dass sie sich in Gedanken längst von ihr gelöst hatte und eigene Pläne verfolgte. Doch darüber, hatten sie niemals gesprochen. Eine Art Friedensabkommen, oder eher eine Waffenstillstandsübereinkunft, um ihr Zusammenleben zu bewältigen.

23

Marie war ganz langsam in Richtung des Priesterhauses gegangen, vorbei an der Kapelle, wo auch jetzt noch ein paar wenige Gläubige kniend das Gnadenbild der Madonna anbeteten, und bog dann gemächlich in die Straße ein, wo es über den Kellerabgang zum *Raum* ging. Sie passierte die kleine russische Kapelle, die sich unscheinbar in die Häuserzeile duckte und über deren Existenz sie sich immer gewundert hatte, trat in den überdachten Gang des Priesterhauses, wo die Messdiener nach wie vor ihre Räder kreuz und quer abstellten, so dass sie sich leise fluchend ihren Weg hindurch bahnen musste, und wartete am Treppenabgang auf Charly. Alleine wollte sie nicht die dunkle Stiege hinunter, auch aus Angst, unten einen Raum vorzufinden, der nichts mehr mit dem ihrer Jugend zu tun hatte. Sie wusste nicht einmal, ob er immer noch als Treffpunkt für junge Menschen diente oder nun einer anderen Bestimmung zugeführt worden war.

Sie lehnte sich an die Wand, bis Charly endlich im Torbogen erschien. Er hatte sich kaum verändert, der Bart war immer noch struppig, seine Brille verengte die Augen nach wie vor zu erbsengroßen Punkten, die Fingerkuppen waren dunkelgelb, denn auch jetzt hielt er eine selbstgedrehte Zigarette zwischen den Fingern, und sein Bauch war noch etwas gewachsen. Sie begrüßten sich, als ob sie sich gestern erst verabschiedet hätten. Es gab keine Verlegenheit, kein umständliches Herantasten an das jetzige Leben, das war alles egal. Sie brachten sich kurz auf den neuesten Stand, Marie erzählte, dass sie jetzt Buchhändlerin sei, Charly war Krankenpfleger geworden, was Marie wie ein Wink des Himmels erschien; mehr brauchte es nicht, um gemeinsame Sache zu machen.

»Ok, Du willst also Deine Mutter zur Kapelle bringen, und irgendwie müssen wir sie heimlich dahin bringen, richtig?«, brachte er ihr Problem auf den Punkt, und offenbar hatte er sich auch schon Gedanken über die Lösung gemacht: »Also, ich weiß von meiner Tante, die ich in ihren letzten Tagen immer durch den Ort geschoben habe, dass hier im Schuppen hinter'm Priesterhaus so eine Art fahrender Liegestuhl steht, den ich für sie benutzen durfte. Der steht da für die Pilger, die in der Prozession mitziehen wollen, aber in Krankentransporten liegend hierher gebracht werden. Wir schauen ihn uns mal an, aber ich denke, damit könnte es gehen.«

Die alte, quietschende Tür zum Schuppen, der hinten im Garten des Priesterhauses hinter der großen Trauerweide stand, bereitete ihnen keine Probleme; es gab kein Schloss und niemanden, der sie hätte hindern wollen. Ihre Augen mussten sich erst an das Dunkel im Inneren gewöhnen, denn draußen war inzwischen die Nacht aufgezogen, und nirgendwo stand eine Straßenlaterne, die hätte Licht spenden können. Nachdem sie einiges Gerümpel beiseite geschoben hatten, stießen sie auf ein Liegestuhl-ähnliches Gefährt mit großen Rädern, Gittern links und rechts, am Kopfende leicht angehoben. Es sah nicht gerade gemütlich aus, aber mit den darunter befindlichen zwei Griffen ließ sich das Ganze gut schieben. Mit einem Taschentuch wischten sie den Staub weg und bewegten das monströse Ding ein wenig hin und her, es schien noch gut in Schuss zu sein, auch wenn es aussah wie ein Relikt aus dem Zweiten Weltkrieg.

»Wir müssten halt für Deine Mutter Bettdecken und Kissen drauflegen, damit es weicher und wärmer ist, aber dann sollte es gut gehen«, meinte Charly fachmännisch, und weiter: »Ich kann sie aus dem Bett heben, glaubst Du, das lässt sie zu? Dann trage ich sie vor den Eingang des Pflegeheims, da stehst Du schon mit der Liege bereit, und dann geht es morgen Abend in der Dämmerung zur Kapelle. Was meinst Du?«

Charly hatte offenbar Maries Gedanken gelesen und die Aufgabe schon zu seiner gemacht. Sie war überglücklich über seine unkomplizierte, pragmatische Art. Keine Vorhaltungen, keine Bedenken, kein Abwägen; es war völlig klar, dass er Marie helfen würde, ihrer Mutter diesen letzten Wunsch zu erfüllen.

»Ja, wunderbar!«, sagte sie erfreut. »Genauso werden wir es machen. Lass uns vielleicht morgen Abend so gegen 20.00 Uhr hier wieder treffen, dann holen wir die Liege, gehen zusammen zum Pflegeheim und los geht's. Vorher werde ich meiner Mutter sagen, dass Du kommst. Sie kennt Dich ja, das wird kein Problem sein. Ich danke Dir sehr!«

Marie fiel Charly um den Hals und drückte ihn lange und fest.

»Gut, abgemacht. Morgen um 20.00 Uhr hier vor dem Priesterhaus. Schlaf gut, und bis morgen!«

Charly grüßte noch einmal mit seinem schiefen Lächeln und ließ Marie dann in der Dunkelheit zurück. Sie hatte es nicht weit bis zu ihrem Hotel und freute sich darauf, in ihrem Zimmer noch ein wenig in den Papieren der Mutter zu lesen.

Im *Goldenen Kreuz* saßen noch ein paar Gäste beim Abendessen. Marie bat Frau Hülsdonk, etwas zu essen mit aufs Zimmer nehmen zu dürfen. Sie blätterte kurz durch die Karte und entschied sich dann für einen Klassiker dieser Region, einen *Uitsmijter*, wie man ihn hier und in den benachbarten Niederlanden nannte, einen sogenannten *Strammen Max*, und dazu ein Pils. Ein sehr niederrheinisches Essen. Frau Hülsdonk versprach, es ihr gleich aufs Zimmer zu bringen, und Marie stieg die alten Treppen hinauf.

Das Zimmer war aufgeräumt worden, das Bett gemacht, der Sessel stand korrekt an dem kleinen Tischchen, der Karton mit den Papieren geradegerückt davor. Marie lief im Zimmer auf und ab und rang mit sich, ob sie weiter in den Dingen der Mutter kramen dürfte. Gerade die Briefe interessierten sie brennend, zumal sie das sichere Gefühl hatte, dass sie darin Wichtiges über die Mutter erfahren würde, das sie ihr so nicht mehr würde erzählen können. Zu schwankend war ihr Zustand, zu vage die Chance, von ihr selbst morgen, wenn sie wieder zu ihr gehen würde, noch ein paar Details zu erfahren.

Schließlich setzte sie sich in den Sessel und nahm den Karton auf den Schoß. Vorsichtig legte sie den maroden Deckel auf den Boden, nahm das mit rotem Band umwickelte Briefpaket heraus und legte es vor sich auf den Tisch, um es zu betrachten. In dem Moment klopfte es an der Tür und Frau Hülsdonk brachte ihr die gewünschte Mahlzeit. Mit einem freundlichen »Guten Appetit« stellte sie das Tablett vor Marie auf den Tisch und schob dabei die Briefe etwas zur Seite, um Platz zu schaffen. Dann verschwand sie so schnell und lautlos, wie sie gekommen war.

Marie wertete das als Zeichen, dass sie erst einmal etwas essen sollte, um sich zu stärken, bevor sie ihre Nase in die

Vergangenheit der Mutter stecken würde. Doch, sie durfte das, sie würde die Briefe lesen und Klarheit bekommen. Worüber sie Klarheit bekommen würde, war ihr zwar unklar, aber die Gewissheit überwog, den Versuch wagen zu müssen. Bei dem Gedanken, dass sie Dinge erfahren würde, die nicht für sie gedacht waren und die die Mutter in einem anderen, neuen Licht darstellen könnten, wurde ihr mulmig zumute, als ob sie ungefragt und heimlich hinter eine verbotene Tür schauen würde. Ein bisschen so wie damals, als ihre Schulfreundin Birgit Marie die Weihnachtsunschuld geraubt hatte, indem sie ihr den Blick auf die Insignien des heiligen Festes, profan im Schrank gestapelt, aufgezwungen hatte. Zumindest war jetzt niemand da, der ihr ein Wissen aufnötigte, das sie gar nicht haben wollte. Es lag in ihrer eigenen Verantwortung, Erstaunen und Enttäuschung inklusive. Und auch die *Muhme Angst* schien anderweitig beschäftigt und ließ Marie in Ruhe.

Während sie das Spiegelei auf dem Brot zerlaufen ließ und den Eidotter, der neben dem Schinkenbrot eine kleine, gelbe, dickflüssige Lache gebildet hatte, mit dem Finger aufnahm, um ihn abzulecken, wägte sie im Kopf noch einmal das Für und Wider ihres Vorhabens ab. Nach allem, was sie bisher im Pflegeheim erlebt hatte, war da noch ein großes Geheimnis, der unsichtbare Elefant im Raum der alten Geschichten. Nicht zu greifen, aber zu erahnen. Wie ein venezianischer Spiegel, in den man von vorne schaut und nur sein eigenes fragendes Gesicht sieht, während jenseits, von der Rückseite des Spiegels aus, alles durchscheinend und transparent wird.

Auch die Mutter hatte sich geöffnet, war bereit, den dichten Vorhang aus Ausgedachtem und Vorgeschobenen beiseite zu schieben. Marie war das in den kurzen hellen Momenten, die sie mit ihr erlebt hatte, klargeworden. Sie musste diesen Schritt gehen, wollte sie vor dem nahen Tod noch zu etwas

Gemeinsamen kommen, zu einem Gefühl des Miteinanders, das das Verquere der letzten Jahrzehnte auslöschen oder zumindest abmildern könnte. Es war in ihrer beider Sinn; diese Überzeugung wuchs zunehmend. Es würde ihnen beiden helfen, sich gegenseitig zu verstehen. Und wenn es das Letzte wäre, was sie füreinander tun konnten.

Marie tupfte mit der Fingerspitze die letzten Krümel von ihrem Teller und stellte das Tablett vor die Tür. Sie schloss ab, um ungestört zu bleiben, und begann mit zitternder Hand das rote Geschenkband von dem kleinen Stapel mit Briefen zu lösen, die mit einer akkuraten Schrift an Elsje Hagen adressiert waren. Der Absender blieb auf dem Umschlag anonym.

Sorgsam zog sie die eng beschriebenen Blätter aus dem ersten Umschlag und begann zu lesen. Erst zögerlich, als ob sie ein Unheil ereilen würde, wenn sie in dieses Geheimnis vordrang. Doch schon bald verschwand ihre Scheu, sie ließ sich einnehmen von den Dingen, die sie erfuhr, und tauchte ein in eine fremde, unbekannte Zeit.

Die feine Schrift mit den kleinen Buchstaben lief ganz gerade und regelmäßig über das dünne Papier. Nur die Anfangsbuchstaben der Sätze zeugten mit ihrem ausladenden Schwung und ihren ziselierten Schnörkeln von einem dynamischen Schreiber, der kunstvoll jeden neuen Gedanken aufs Blatt gebannt hatte. Die Briefe stammten aus Bittkau, das war Marie sofort klar, dem kleinen Ort an der Elbe, östlich von Tangerhütte, in den ihre Mutter während des Zweiten Weltkrieges evakuiert worden war. Schon die ersten Sätze auf den dünnen, fast durchscheinenden Blättern erzählten von großer Liebe, Kummer und von tiefer Sehnsucht.

Auch wenn Marie von diesem erzwungenen Aufenthalt der Mutter wusste; viel zu viel war in deren Berichten im

Dunkeln geblieben, das aber wie ein weitverzweigtes Labyrinth hinter dem Geschilderten hindurchgeschimmert hatte. Vielleicht konnte sie mit dem Lesen dieser Briefe das Bild in ihrem Kopf abrunden und auch das Dahinterstehende erkennen, indem die Erzählungen der Mutter, ihr eigenes Wissen über die Zeit und Karols Schilderungen sich wie ein Mosaik zu einem neuen Ganzen verbinden würden.

24

Es war noch früh am Morgen. Der 10. Februar 1940 drohte besonders kalt und unwirtlich zu werden. Dämmriges Licht schlich sich durch die Fenster in die Küche der Großfamilie van Leuwen, wo jeder, der am Tisch saß, gedankenversunken vor sich hinstarrte und still ein letztes Brot vor der Reise aß. Mutter Bernhardine hatte mit den letzten Lebensmitteln, die sie hatte ergattern können, noch Brote gebacken und einen, wenn auch dünnen Kaffee gekocht. Großzügig strich sie die selbstgekochte Marmelade vom letzten Sommer auf die Proviant-Brote und musste sich dabei immer wieder in ihr Taschentuch schnäuzen. Der Duft der Aprikosen aus dem Glas stand im krassen Widerspruch zu der Düsternis ihrer Stimmung.

Ihr Mann August saß wie unbeteiligt am Kopfende des Tisches, ein schwerer Koloss, zu Stein erstarrt, der mechanisch vor sich hin kaute und schon seit dem frühen Morgen nur einen bestimmten Punkt auf der Tischdecke fixierte. Es war seine Art zu verzweifeln, es war die Art der Männer dieser Generation zu verzweifeln, nur keine Schwäche zeigen, sich selbst unter Kontrolle halten, Fatalismus dem Unausweichlichen gegenüber, standhaft seinen Pflichten folgen, eben alles, was einen Mann vor den Erschütterungen des Schicksals und überbordenden Emotionen schützen konnte, ihn handlungsfähig bleiben ließ. Manchmal wunderten sich diese Männer insgeheim, welch tiefe Schrunden diese Haltung in ihre Seelen ätzte, warum ihr Inneres so glühend schmerzte, aber das konnte nur Anlass sein, sich noch härtere Bandagen umzulegen, noch stoischer dieser Welt zu trotzen. Dabei hatten es die Männer mit einem weichen Herz so schwer, diesem Ideal zu folgen. Von seinem Vater hatte August diese Haltung als einzig richtige übernommen, an seine eigenen Söhne gab er sie weiter. Jede Generation litt auf ihre Weise und kam doch aus diesem Kreislauf nicht heraus. Manche versuchten es mit noch strengeren Maßstäben, manche flüchteten sich in einen Rausch aus Arbeit und Alkohol, und wieder andere scheiterten vollends und setzten ihrem Dasein ein vorzeitiges Ende, im Kugelhagel an der Front oder mit einem Strick auf dem Dachboden.

August wollte nicht vor den Frauen und den Kindern weinen, auch wenn ihn der bevorstehende Abschied innerlich zerriss. Es herrschte Krieg, er und Bernhardine würden in Josefsburg bleiben, weil sie zu alt für eine Evakuierung waren. Zwei ihrer verbliebenen Töchter aber mitsamt Klaras fünf Kindern mussten sie ins Unbekannte ziehen lassen. Nur die Zweitälteste, Maria, die von Geburt an taubstumm war, würden sie bei sich behalten, sie war für ein Leben draußen nicht geschaffen.

Elsje hatte bis zuletzt darauf gedrängt, Maria und ihre Eltern mitzunehmen, doch die hatten alle Argumente kategorisch zurückgewiesen. Maria würde sich um sie kümmern, sie war gut in Hausarbeiten, basta. Noch eine Reihe weiterer Gründe führten sie ins Feld: von der Notwendigkeit, das Haus, das schon seit geraumer Zeit nicht mehr als Hotel genutzt werden konnte, zu schützen und für alle Heimkehrenden die Stellung zu halten, bis hin zu der Tatsache, dass viele ältere Freunde aus ihrer nächsten Umgebung und Nachbarschaft ebenfalls in Josefsburg blieben. So wären sie nicht alleine und hätten ausreichend Unterstützung.

Irgendwann hatte Elsje schweren Herzens all ihre Einwände akzeptiert und Ruhe gegeben. Sie würde also heute zusammen mit ihrer großen Schwester Klara und deren Kindern, das Kleinste gerade ein halbes Jahr alt, evakuiert werden und sicher bald wieder nach Hause zurückkehren können. Friedrich, Elsjes Mann, war schon seit einem Jahr als Funker in Dänemark stationiert und hatte sie in seinen Briefen ebenfalls bedrängt, doch endlich Josefsburg zu verlassen, weil er befürchtete, dass sich die Dinge noch mehr zuspitzen würden. Als Funker hörte er vieles mit und wusste, wovon er sprach. Klaras Mann, dessen Bäckerei seit seiner Einberufung brachlag, kämpfte an irgendeiner Front, von der niemand wusste, wo sie genau verlief. Auch ob er überhaupt noch lebte, wusste niemand. Sie hatten seit vielen Monaten kein Lebenszeichen mehr von ihm erhalten. Die Kinder mussten jetzt in Sicherheit gebracht werden, so viel war klar, auch wenn Klara sich lange dagegen gewehrt hatte.

»Beeilt Euch jetzt!«, mahnte Bernhardine, deren Gesicht von Kummer und Trauer gezeichnet war. Zu viele Kinder hatte sie schon an einen frühen Tod verloren; wie es ihren Söhnen ging, konnte sie nur erahnen und dafür beten, dass sie gesund aus dieser Hölle wiederkämen. Und jetzt kostete es sie ihre letzte Kraft, auch noch Elsje und Klara mit den Enkeln ziehen lassen zu müssen.

»Ihr müsst jetzt los, der Konvoi wartet nicht auf Euch. Lasst uns noch ein letztes Gebet sprechen und unsere Gottesmutter um eine glückliche Reise bitten.« – Eine magische Beschwörung, die immer funktionierte, egal, ob man trauerte, verzweifelte, keinen Ausweg wusste, Schutz suchte, Unterstützung brauchte oder Freudigem entgegenblickte. Für den Moment verschafften ihnen die altbekannten Worte, monoton vor sich hingesprochen und schon leicht abgenutzt vom dauernden Gebrauch, das beruhigende Gefühl, unter dem weiten Mantel der Madonna geborgen zu sein. *Maria, breit den Mantel aus, mach Schutz und Schirm für uns daraus …*

Elsje, Klara, Bernhardine, August, Maria und die Kinder Christel, Franz, Karl und Gertrud legten die Hände zum Gebet zusammen und murmelten ein Rosenkranz-Gesetz, indem Bernhardine die Kernsätze vorbetete und alle, außer Maria, die unbeholfen die Lippen bewegte, in den Refrain mit einfielen. Nur die kleine Clarissa lag glucksend in ihrem Kinderwagen und spielte mit ihren Fingern.

Elsje und Klara prüften noch einmal sorgfältig, ob alles für den Treck gepackt war, von dem keiner wusste, wie lange er dauern würde. Etwas zu essen und zu trinken für die Kinder vor allem. Die Größeren, Christel und Franz, hatten wie die beiden erwachsenen Frauen mehrere Kleider übereinander gezogen und knöpften sich jetzt die letzte Schicht zu. Die kleine Clarissa wurde bis oben hin zugedeckt, darunter allerlei Dinge, die die anderen im Treck nicht zu sehen brauchten. Tauschwaren für den Notfall, Alkohol als Zahlungsmittel, ein bisschen Geld, das ihnen Bernhardine und August noch zugesteckt hatten.

Elsje versuchte tapfer zu sein, als sie beim Abschied ihre Eltern in der Tür stehen sah. Wie zwei vergessene Statuen, brüchig und altersschwach. Keiner wagte auszusprechen, was alle umtrieb: Würde man sich je wiedersehen? Dicke Tränen rannen jetzt sogar über das runde Gesicht von August. Es ging nicht mehr, er war mit seiner Kraft am Ende. Bernhardine, gebeugt von der Arbeit der vielen Jahre und gewohnt, Schweres auszuhalten, nahm seine Hand und hielt sie tröstend in der ihren. Sie würden gleich zur Kapelle gehen und ein paar Kerzen anzünden. Dann würde schon alles gutgehen. Die taubstumme Maria war hinter die Eltern getreten, breitete ihre Arme aus und legte sie ihnen fürsorglich um die Schultern. Eine Trinität auf verlorenem Posten.

»Gott schütze Euch!« Mit diesen Worten segnete Bernhardine noch einmal jeden Einzelnen der sieben Reisenden und schob sie dann energisch von sich weg auf die Straße, wo gerade dichter Schneefall eingesetzt hatte. Treffpunkt war der Vorplatz der Kirche, und dorthin strömten jetzt aus allen Richtungen des kleinen Ortes die Frauen, vollbepackt, schwer schleppend und ihre Kinder hinter sich herziehend. Hektisches Treiben kaschierte die Schwermut, die über allem hing. Nur die kleineren Kinder schienen das Ganze für einen lustigen Gemeindeausflug zu halten und alberten fröhlich herum.

Sie kletterten auf die große Ladefläche des schon bereitstehenden Lastwagens, eine Plane würde sie gegen Schnee und Regen schützen, und halfen sich gegenseitig mit Kinderwagen, Kindern und Koffern. Als der LKW losrollte, unterhielten sich manche, andere schliefen schon bald, und wieder andere schauten konzentriert durch die hintere Öffnung der Plane auf die vorbeifliegende Landschaft, als ob sie sie zum letzten Mal sähen und in ihre Köpfe einbrennen müssten, um sie hinterher wenigstens noch zeichnen zu können.

Elsje und Klara waren vollauf damit beschäftigt, die Kinder zu versorgen, zu beruhigen, ihnen etwas vorzusingen, sie zu ermahnen oder zu wärmen. Eisig kalt war es auf dem halboffenen Wagen, und alle drängten sich dicht aneinander, um ein wenig Wärme abzubekommen. Die Fahrt dauerte bis zum nächsten Nachmittag, als sie steif gefroren und mit schmerzenden Knochen von der langen Fahrt und der ungemütlichen Nacht auf nur wenigen Strohsäcken am Straßenrand vor einer Lagerhalle anhielten. Jede Ankömmlingsfamilie bekam eine Adresse zugesteckt, die ihr aufzeigte, wo sie unterkommen würde.

Elsje und Klara wurden mit den Kindern zu einem Ehepaar mittleren Alters beordert, die wenig erfreut darüber schienen, dass ihre aufgezwungenen Kriegsgäste auch noch so viele Kinder im Schlepptau hatten. Frau Pichel war eine dürre Frau mit einem streng gezwirbelten Haarknoten, durchgedrücktem Rücken, so dass sie beinahe nach hinten zu fallen drohte. Sie trug ein farb- und formloses Kleid, das sie mit einer großen, dunkelblau-schwarz karierten Schürze vor Schmutz zu schützen suchte, und ein graues, wollenes Tuch, das ihre eckigen Schultern bedeckte. Von hinten wirkte sie damit wie ein vierschrötiges Möbelstück, dem man eine schäbige Decke übergeworfen hatte.

Elsje erinnerte sie an die fromme Helene, über die sie bei Wilhelm Busch gelesen und herzlich gelacht hatte. Fehlte nur noch der erhobene Zeigefinger. Doch den brauchte Frau Pichel nicht; sie selbst war ein einziger erhobener Zeigefinger. Mürrisch führte die Frau, die noch gar nicht so alt war, wie sie wirkte, die Großfamilie über eine enge Stiege nach oben, wo sie zwei winzige, dunkle Dachbodenzimmer mit Kochmöglichkeit und ein kleines Bad auf halber Strecke zur Wohnung im Flur vorfanden, in dessen Ecken der Schimmel sich breitgemacht hatte. Ausreichend für eine kleine Familie, aber unzumutbar für sieben Personen.

»Es gibt nichts anderes!«, meinte Frau Pichel schnippisch, als sie Elsjes und Klaras entsetzte Gesichter sah, bevor diese sich auch nur rühren konnten, um zu protestieren. Perplex starrten sie auf das, was ihre zukünftige Behausung sein sollte. Mit zusammengekniffenen Augen blickte die Wirtin von einem zum anderen, um dann auf dem Absatz kehrt zu machen und die steile Stiege förmlich hinunter zu rennen, als ob sie befürchtete, sich an der Not ihrer ungebetenen Untermieter anzustecken.

Klara setzte sich auf eines der zwei Betten und schlug schluchzend die Hände vors Gesicht. Elsje setzte sich neben die große, dicke Frau, legte den Arm um sie und versuchte sie wortlos zu wiegen. Früher hatte Klara sie auf die gleiche Weise getröstet, wenn die Brüder mal wieder dumme Streiche ausgeheckt hatten, jetzt war es an Elsje, der älteren Schwester Stütze zu sein und Schutz zu bieten. Dabei war sie mit ihren 24 Jahren selber noch ein halbes Kind. Klara plagte schon lange eine bohrende Angst, die sie panisch und mutlos machte: Was würde die Zukunft ihnen bringen, was würde mit der Backstube werden, wenn ihr Mann Theo nicht aus dem Krieg zurückkäme, wohin mit den fünf Kindern, wie das Kleinste unter diesen Umständen versorgen, wie ans tägliche Brot kommen?

Das waren auch für Elsje zu viele Fragen. Sie bemühte sich, ein fröhliches Gesicht aufzusetzen, und verbannte ihre eigene Niedergeschlagenheit in den hintersten Winkel ihres Herzens, wo die Verzweiflung auf den dicken, schlammigen Morast aus unterdrückten und unerlaubten Gefühlen fiel und schnell versank. Mit den größeren Kindern begann sie, die kleine Wohnung notdürftig herzurichten. Schließlich gebot sie Christel, der Ältesten, auf ihre Geschwister und Klara aufzupassen, während sie noch versuchen würde, etwas fürs

Abendbrot zu besorgen. Ihr aufmunternd gedachtes Lächeln geriet verkrampft und zeichnete eine schiefe Zuversicht auf Elsje Züge, doch die Kinder waren zu sehr mit sich selbst beschäftigt, um das zu bemerken.

Sie lief auf die menschenleere Straße und schaute sich um, ob sie ein geöffnetes Geschäft sähe. Der Ort war dunkel, überall hatten sie schon die Rollläden heruntergelassen, kein Laut drang aus den Häusern. So alleine hatte sie sich schon lange nicht mehr gefühlt. Nach all dem Aktionismus der letzten zwei Tage und den Ängsten, die sie hatte herunterschlucken müssen, hatte sie kaum mehr Energie übrig. Dabei musste sie funktionieren, sie war jetzt die Starke, Klara und die Kinder waren ihr anvertraut. Aber wie sollte sie das schaffen, wenn man hier nicht einmal etwas zu essen kaufen konnte und Frau Pichel sicher die Letzte war, die ihr helfen würde?

Erschöpft ließ sie sich auf den Bordstein plumpsen. Tränen verschleierten ihren ins Nirgendwo gerichteten Blick, quollen über den Lidrand und perlten langsam die Wangen hinunter. Mit keiner Miene verriet sie ihre Verzweiflung, die Tränen liefen über ein Puppengesicht aus Zelluloid, das sich ihnen ausdruckslos hingab. In ihrem Inneren hingegen wütete das Chaos, Angst durchdrang jede Zelle und drohte sie zu zerreißen.

Wie sollte sie in ihrer Unerfahrenheit die ganze Familie durch die Wirren des Krieges lotsen? So gerne wäre sie jetzt wie als kleines Mädchen auf den Schoß ihres Vaters geklettert, hätte sich an ihn geschmiegt, sich von ihm über den Kopf streicheln lassen, um dann an seiner mächtigen Schulter einfach einzuschlafen. Elsje, die Jüngste, war sein Liebling gewesen, aber auch bei seinen anderen Kindern hatte er es sich gestattet, weich zu sein, so lange sie klein und putzig gewesen waren. Ein Hotelgast hatte ihn einmal gefragt, ob es ihm mit so vielen Kindern nicht allmählich zu bunt würde. Da war Elsje gerade geboren worden. Er aber hatte nur schmunzelnd geantwortet: »Aber nein, die Zweijährigen dürfen mir doch nicht ausgehen.«

»Ist Ihnen nicht gut?«, hörte Elsje eine Männerstimme von der anderen Straßenseite fragen. Sie zuckte zusammen, wischte sich mit dem Handrücken die Tränen von den Wangen und sah auf. Vor ihr stand ein hochgewachsener Herr mit einem etwas speckigen Hut auf dem Kopf, der Wintermantel aus schwerem Stoff, der von alleine zu stehen schien, hatte schon bessere Tage gesehen, dazu freundliche Augen hinter runden Brillengläsern.

»Ein junges Fräulein wie Sie darf doch nicht ganz alleine hier auf der Straße sitzen. Wer weiß, wann der nächste Bombenalarm losgeht. Was suchen Sie denn?«

Elsje erzählte ihm, dass sie gerade erst angekommen und jetzt zu siebt bei Frau Pichel in zwei kleinen Zimmern einquartiert seien. Sie sei noch einmal auf die Straße gegangen, um ein Geschäft oder einen Bauernhof zu finden, um fürs Abendbrot einzukaufen, habe aber nichts gefunden, und … Mitten im Satz geriet sie ins Stocken, plötzlich unsicher, wie und vor allem ob sie überhaupt mit dem Mann reden sollte. Warum spazierte er hier auf der Straße herum und war nicht wie die meisten Männer im Krieg? Ihr wurde mulmig bei dem Gedanken, es könnte ein deutscher Offizier sein, der sie gleich mit aufs Revier nehmen würde.

Der Mann, der vielleicht Mitte 30 war, reichte ihr seine rechte Hand und half ihr auf. Dann verbeugte er sich, zog seinen Hut vom Kopf, den eine große Narbe an der rechten Seite in zwei Hälften teilte, und stellte sich vor:

»Gestatten, Karol Baum, Maler und Bildhauer, Kriegsinvalide.«

Elsje starrte ihn an, immer noch unsicher, was sie von ihm denken sollte.

»Was ist Ihnen denn passiert?«, platzte es aus ihr heraus, und sie beeilte sich, der neugierigen, viel zu hastig gestellten Frage einen verlegen-entschuldigenden Blick hinterherzuschicken.

»Nun, ich habe direkt zu Beginn des Krieges einen Kopfschuss abgekriegt und leide jetzt unter epileptischen Anfällen. Das kann man an der Front nicht gebrauchen. Und deshalb darf ich hier sein und muss nicht wie die anderen mein Leben sinnlos im Kampf aufs Spiel setzen.«

Noch während er diesen Satz formulierte, biss er sich auf die Zunge. Er kannte diese junge Frau doch gar nicht, was, wenn sie eine glühende Hitlerverehrerin wäre? Aber nein, das konnte nicht sein, er bildete sich ein, Menschenkenntnis zu besitzen, und diese junge Frau sah genauso verunsichert und aufgewühlt aus wie alle Menschen, die diesen Krieg nicht wollten. Dennoch verschwieg er ihr vorerst, dass sein voller Name Karol Kirschenbaum war, den er zur Sicherheit auf Karol Baum verkürzt hatte, um seine jüdischen Wurzeln zu verbergen. Der Kopfschuss hatte ihm letztlich das Leben gerettet, davon war er überzeugt, aber auch nur, weil er nach dem Lazarett in einem zivilen Krankenhaus auf den alten Hausarzt und Freund seiner Familie, Peter Matuschek, getroffen war. Der hatte den jungen Karol, den er hatte aufwachsen sehen, kurzerhand kriegsuntauglich geschrieben, um ihm dann in Bitkau, einem kleinen, unauffälligen Ort, einen Bauernhof zu organisieren, der verlassen am Rande des Ortes lag. Er hatte seinem Schützling geraten, seinen Namen zu ändern, ihm bei der Erstellung neuer Papiere geholfen, weil seine ganzen Dokumente im Krieg verlorengegangen waren, und für ihn gebürgt.

Karol Baum wusste, was Dr. Matuschek für ihn riskiert hatte, und dankte es ihm mit allen Mitteln, die er aufbringen konnte. Eine tiefe Freundschaft war daraus erwachsen. Der alte Hausarzt lebte seit seiner Pensionierung selbst in Bitkau, da er für den Krieg nicht mehr tauglich war.

»Ich bewohne ganz hier in der Nähe einen kleinen Bauernhof, wo ich etwas Gemüse und Obst anbaue, hin und wieder gibt es auch ein paar Eier von meinen Hühnern. Es wäre mir eine Freude, Ihnen und Ihrer Familie davon etwas abzugeben. Kommen Sie bald einmal vorbei, es ist nicht weit und unser Ort ist ja nicht groß. Ich schreibe Ihnen meine Adresse auf. Da haben die Kinder auch ein wenig Platz zum Spielen.«

Elsje starrte ihn ungläubig an und brachte schließlich stotternd hervor:

»Aber das können wir doch nicht annehmen, Sie müssen sich doch selber versorgen.«

»Ach was!«, gab Karol Baum lachend zurück. »Es reicht allemal für einen Mann wie mich, und wenn ich Ihnen damit unter die Arme greifen kann, ist das doch schön, finden Sie nicht auch? Wissen Sie was, kommen Sie einfach gleich mit mir mit, dann gebe ich Ihnen ein paar Sachen fürs erste Abendbrot. Sie können doch nicht so hungrig hier ankommen.«

Elsje war sprachlos und unendlich dankbar, diesen Mann getroffen zu haben. Er strahlte eine große Wärme aus, sein Blick war klar und herzlich. Bitkau war doch nicht so schlimm, wie sie anfangs gedacht hatte und Menschen wie Frau Pichel sie glauben machen wollten. Beladen mit Eiern, Gemüse und einem Kanten Brot, die Karol Baum ihr schnell in einen Korb gepackt hatte, lief sie zurück und bereitete für alle ein Abendessen zu, das ihnen so fürstlich und wohlschmeckend vorkam, wie lange nichts mehr.

25

Hin und wieder gingen sie nun alle zusammen zum Bauernhof von Karol Baum, aßen zusammen, unterhielten sich, und die Erwachsenen freuten sich am Lärm der Kinder, die für einige Momente die Härte ihres Lebens vergessen durften. Oft stand Karol in seinem Atelierzimmer an einer großen Staffelei, wenn sie kamen, und malte auf einer Leinwand. Vorsichtig lugten die Kinder ihm dann über die Schulter, und er hatte seinen Spaß daran, so zu tun, als ob er das nicht merken würde, und seelenruhig weiter zu arbeiten, bis er sich irgendwann blitzschnell umdrehte, um ihnen ein wenig Wasserfarbe ins Gesicht zu spritzen, so dass sie kreischend davonsprangen, er mit erhobener Faust lachend hinterher. Ölfarben hatte er sich schon lange keine mehr leisten können, er mischte sich so gut es ging ein paar Farbtöne aus natürlichen Bestandteilen und hatte Freude am Aquarellieren gefunden. Das ging auch mit einem herkömmlichen Farbkasten, wie ihn die Schüler im Kunstunterricht benutzten, wenn der denn stattfand. Manchmal durfte er selbst ein paar Stunden geben.

Anfangs war Klara noch mitgekommen, blieb aber dann immer öfter alleine in ihrem Zimmer zurück, um sich auszuruhen, wie sie sagte. Elsje war glücklich, bei Karol für alle kochen zu dürfen, und genoss bei diesem Mann, der ihre Gesellschaft ebenso genoss wie sie die seine, für ein paar Stunden die Leichtigkeit des Seins.

»Was tät' ich nur ohne Sie und die Kinder?«, fragte er oft beim Abschied und drückte dabei zärtlich ihren Arm. Und dann wanderte über Elsjes Gesicht eine zarte Röte.

Nachts lag sie lange wach und konnte Karol Baum nicht aus ihren Gedanken verbannen. Sie schalt sich deswegen, weil sie doch einen ordentlichen Ehemann hatte, der an der Front im Einsatz war, aber Karol drängte sich trotzdem immer wieder in ihren Kopf und ihr Herz.

Bald darauf nahm Klaras Zustand eine bedrohliche Wende. Von Tag zu Tag wurde sie schwermütiger und verließ kaum noch das Bett. Anfangs gab sie vor, erkältet zu sein, dann einfach nur müde, dann fiebrig. Doch die Spannen, in denen sie aufstand und das Alltägliche mitregeln konnte, wurden immer kürzer.

Elsje wusste sich keinen Rat mehr und erzählte Karol bei ihrem nächsten Besuch auf dem Bauernhof davon. Der riet ihr dringend dazu, einen Arzt zu rufen. Elsje musste ihm erklären, dass sie dafür gar kein Geld hätten, doch er beruhigte sie; sein alter Freund Peter Matuschek sei doch Arzt und würde ihm sicher den Gefallen tun, bei ihnen vorbeizuschauen, auch wenn er offiziell nicht mehr praktiziere.

Als sie nach Hause kamen, stand Frau Pichel schon auf dem Treppenabsatz, um sie abzufangen.

»So geht das nicht!«, schnaubte sie, kaum dass Elsje und die Kinder zur Tür hinein waren. »Den ganzen Nachmittag über hat Ihre Schwester oben getobt und aus dem Fenster heraus ehrliche Leute wie mich lautstark beleidigt. Entweder Sie sorgen dafür, dass Ihre Schwester Ruhe gibt, oder Sie fliegen hier alle hochkant raus. Das muss ich mir nicht bieten lassen, das nicht!«

Dann drehte sie sich erhobenen Hauptes um, so abrupt, dass ihr Haardutt bedenklich ins Schwanken geriet, und ließ die erschrockene Elsje mit den Kindern einfach stehen.

»Tante Elsje, müssen wir jetzt draußen schlafen?«, fragte Christel, die ganz bleich geworden war bei dieser Schimpftirade, ängstlich.

»Nein«, beruhigte Elsje die Kinder und sich selbst, »das

müssen wir nicht, im schlimmsten Fall wird uns Karol sicher helfen.«

Eilig schob sie die Kinder nach oben, um nach Klara zu sehen. Die lag im Bett, stierte an die Decke und gab auf die Nachfragen ihrer Schwester keinen Laut von sich.

Elsje bemühte sich, alles im Zimmer wieder in Ordnung zu bringen und die Kinder schlafen zu legen. Sie musste wohl selber eingeschlafen sein, als sie von einem ohrenbetäubenden Lärm geweckt wurde. Es klang, als ob Glas splitterte, gleichzeitig fuhr ein kalter Windstoß durch den Raum, und während Elsje sich aufrichtete, sah sie ihre Schwester, die dabei war, mit der bloßen Hand die Fensterscheibe zu zerschlagen. Ganz blutig waren ihre Fäuste schon, doch das schien sie nicht zu stören.

»Klara, um Himmels Willen, was tust Du?«, schrie Elsje sie an und eilte so schnell sie konnte zu ihrer Schwester, die schon ein großes Loch in die Scheibe geschlagen hatte und bereits mit einem Bein auf dem schmalen Fenstersims stand. Sie wollte gerade das andere Bein nachziehen, als Elsje sie am Nachthemdzipfel zu fassen bekam und zurückriss. Beide Frauen fielen polternd auf den Boden, auf dem die herumliegenden Scherben klirrend auseinanderspritzten. Mit Bärenkräften, von denen Elsje nicht wusste, woher sie sie nahm, schüttelte Klara die Schwester ab wie eine lästige Fliege, um ein zweites Mal mit einem Satz zum Fenster zu hechten.

Mit Panik in den Augen hatten die Kinder das nächtliche Spektakel verfolgt, stumm, mit offenem Mund, entsetzt, wie gelähmt. Doch Elsje schaffte es gerade noch, vor Klara am Fenster zu sein, und schrie den Kindern zu:

»Helft mir, wir müssen sie festhalten, ich schaff' das nicht alleine!«

Sie stellte sich breitbeinig vor das Fenster, im Rücken die Eiseskälte, die von draußen durch die zerbrochene Scheibe drang. Mit den Händen stemmte sie sich gegen Klaras Wucht, geschickt wie ein Boxer wehrte sie ihre Schläge ab und bekam endlich ihre Handgelenke zu fassen. Mit der Hilfe der völlig verstörten Christel und ihres stämmigen Bruders Franz, deren pausbäckige Gesichter ganz bleich geworden waren, bugsierten sie Klara aufs Bett. Die schien plötzlich wie in sich zusammengefallen, alle Kraft war aus ihr entwichen, zitternd krümmte sie sich zusammen. Das Blut lief ihr an den Armen herunter, das Nachthemd hing in Fetzen an ihrem schweren Körper. Nahezu tonlos stieß sie schließlich mit schreckgeweiteten Augen hervor:

»Die Russen sind da, seht Ihr das nicht? Die Russen kommen und werden uns alle umbringen.«

»Aber da draußen ist alles friedlich und still«, erwiderte Elsje sanft. »Hier sind wir sicher, hier kommen keine Russen hin. So glaub' mir doch!«

Mit vereinten Kräften hielten sie Klara immer noch auf der Matratze fest, obwohl die schon jeden Widerstand aufgegeben hatte. Sie wurde immer ruhiger, ließ sich schließlich ohne Gegenwehr zudecken und dämmerte weg.

Elsje teilte die größeren Kinder jeweils in Zweiergruppen ein, um am Bett ihrer Mutter zu wachen, sie selbst schaukelte die wimmernde Clarissa wieder in den Schlaf und legte sich dann auch für kurze Zeit noch mal hin, am ganzen Körper schlotternd vor Kälte und Aufregung. Schlaf fand sie keinen, denn sie sorgte sich sehr, dass das ganze Chaos Frau Pichel aufgeweckt haben könnte und sie gleich in der Türe stünde. Angespannt horchte sie in die Nacht, doch niemand eilte die Treppe hinauf, die Zimmer der Pichels lagen wohl Gott sei Dank zur anderen Seite des Hauses hin. Bevor sie kurz darauf die Nachtwache übernahm, überprüfte sie, ob der Mantel, den sie provisorisch vor das zerbrochene Fenster gehängt hatte, noch einigermaßen dicht hielt. Die schlimmste Kälte konnte sie so wenigstens abhalten. Christel, Franz, Karl und Gertrud fielen völlig erschöpft auf das einzige noch freie Bett, hielten sich aneinander fest und schliefen unter der viel zu kleinen Bettdecke sofort ein.

Am nächsten Morgen klopfte es sehr früh an der Zimmertür. Elsje erstarrte, denn wenn Frau Pichel doch etwas mitbekommen hatte und den Schaden der Nacht sehen wollte, wäre alles zu spät. Vorsichtig öffnete sie die Tür, aber davor stand zu ihrer großen Erleichterung Karol, zusammen mit einem alten Herrn im altmodischen Tweed-Anzug, der ein abgewetztes Lederköfferchen in der Hand hielt. Das musste Dr. Matuschek sein. Leicht gebeugt trat er, höflich grüßend, hinter Karol ein und schaute sich verstohlen um, das Chaos gleich registrierend. Mit gedämpfter Stimme erzählte sie den Beiden von den Vorkommnissen der Nacht. Dr. Matuschek hatte aufmerksam zugehört und besorgt die Stirn gerunzelt. Er nahm sein Stethoskop aus der Tasche, näherte sich Klara freundlich und versuchte, mit der Untersuchung zu beginnen. Die aber schlug ihm das Instrument aus der Hand und herrschte ihn an, er brauche sich gar nicht zu verstellen. Sie wisse genau, dass er ein Delegierter der Russen sei und nur da, um sie alle zu töten.

Elsje gab sich alle Mühe, sie zu besänftigen, doch wie auch schon in der Nacht schien Klara plötzlich gewaltige Kräfte mobilisiert zu haben, so dass sie sie nicht mehr bändigen konnte. Erst als Dr. Matuschek und Karol mithalfen, ihre Arme und Beine festzuhalten und sie so aufs Bett zu zwingen, kam sie allmählich wieder zur Ruhe. Elsje schlug die Hände vors Gesicht und schluchzte laut auf. Sie würde mit

Klara nicht mehr alleine fertig werden, das war ihr schlagartig klargeworden.

Dr. Matuschek war der Erste, der das betretene Schweigen und Elsjes Wimmern unterbrach:

»Wir müssen sie in ein spezielles Krankenhaus geben. Das kann man nicht verantworten, dass Sie mit den Kindern alleine für Ihre Schwester sorgen. Ihre Schwester ist schwer krank, und auch wenn ich sie nicht untersuchen konnte, ist klar, dass sie eine Psychose entwickelt hat, vielleicht auch aus einer Depression heraus, ich kann das so genau nicht sagen. Ich beschwöre Sie, seien Sie vernünftig und denken Sie auch an die Kinder. Lassen Sie sie mich in ein psychiatrisches Krankenhaus einweisen, wir haben hier ganz in der Nähe eines, da können Sie sie auch von Zeit zu Zeit besuchen.«

Elsje hatte leise weinend mit gesenktem Kopf zugehört, die Worte an sich vorbeirauschen lassen, kurz aufgemerkt, wieder weggeschaltet, und nun dröhnte es durch ihren Kopf: Psychiatrie, Klara ist verrückt, alles ist verloren. Schließlich schaute sie auf, bleich, stumm, und nickte nur. Karol sah ihre Verzweiflung und ihre Müdigkeit. Er setzte sich neben sie und legte seinen Arm um ihre Schultern, die immer noch vom Weinen geschüttelt wurden:

»Und Sie, mein liebes Fräulein, Sie müssen sich jetzt mal ein bisschen ausruhen. Diese Mansarde ist eine Zumutung! Sie kommen heute mit den Kindern zu mir, sobald Ihre Schwester abgeholt worden und in ärztliche Betreuung gekommen ist, und richten sich dort für die nächsten Tage ein. Dann wird uns schon was einfallen.«

Elsje schnappte nach Luft und wollte etwas erwidern, aber sie hatte keine Kraft mehr, und so nickte sie nur leicht mit dem Kopf.

Dr. Matuschek gab Klara, die reglos an die Decke stierte, eine Beruhigungsspritze, ging eine Weile hinaus, kam wieder, dann saßen sie schweigend über den Raum verteilt, jeder in seine eigenen Gedanken vertieft. Nach einer guten Stunde hörten sie unten auf der Straße einen Wagen halten. Elsje schaute aus dem zerbrochenen Fenster und sah zwei Männer in Sanitäteruniformen aus einem Krankenwagen steigen. Sie zogen eine Krankentrage heraus, nahmen sie beidhändig bei den Stangen, ein eingespieltes Ritual, das sie wohl mehrmals am Tag absolvierten, und begaben sich damit zum Eingang des Hauses.

Elsje wusste nicht, ob sie sich freuen oder fürchten sollte. Krankentransporte und Krankenwagen hatten ihr schon immer Angst gemacht, Krankenhäuser waren kalt und behielten die Menschen oft für immer bei sich. Gertrud war ihnen dort abhanden gekommen und Bernhardine, ihre große Schwester, war die Letzte gewesen, deren Spur sich dort für immer verloren hatte. Gleich würde es schellen und die Männer würden Klara mitnehmen. Karol ahnte, was ihr durch den Kopf ging, und hakte sich sanft bei ihr unter, um sie zu stützen.

Klara war immer eine gutmütige, eher langweilige Frau gewesen. Ein wenig rundlich und behäbig, aber arbeitsam und darauf bedacht, es ihrem Mann und den Kindern recht zu machen. Niemals hätte sie sich alleine auf eine Evakuierung eingelassen, nur zusammen mit Elsje hatte sie das Wagnis auf sich genommen. Doch dieser ganze Krieg war zu viel gewesen für ihre Nerven, sie hatte sich ausgeklinkt. Das war nun das Ende der Reise.

»Klara«, versuchte Elsje es noch einmal ganz vorsichtig, »diese Männer sind gekommen, um Dich für eine Weile in ein Krankenhaus zu bringen. Du bist sehr erschöpft und brauchst Medikamente und gute Pflege. Dazu ist es hier viel zu klein und zu kalt für Dich. Ich komme mit Deinen Kindern schon zurecht, mach' dir keine Sorgen. Schau lieber, dass Du ganz schnell wieder gesund wirst. Wir werden Dich auch besuchen.«

Elsje wusste nicht, ob Klara ihr überhaupt zugehört, ob sie sie verstanden hatte, sie zeigte keinerlei Regung. Fast wäre es Elsje lieber gewesen, sie hätte sich gewehrt, sie hätte geschrien und gekämpft, so aber kam sie sich noch schäbiger vor: Sie hatte zugestimmt, ihre Schwester einfach zu entsorgen, so empfand sie es in diesem Moment. Aber sie wusste auch, dass der nächste Schub nicht lange auf sich warten lassen würde, Dr. Matuschek hatte sie eindringlich davor gewarnt. Und wenn dann Klara oder gar den Kindern etwas zustoßen würde; das könnte sie sich nie verzeihen.

Stumm trat sie vom Bett zurück und gab den Weg frei für die beiden Männer, die jetzt beruhigend auf Klara einredeten und sie dabei vorsichtig hochhoben, auf die Trage legten, festschnallten und dann langsam die steile Treppe hinuntertrugen.

Elsje blieb oben bei den Kindern, die leise weinten, die vier großen zumindest, und sah durch das Fenster zu, wie Klara genauso professionell in den Krankenwagen geschoben wurde, wie die Sanitäter die Trage vorher herausgeholt hatten. Die beiden stiegen vorne ein, starteten brummend den schweren Motor und fuhren los. Erst als der Krankenwagen, ohne Blaulicht, um die Ecke bog und sich ihrem Blick entzog, wandte sie sich ab, um sich um die Kinder und ihren Umzug zu Karol zu kümmern. Wie dankbar war sie ihm, dass sie keine Nacht länger unter diesem Dach verbringen musste. Sie würden gemeinsam einen Glaser suchen, der das Fenster reparierte, das hatte Karol ihr versprochen, und dann nichts mehr mit Frau Pichel zu tun haben müssen. Dabei war ihr immer noch schleierhaft, wie es möglich war, dass diese den ganzen Wahnsinn oben in ihrem Haus nicht bemerkt hatte. Wie Elsje erst viel später erfuhr, war Frau Pichel zu ihrer aller Glück schon am späten Nachmittag des vorherigen Tages mit dem Fahrrad in ein benachbartes Dorf gefahren, um Besorgungen und Besuche bei Bekannten zu machen. So hatte sie weder den Arztbesuch noch den Krankenwagen oder den anschließenden Umzug mit ihren Bosheiten begleiten können.

26

Bei Karol Baum konnten sie alle allmählich zur Ruhe kommen. Die Tage spielten sich zwischen Gartenarbeit, Hühner füttern, einmachen, kochen, spielen, waschen und putzen ab, so dass die Gestrandeten das kleine Stück Land bald als ihre neue Heimat empfanden. Dem freundlichen, zurückhaltenden Künstler gefiel es sichtlich, eine Art Ersatzfamilie zu beherbergen, und er tat alles, im Rahmen seiner bescheidenen Verhältnisse, um ihnen das Leben bei ihm so angenehm wie möglich zu gestalten. Sie blieben weitestgehend verschont von Bombenalarm und anderem Kriegsgetöse, und hätte sich nicht nachts die nagende Ungewissheit über Klaras Zustand und den der Eltern im weit entfernten Josefsburg in Elsjes Träume geschlichen, ihr Leben wäre nahezu perfekt gewesen.

Karol behandelte sie mit Respekt und Anstand, half ihr, wo er konnte, war ständig präsent, aber nie aufdringlich. Wann immer sie in der Küche oder auf dem Hof aufeinandertrafen, gab es den einen kurzen Moment, in dem es sie wie ein Stromschlag durchzuckte, ein freudiges Erschrecken, den anderen vor sich zu sehen. Ein schnelles Wegschauen, um das Herz zu beruhigen, ein Lächeln, um sich wieder zu fangen, ein belangloses Wort, um die Spannung zu vertreiben. Elsje versuchte zwar verzweifelt, die schönen, von heimlichem Sehnen erfüllten Gedanken zu unterdrücken, die aus dem Nichts über sie herfielen, aber sie suchte genauso oft seine Nähe wie er ihre. Dann trat sie wie zufällig in sein Atelier, das er in einem Schuppen außerhalb des Hauses eingerichtet hatte, ließ sich zeigen, was er gerade malte, oder bat ihn mit trockenem Mund um Unterstützung bei einer Hausarbeit. Egal, um was es ging, er gab freudig Auskunft, erklärte ihr jedes Detail, holte die Äpfel vom Baum oder schleppte Holzscheite zum Küchenofen. Wenn er dann wieder alleine in seinem Atelier stand, atmete er tief durch, ließ sich in seinen Ohrensessel fallen, trank ein Glas Wasser, manchmal auch einen Schnaps, denn Elsje so nahe bei sich zu haben, ohne sie berühren zu dürfen, fiel ihm ungemein schwer. »Du hast dich verliebt, Karol Baum«, attestierte ihm schmunzelnd Dr. Matuschek, der manchmal abends zu Besuch kam, um mit Karol eine Partie Schach zu spielen. Es war ihm schon länger aufgefallen, wie Karol von Elsje sprach, wie er der hübschen jungen Frau manchmal möglichst unauffällig hinterherschaute und dabei wie ein Schulbub glühte. Seinem alten Freund konnte Karol nichts vormachen. Dass auch Elsje Feuer gefangen hatte und dem Künstler nicht gleichgültig gegenüberstand, war für den pensionierten Arzt und Menschenkenner unschwer auszumachen. Zwei junge Menschen im Ausnahmezustand: Wer wollte es ihnen verdenken? Josefsburg mit all seinen Verpflichtungen war weit weg.

Als Elsje wieder einmal wie beiläufig in Karols Atelier kam, entdeckte sie in einer Ecke eine menschliche Skulptur. Voller Bewunderung blickte sie auf das, was Karol dem groben Steinblock mit Hammer und Meißel entlockt haben musste. Der Künstler erzählte ihr bereitwillig die Geschichte des Feuerbringers Prometheus, der ihn immer wieder aufs Neue fasziniere. Um Prometheus, den gequälten Titanen, aus dem Stein zu befreien, habe er wie in Trance gearbeitet. Es sei nach seiner schlimmen Kopfverletzung auch seine eigene Befreiung gewesen.

Eine Weile standen sie schweigend vor der Steinfigur, bis Karol allen Mut zusammennahm und Elsje fragte, ob er sie bald einmal malen dürfe.

»Was? Mich? Aber das geht doch nicht!«

Die Röte stieg ihr ins Gesicht, sie spürte es an der Hitze, die vom Hals über die Nase bis zur Stirn hinauf zog.

»Wieso denn nicht? Sie setzen sich auf einen Stuhl oder in meinen Sessel hier in meinem Atelier, und dann male ich Sie, mehr nicht. Das ist doch ganz einfach.«

Elsje war sich unsicher, ob es schicklich war, sich von einem Fremden malen zu lassen. Aber eigentlich war er ja gar kein Fremder mehr. Sie erörterte im Stillen das Für und Wider, etwas, das sie sich angewöhnt hatte, seit die Wirren des Krieges ihr Leben so durcheinander gebracht hatten und sie für jede Entscheidung auf sich gestellt war. Seit bald einem halben Jahr lebten sie jetzt bei Karol auf dem kleinen Bauernhof, nie war er zudringlich geworden, nie hatte er sie auch nur frech angeschaut, nie ihr Vertrauen missbraucht. Und wie war das noch damals mit dem Maler Stummel im Josefsburger Dom gewesen? Da hatte sogar ihre Mutter eingewilligt und sie nahezu gedrängt, Modell zu sitzen für die Engelsfiguren im Seitenschiff. Also konnte sie doch hier beruhigt ja sagen.

Sie willigte ein.

»Aber erst nach dem Essen, wenn die Kinder im Bett sind.« Sie wollte ihnen keinen Anlass zu Spekulationen geben.

Immer wieder saß sie nun abends Karol Modell, genoss es, angeschaut zu werden, und wurde von Mal zu Mal neugieriger auf das Ergebnis. Doch das verhängte Karol immer gleich mit einem großen Tuch, es sollte erst vollendet sein, bevor er es ihr zeigte.

Die Kinder hatten längst vergessen, warum sie hier lebten, und genossen den vielen Platz, den ihnen der Hof rund um das kleine Bauernhaus zum Spielen bot, genauso wie die Geschichten, die ihnen *Onkel Karol*, wie sie ihn nannten, erzählte. Es gab keine Schule, kein Pauken, keine Querelen, nur das herrliche, unbeschwerte Gefühl von immerwährenden Sommerferien. Nur die Sache mit Klara lag wie ein grauer Schleier über allem Fröhlichen und Leichten, in dem niemand an morgen denken wollte.

Immer wieder war Elsje zum Krankenhaus gelaufen, um Klara endlich einmal zu sehen, , aber jedes Mal hatte man sie mit den gleichen Worten abgewiesen:

»Ihrer Schwester geht es gut, sie bekommt Medikamente, die ihr helfen, stabil zu bleiben, aber jeder Verwandtenbesuch wäre zum jetzigen Zeitpunkt Gift für ihre Genesung.«

Und Elsje hatte sich immer wieder einschüchtern lassen von der Autorität der Ordensfrau mit der großen, weißen Flügelhaube. Sie hatte also die selbstgekochte Marmelade oder ein paar Haferkekse, die sie gebacken hatte, in die aufgehaltenen Hände der Nonne gelegt, die unverzüglich die Pforte wieder geschlossen und mit den Geschenken von dannen gerauscht war, hinein ins Labyrinth der leeren Krankenhausflure. Elsje war aufgefallen, dass sie, so oft sie hierher kam, niemand anderen sah, keine Patienten, keine Ärzte, keine sonstigen Besucher, nur diese eine Nonne, die ihr immer wieder die Türe wies. Sie würde Dr. Matuschek einmal genauer zu diesem Krankenhaus befragen, wenn er wieder zu Besuch kam.

Es war Herbst geworden, eine schöne Zeit, denn jetzt konnte man durch die Wälder und Wiesen streifen, Kastanien auflesen und rösten, Brombeeren pflücken und Pilze suchen. Die Tafel war stets reich gedeckt.

Karol hatte über den Sommer ein wunderschönes Porträt von Elsje gemalt, auf einem weißen Gartenstuhl sitzend, die hellroten Haare hochgebunden, so dass nur einzelne Locken in ihr Gesicht fielen und einen leichten Schatten warfen. Sie hatte sich selbst an einer alten Nähmaschine, die sie im Keller gefunden und die Karol ihr wieder hergerichtet hatte, ein luftiges Kleid genäht. Alte Gardinenstoffe waren in den Schränken aufgetaucht, eierschalenfarben mit kleinen blassrosa Blümchen darauf, die sie hatte zerschneiden dürfen, und daraus hatte sie sich einen Sommernachtstraum genäht. So hatte er sie gemalt, ihre Schönheit gelobt und sich nicht sattsehen können an Elsje.

Als das Bild fertig war, schmückte Karol zur Feier des Tages den Tisch mit einem weißen Laken, das als Tischdecke dienen musste. Er stellte die schönsten Gläser, die es noch gab, und einige halb abgebrannte Kerzen darauf, arrangierte Blumen vom nahen Feld in einer minzgrünen Vase, die am oberen Rand schon leicht angeschlagen war, und führte Elsje noch vor dem Essen ins Atelierzimmer. Die Kinder lagen schon im Bett, es sollte alleine ihr Fest werden. Mit klopfendem Herzen war Elsje ihm gefolgt, ängstlich gespannt auf das Ergebnis. Karol zog mit einem Ruck das Leintuch von der Staffelei und präsentierte stolz seine Arbeit. Überwältigt ließ Elsje ihre Blicke zwischen ihm und dem Bild hin und her wandern. Schließlich fiel sie ihm um den Hals und bedankte sich mit einem Kuss rechts und links auf seine Wangen. Es war das schönste Bild, das sie je von sich gesehen hatte. Karol hielt sie noch eine Weile in seinen Armen, bevor sie sich langsam von ihm löste und er ihr gerade noch einen zarten Kuss auf die Lippen drücken konnte. Verlegen standen sie so zusammen, bis Karol sich zur Ordnung rief und ihr ein Glas Sekt reichte, den er auf dem Schwarzmarkt ergattert hatte. Sie stießen auf das Bild an, auf Elsje und darauf, dass der Spuk des Krieges bald vorbei sein würde. Doch während sie tranken, fielen beide in ein melancholisches Schweigen, denn das Ende des Krieges bedeutete ja automatisch auch das Ende ihres ungewöhnlichen Zusammenlebens.

Noch manches Mal ging Elsje heimlich ins Atelier, um sich selbst auf dem Bild zu betrachten, stolz, geschmeichelt und doch mit schlechtem Gewissen, denn Hoffart war ein Laster, das wusste sie. Aber was galten hier schon die alten Regeln? Das Leben schrieb doch tagtäglich neue, an die man sich tunlichst halten musste, um zu überleben.

Als Elsje Dr. Matuschek schließlich auf die Sache mit Klara ansprach und ihn nach seinen Erfahrungen mit diesem Haus fragte, legte er nachdenklich die Stirn in Falten und berichtete, dass die Patienten neuerdings streng von der Außenwelt abgeschirmt würden. Ihm habe man erklärt, das geschehe zum Schutz der Kranken, um die Unbilden des Krieges von ihnen fernzuhalten. Selbst er, den man früher oft zu Rate gezogen habe, dürfe seit einiger Zeit nicht mehr dort praktizieren. Er wisse nicht, wer sich jetzt um die Patienten kümmere, aber es werde schon alles seine Richtigkeit haben.

Der Unterton, der in seinen Worten mitschwang, verriet Elsje, dass dort gar nichts mehr seine Richtigkeit hatte und Dr. Matuschek sie nur nicht beunruhigen wollte. Für ihren nächsten Besuch im Krankenhaus nahm sie sich fest vor, nicht eher wegzugehen, als bis sie sich ein eigenes Bild von Klaras Zustand gemacht hätte.

Wieder versuchte die Flügelhauben-Nonne, sie abzuwimmeln, doch Elsje blieb stur stehen, den Fuß in der Tür, so dass die Nonne sie ihr nicht einfach vor der Nase zuschlagen konnte, und verlangte vehement danach, einen behandelnden Arzt zu sprechen.

»Nicht so laut, Kindchen, nicht so laut«, erwiderte die Nonne, die sich wie eine Windmühle vor ihr aufgebaut hatte, beschwörend.

»Wieso nicht so laut, schlafen alle Ihre Patienten und Ärzte nachmittags um vier?«, fragte Elsje empört und kein bisschen leiser. Woher sie diese Chuzpe nahm, war ihr selber schleierhaft. Die Nonne schaute sich ängstlich nach allen Seiten um und zog Elsje dann energisch in den Flur hinein. Dort beugte sie sich ganz nah an ihr Gesicht:

»Junge Frau, dies hier ist eine Psychiatrie, hier werden Menschen eingeliefert, die für unser Volk nichts mehr leisten können und die auch sicher nicht mehr gesund werden. Jede Geisteskrankheit ist ja auch eine Strafe Gottes, das darf man nicht vergessen.« Nach einem weiteren besorgten Blick in das Dunkel des Hauses fügte sie im Flüsterton hinzu: »Die meisten Patienten überleben ihre Geisteskrankheit nicht, eine Lungenentzündung, eine Infektion, Wundbrand – das alles führt bei den derzeitigen Verhältnissen schnell zum Tod, auch wenn wir natürlich alles versuchen, um sie zu retten.«

Um Verständnis für das Unvermeidliche heischend zuckte sie mit den Schultern und blickte mit künstlich verzagter Miene auf die penetrante Besucherin, in der Hoffnung, dass die endlich kapierte, wie machtlos man hier Gevatter Tod und seinen eigenen Regeln gegenüber war. Ihnen waren doch die Hände gebunden.

Elsje war ihrem Atem ausgewichen, der eine ungesunde Ernährung ahnen ließ. Sie fürchtete sich vor dem, was die Nonne ihr sagen wollte. Damit die schreckliche Wahrheit erst gar nicht in ihre Ohren dringen konnte, schüttelte sie wie ein trotziges Kind heftig den Kopf und hoffte, so dem Unfassbaren genügend Widerstand entgegenzusetzen. Dabei kroch eine unbändige Wut in ihr hoch, die herauswollte und sich zu ihrer eigenen Verwunderung in wenigen schneidenden Worten entlud, die sie höhnisch ins schwammige, viel zu nahe Gesicht der Nonne spie:

»Und was soll das heißen? Dann nehme ich meine Schwester eben wieder mit, wenn Sie ihr hier nicht helfen können. Und wenn meine Schwester schon gestorben ist, zeigen Sie mir auf der Stelle ihr Grab!«

Kurz hatte die Nonne gestutzt ob des eisigen Tons, den diese unverschämte Person sich anmaßte. Wusste die denn nicht, was auf dem Spiel stand? Jetzt war aber Schluss mit Verständnis. Sie hatte sich schon viel zu lange mit diesem jungen Ding abgegeben. Sie streckte ihren Rücken wieder, überprüfte kurz den korrekten Sitz ihrer Flügelhaube und zischte:

»Ich gebe Ihnen jetzt einen guten Rat! Verschwinden Sie so schnell, wie Sie gekommen sind! Machen Sie, dass Sie fort kommen, rasch, bevor Sie hier noch jemand bemerkt! Das nimmt sonst auch für Sie kein gutes Ende!«

Damit schob sie den unliebsamen Gast mit beiden Händen zum großen Krankenhaustor hinaus, so dass Elsje rückwärts hinaus stolperte und hörte, wie hinter ihr der Schlüssel dreimal im Schloss umgedreht wurde.

Elsje hatte keine Erinnerung mehr daran, was in den Stunden danach passiert war. Irgendwann war sie blind und taub zurück zu ihrem kleinen Bauernhaus gelaufen, unfähig, einen klaren Gedanken zu fassen, unfähig zu weinen, unfähig zu realisieren, was man ihr gerade mitgeteilt hatte.

Karol hatte sich schon Sorgen gemacht, weil sie so lange weggeblieben war. Als sie endlich bei ihm ankam, wusste er, ohne dass sie etwas sagte, was vorgefallen sein musste. Dr. Matuschek hatte nach seinen letzten Besuchen ihm gegenüber schon den Verdacht geäußert, der sich jetzt offensichtlich bewahrheitet hatte. Karol nahm sie einfach in den Arm, hielt sie warm und fest, so lange sie es brauchte, fragte nichts und trauerte still mit ihr.

Für viele Wochen war Elsje nicht in der Lage zu lachen, fröhlich zu sein, zu lieben. Irgendwann nahm Karol die Kinder beiseite und erzählte ihnen vom unausweichlichen Tod ihrer Mutter. Sie war schon so lange für sie nicht mehr erreichbar gewesen, das Leben hatte sich für sie neu arrangiert und Karol und Elsje waren so viel fürsorglicher als ihre Mutter es je gewesen war, dass sie es hinnahmen. Die Größeren weinten ein bisschen, aber schon bald fügten sie sich in ihr Schicksal und konnten wieder lachen und spielen, sie waren ja nicht alleine.

Karol war für Elsje da, nahm ihre Schwermut ohne zu murren hin und half ihr, die Bürde des Erlebten zu verkraften. Er wusste, dass sie in manchen Nächten mit dem Tod liebäugelte, deswegen schlief er immer in der Küche, um sofort bei ihr sein zu können. Durch seine Gegenwart, die nichts Drängendes hatte, führte er sie ganz langsam wieder ans Licht.

Nachdem die Geschehnisse etwas in den Hintergrund gerückt waren, gestand er Elsje eines Abends seine Liebe. Die warf alle Bedenken und Gedanken an Josefsburg über Bord und fühlte sich geborgen wie nie zuvor in der Liebe dieses

Mannes, der sein Glück kaum fassen konnte. Diese Liebe, die sie so lange schon beide gespürt hatten, ohne es zu wagen, sie zu benennen, die sie genährt, ihnen Kraft und Zuversicht gegeben hatte, währte fort, wuchs, brachte beide zum Strahlen, ließ sie mit der Zeit alles andere vergessen. Wie eine große Familie lebten sie mit den fünf Kindern auf dem Bauernhof, nahezu unbehelligt von all dem Leid, das draußen herrschte. Sie hatten sich ihre eigene Welt geschaffen.

Bis zu dem Tag, an dem allen klarwurde, dass der Krieg zu Ende war. Wie ein Meteorit schlug diese Nachricht in ihr Idyll ein; sie hatten es im Radio gehört und die Tatsache nicht mehr leugnen können, die das nicht abzuwendende jähe Ende dieses traumhaften Zustands bedeutete. Auf einmal drängten all die Sorgen wieder an die Oberfläche, die Elsje und Karol in der intensiven Zeit ihrer Zweisamkeit ganz tief in ihren Seelen vergraben hatten. Karol hatte diesen Moment immer gefürchtet, ihm war klar, dass Elsje jetzt nicht mehr länger bleiben konnte. Sie hatte die Verantwortung für die Kinder ihrer Schwester übernommen, sie kam ohnehin schon ohne Klara nach Hause, musste den Eltern vom gewaltsamen Tod ihrer Tochter berichten. Und die Kinder hatten ein Recht darauf, heimzukehren, wenn auch in eine ungewisse Zukunft, denn ob ihr Vater sie dort erwarten würde, wusste niemand. Elsjes Eltern warteten sehnsüchtig auf sie, Friedrich sicher auch, dass wussten sie beide.

Elsjes Leben in dem kleinen, unwirtlichen Ort auf diesem Stück Land, das sie bestellten und das sie gut versorgte, hatte alle früheren Bindungen mit der Zeit in weite Ferne rücken lassen. Nun war sie von einem Tag auf den anderen mit einer Entscheidung konfrontiert, die sie niemals hatte treffen wollen. So lange der Krieg um sie herum getobt hatte, war eine Rückkehr gänzlich ausgeschlossen gewesen. Man hatte gar nicht weiter nachdenken müssen, es war halt so. Doch nun brachen an vielen Orten die Menschen auf, um in ihre Heimat zurückzukehren, freudig gespannt auf zu Hause. Ausgelassene Heiterkeit hatte sich unter den Menschen breitgemacht, die mehr schlecht als recht die Jahre der Evakuierung hinter sich gebracht hatten.

Nicht so bei Elsje. Sie war weggereist, um anzukommen. Karol hatte ihr und den Kindern eine Heimat gegeben. Zu Hause, wo war das? Und doch, es ging nicht anders, sie hatte ein Leben in Josefsburg, sie durfte ihre Familie dort nicht im Stich lassen, das eigene Glück musste hintenanstehen.

Karol hielt sie nicht zurück, er liebte sie zu sehr, als dass er sie diesen Gewissensqualen hätte aussetzen wollen. Das Damoklesschwert, das die ganze Zeit über ihrer Liebe gependelt hatte, war niedergesaust und hatte sie entzweit.

Am Tag ihrer Abreise verabschiedete er sich förmlich von allen und ging dann in sein Atelier, um seinen Kummer in Farben zu kleiden, seine Erinnerungen zu archivieren, indem er die Frau seines Lebens malte, immer und immer wieder. Er hatte es nicht fertiggebracht, sie abfahren zu sehen. Tränenblind lief Elsje mit den Kindern zur genannten Sammelstelle und verließ Bitkau, ohne sich noch einmal umzuschauen.

27

Marie ließ den letzten der Briefe, die sie gelesen hatte, sinken. Was für einen Verzicht musste das für ihre Mutter bedeutet haben. In Karol schien sie doch den Mann gefunden zu haben, mit dem sie seelenverwandt war, der ihre Gefühle lesen konnte, dessen Liebe sich so wunderbar leicht anfühlte. Doch Elsje hatte offenbar keine Chance gesehen, ihrem Herzen zu folgen, ihr Pflichtgefühl sausen zu lassen, den Skandal zu riskieren, den die Auflösung der Ehe mit Friedrich bedeutet hätte. In seiner schönen Schrift bekundete ihr Karol auf unzähligen Seiten seine Liebe, insistierte, bat sie im Laufe der Jahre und Briefe immer flehentlicher, zu ihm zurückzukommen, zeigte ihr verschiedene Möglichkeiten auf, wie ein Leben mit ihm möglich wäre. Er wollte die Gegebenheiten so nicht mehr akzeptieren. Doch sie war unfähig gewesen, seinen leidenschaftlich vorgetragenen Bitten zu folgen, alles über Bord zu werfen, an das sie gelernt hatte zu glauben. Anfangs hatte sie sich wohl noch ein paar heimliche Träumereien gestattet, aber sie hatten den Schmerz nur verschlimmert. Also hatte sie sich an den Gedanken geklammert, die göttliche Vorsehung habe es so gewollt und ihr müsse man sich fügen. Sie hatte sich den kirchlichen Geboten unterworfen und sich von einem gottesfürchtigen Leben den Trost erhofft, den ihr sonst niemand hatte geben können.

Gelitten hatten wohl alle Seiten. Friedrich, Maries Vater, letztlich auch, denn er hatte natürlich den Riss gespürt, der seit Elsjes Evakuierung und seiner Zeit im Krieg durch ihre Ehe ging. Ein gemeinsames Kind hätte sicher geholfen, zu einer vollständigen Familie in seinem Sinne zusammenzuwachsen. Erst nach Maries Geburt, das unvorstellbare Wunder nach so vielen Jahren Ehe, hatte er die bedingungslose und freudige Liebe erlebt, nach der er sich so lange gesehnt hatte, wenngleich anders als gedacht. Marie hatte für ihn immer wieder in einen großen Konfettisack hineingegriffen und einen bunten Liebesregen herausgeholt, ihn juchzend mit übervollen Händen hoch in die Luft geworfen, und Vater und Tochter hatten um die Wette gestrahlt, wenn die glitzernden Schnipselchen ganz zart auf sie niedergerieselt waren.

Und dabei hatten sie die Mutter ausgeschlossen und damit den Riss zementiert. Elsje hatte Friedrich geheiratet, weil er der Erste gewesen war, den sie kennengelernt und der sich um sie bemüht hatte, weil sie ihre Erziehung gelehrt hatte, dass mit dem Handanhalten die Ehe besiegelt war. Bis dass der Tod Euch scheidet. Große Gefühle hatten hier keinen Platz gehabt, waren dem Abenteuer vorbehalten und führten bekanntlich meist ins Verderben. Zu viel Kuchen tat nicht gut, zu viel Wein auch nicht und zu viel Liebe wohl ebenso wenig. Daran hatte Elsje ihr Leben ausgerichtet und war auf sandigen Grund gelaufen, wie ein Boot, das darüber allmählich brüchig und leck wird. Der liebe Gott hatte sie für ihre Flausen und Verfehlungen bestraft.

28

Nach einer unruhigen Nacht machte Marie sich schnellstmöglich fertig. Sie wollte unbedingt mit ihrer Mutter über all das sprechen, was ihr durch den Kopf ging. Sie hoffte so sehr, dass sie heute Morgen aufnahmefähig wäre. Im Pflegeheim angekommen, klopfte sie an die Tür und trat ein.

Elsje spielte ganz versunken mit ihren Fingern, ein bisschen so, als wenn sie ein Musikstück dirigieren würde. Ihr Blick war nach innen gerichtet, die Musik spielte in ihrer Seele.

»Guten Morgen Mutter«, rief Marie freundlich und strich der alten Frau liebevoll über die frisch gekämmten Haare.

Offenbar hatte man gerade die Morgentoilette mit ihr erledigt.

»Wie geht es Dir heute Morgen? Hast Du Schmerzen?« Sie freute sich schon darauf, ihr gleich die Nachricht zu überbringen, dass sie abends die ersehnte Kapellenfahrt machen würden. Langsam drehte Elsje ihren Kopf in die Richtung, aus der Maries Stimme kam, und sagte mit einem schwachen Lächeln:

»Es geht mir gut, ich höre gerade ein Sonntagskonzert. Hör, sie spielen das *Halleluja. Haallelujah, Haallelujah, Halleeeluja.*«

Marie konnte nicht ausmachen, ob ihre Mutter tatsächlich die Melodie dieser Chorstelle aus dem Händel-Oratorium gesungen hatte. Sie selbst kannte diese Messe in und auswendig, so oft hatte sie sie im Dom gesungen.

»Ja, das ist ein schöner Choral. Weißt Du noch, wie er weitergeht?« – Marie sang jetzt ebenfalls, wenn auch etwas holprig:

»*Haaalleluja, Haaalleluja Halleee-lujaaah – und Gott der Herr regieret auf immer und ewig.* Und horch, jetzt die Sopranstimme noch eine Oktave höher: *Und Gott der Herr regieret auf immer und ewig, Herr der Herrn, der Götter Gott, Herr der Herrn, der Götter Gott, und er regieret auf immer und ewig, halleluja, halleluja , halleeeeluuujaah* … So ähnlich, nicht wahr?«

Marie war ganz außer Atem von diesem Intermezzo.

Elsje hatte ihr aufmerksam zugehört.

»Schön kannst Du singen, bist Du in einem Chor?«

»Ich war doch früher im Domchor, Mutter, bei Chorleiter Jan Linsen, Du hast mich da angemeldet.«

»Hast Du denn im Dom die schönen Engelsfiguren hinten am Altargewölbe gesehen?«

Marie kannte diese Engelsfiguren nach Elsjes und Bernhardines Ebenbild, genauso wie die Geschichte ihrer Entstehung, in- und auswendig. Und obwohl es ihr schwerfiel, die Worte der Mutter zu verstehen, weil sie so undeutlich sprach, wusste sie auch so, wovon sie sprach. Als sie ihrem Finger folgte, der auf das imaginäre Gemälde wies, sah sie es so plastisch vor sich, wie die Mutter es im Kopf hatte. Zwei putzige, rothaarige Engel mit lieblichem Antlitz und verklärtem Blick gen Himmel.

»Wir müssen uns beeilen«, sagte Elsje plötzlich ganz unruhig, »gleich ist Essenszeit. Wir müssen alle pünktlich am Tisch sitzen, sonst schimpfen Vater und Mutter. Komm, schnell!«

»Mutter, reg' dich nicht auf, wir haben noch Zeit, es ist erst kurz nach elf am Morgen.«

Zweifelnd sah Elsje zu Marie auf. Es war offensichtlich, dass sie sie nicht erkannte und einzuordnen versuchte.

»Wie heißt Du?«, fragte sie leise.

»Marie, ich bin's doch, Deine Tochter.« Marie wurde traurig. Mit ihr über all das zu sprechen, was ihr auf dem Herzen brannte, schien nicht mehr möglich.

»Meine Tochter«, sinnierte Elsje, um dann entrüstet hinzuzufügen: »Dafür bin ich doch noch viel zu jung, Tante!«

»Weißt Du was, Mutter, ich gehe jetzt eine kleine Runde spazieren, Du ruhst dich etwas aus, und dann bin ich gleich wieder bei Dir und wir erzählen uns noch ein bisschen, ja?«

»Haben wir Dich denn jetzt beleidigt, dass Du schon wieder gehen willst?«

»Aber nein, ich gehe kurz zur Kapelle, stecke eine Kerze an und komme wieder zurück.«

»Ja, gut. Sag' zu Hause Bescheid, dass wir pünktlich kommen werden.«

»Mache ich.«

Marie musste raus an die frische Luft, sie war so enttäuscht und voller Angst, dass ihrer Mutter der Weg in ihre eigene Realität bereits endgültig verbaut war. Was, wenn sie jetzt sterben würde, genau jetzt, wenn sie weggegangen wäre?

Gleich ist sie wieder im Hier und Jetzt, beruhigte sie sich, sie würden sich in die Arme nehmen und sich in großem gegenseitigen Verständnis voneinander verabschieden, vertraut und im Bewusstsein, die Seele des anderen gesehen zu haben. Darauf setzte sie all ihre Hoffnung.

Marie ging nach draußen und bog wahllos in die nächste Straße ein. Sie wunderte sich über sich selbst. Sie hätte nie gedacht, dass ihr der Austausch mit ihrer Mutter so viel bedeutete. Ihre früheren Besuche in Josefsburg, als die Mutter noch zu Hause gewohnt hatte, waren immer von einem mulmigen Gefühl begleitet gewesen, fast widerstrebend war sie in unregelmäßigen, großen Abständen zu Besuch gekommen, und heute spürte sie eine so existentielle Sehnsucht nach Nähe, wollte ihrer Mutter alles erzählen, was sie bewegte, um diesen Eindruck mitzunehmen, wenn diese sich bald für immer verabschieden würde.

Marie war sicher zwei Stunden durch Josefsburg gelaufen, völlig in ihre Gedanken versunken, nichts von dem wahrnehmend, was rechts und links von ihr passierte. Schließlich zog es sie zurück ins Pflegeheim. Vorsichtig trat sie in das Zimmer ein, das die Schwestern schon wieder verdunkelt hatten, um die Hitze auszusperren. Die Mutter atmete gleichmäßig, ganz flach, aber sie wirkte froh, ein leichtes Lächeln umspielte ihre Lippen. Marie setzte sich an ihr Bett und schaute lange in das alte, zerfurchte Gesicht dieser Frau, die ihre Mutter war. Unendliche Liebe flammte in ihr auf und sie musste weinen, als ob sie schon jetzt ein Stück der Trauer über ihren Tod vorwegnehmen müsste.

»Aber Marie, warum weinst Du denn?«

Marie hatte die Frage der Mutter kaum gehört, schaute jetzt suchend und irritiert nach der Quelle des leisen Geräuschs, das sich tief aus den Kissen zu ihr hinübergeschlichen hatte. Ihre Mutter lag da, mit wachem Blick in den tiefen Augenhöhlen und einem Lächeln, das ihre eingefallenen Lippen nach oben zog. Eine Greisin, die inwendig ganz frisch zu sein schien.

»Mutter, Du bist ja aufgewacht!«

Marie wischte sich mit dem Handrücken die Tränen von den Wangen; sie wäre wohl erschrocken, wenn sie sich so im Spiegel hätte sehen können.

»Na komm«, flüsterte ihre Mutter voller Zärtlichkeit, »sag mir, was los ist, mir kannst Du doch alles erzählen.«

Marie war mit diesen Stimmungswechseln überfordert, eben noch hatte sie gefürchtet, die Mutter für immer verloren zu haben, und jetzt gab sie ihr das Gefühl, ganz da zu sein, interessiert an der Ursache ihres Schmerzes, um sie wie ein kleines Kind in die Arme zu nehmen und ihr über den Kopf zu streicheln. Marie hatte sich das immer so sehr gewünscht, all die Jahre, aber es wurde ihr erst jetzt richtig klar. Nie hatte die Mutter ihr gegenüber diese Warmherzigkeit an den Tag gelegt, und nun fragte sie sich, woher diese Regungen so plötzlich kamen, wo das Leben sie doch bisher verschüttet gehalten hatte. Gleichzeitig ergriff sie wieder diese Angst, dass keine Zeit mehr blieb, dass sie sich beeilen musste. Sie musste die Wachheit der Mutter ausnutzen. Wie schnell konnte sie sich wieder in ihre Nacht zurückziehen, dann vielleicht für immer.

»Kann man zu viel lieben?«, kam es aus Maries Mund und sie wunderte sich selbst über diese Frage, die sich ohne bewusstes Nachdenken aus ihr herausgedrängt hatte.

Die Mutter sah ihre Tochter aufmerksam an, die ängstlich auf die Reaktion der alten Frau wartete. Noch war ihr Vertrauen in die neue Sanftmütigkeit der Mutter nicht sonderlich gefestigt.

»Ach, Mariechen«, so hatte die Mutter sie nie genannt, und sie flüsterte den Namen jetzt voller Zärtlichkeit, »ich weiß erst heute, wo ich nicht mehr lange zu leben habe, dass man gar nicht zu viel lieben kann.«

Wie immer musste Marie sich ganz nah an ihren Mund beugen, um sie überhaupt verstehen zu können.

Elsje hielt inne und versank in ihren Gedanken, zu denen Marie so gerne Zugang gefunden hätte. Sie spürte, dass sie sich jetzt ganz nah waren, dass sie die Hürden überwinden und als Liebende Abschied nehmen könnten.

Die Mutter schien noch einmal alle Kraft zusammenzunehmen, auch wenn ihre Stimme brüchig blieb, als sie weitersprach:

»Der liebe Gott hat mich bestraft«, brachte sie fast tonlos hervor, und nur die Tränen, die langsam über ihr altes Gesicht rollten und in den wenigen tiefen Falten kleine Bäche bildeten, verrieten den Kummer, den sie noch einmal durchlebte.

»Aber wieso bist Du bestraft worden?«, fragte Marie sanft und tupfte ihrer Mutter vorsichtig die Tränen von der pergamentenen Haut.

»Ich habe so viel zu bereuen, Marie«, flüsterte die Mutter langsam und stockend, »das erkenne ich erst jetzt. Mein ganzes Leben lang habe ich versucht zu vergessen … Ich habe gegen das Wunderbare angekämpft … das doch auch von Gott gegeben ist. Ich dachte, es darf nicht sein … Dadurch hat Friedrich gelitten … Karol ganz besonders … Du und … ich auch. Ich habe so viel gebetet … und bin immer strenger geworden. Und dann hat Dein Vater mir … mit Dir … gezeigt … wie sehr ihm die Liebe abgegangen ist, meine Liebe … Dabei konnte ich ihm nicht einmal sagen … dass Du gar nicht seine Tochter bist. Was für ein Verrat!«

Marie glaubte, nicht richtig verstanden zu haben. Was hatte die Mutter da gerade gesagt? War sie wieder verwirrt und hatte sich in ihrem Kopf verfranst? Aber ihre Blicke waren wach und aufmerksam auf ihre Tochter gerichtet, die das schier Unmögliche nicht fassen konnte.

»Aber wer ist denn dann mein Vater?«, stammelte Marie, obwohl sie es eigentlich schon wusste.

»Karol ist Dein Vater. Wir wollten uns … nur besuchen … es war doch alles schon so lange her, und Karol hat mich so oft gebeten … Freundschaft zu schließen. Bei meiner Kur im Harz … nach den Fehlgeburten … Aber Freundschaft war nicht möglich zwischen uns. Es war gleich alles wieder genauso wie in Bitkau … Wir … konnten nicht anders …«

Marie hatte mit offenem Mund zugehört und wollte so viel fragen, aber die Mutter bedeutete ihr mit einem leisen Handzeichen, ruhig zu sein. Sie wusste nicht, wie lange ihre verlöschende Energie noch reichen würde, um all das los zu werden, was sie ihrer Tochter noch so dringend mitteilen wollte. Maries Besuch hatte sie beide aufgewühlt. Es musste jetzt einfach raus.

»Zu Hause merkte ich dann irgendwann … Mein Gott … Ich freute mich so über Dich … und hatte so viel Angst, Dich wieder zu verlieren. Du warst mein Geschenk … von Karol … aber Friedrich? Er hatte doch auch so sehnlich ein Kind haben wollen. Ich habe Tag und Nacht gebetet … um eine Eingebung, was ich tun sollte. … Am Ende hat Friedrich … Ich habe mich nicht gewehrt … Er war so glücklich! … Ich konnte ihm einfach nicht … die Wahrheit sagen. … Was hätte es auch genützt? Aber Du hast Karols Augen … So viel Freude und so viel Leid … Ich bin schuldig geworden, an Friedrich, an Dir … Ich war nur noch Luft für Euch. … Ich hab' unser aller Leben verdorben und auch noch gemeint, das Richtige zu tun …«

Sie wurde so vom Schmerz übermannt, dass Marie ihr besorgt über den Kopf strich und beruhigend auf sie einredete wie auf ein kleines Kind:

»Nein, nein, liebe Mama, nicht weinen, Du hast doch auch nur getan, was Du konntest und von dem Du dachtest, dass es so sein müsste. Schsch, Schsch, nicht weinen, komm', beruhige dich.«

Sie versuchte, sie zu wiegen, und all die Liebe, die sie jetzt für diese alte Frau empfand, in diese Bewegung hineinzulegen. Bei aller Zuneigung für ihren so früh verstorbenen Vater, der das für sie auch immer bleiben würde, war sie so froh, in dieser Situation ein letztes Mal auch stellvertretend für Karol am Bett ihrer Mutter zu sitzen und sie trösten zu dürfen. Nichts an dem Gedanken fühlte sich für sie befremdlich an.

Elsje wurde ruhiger, ließ sich in Maries Armen sanft hin und her wiegen und hörte schließlich auf zu weinen. Mit großer Liebe sah sie ihre Tochter an. Offenbar spürte auch sie die nie dagewesene Nähe. Als sie schließlich versuchte, sich ein wenig aufzurichten, half Marie ihr dabei, denn die Mutter wollte sichtlich noch etwas loswerden:

»Ich wäre so gerne … gewesen wie Du«, kam es ganz leise aus Elsjes Mund. »Du warst so strahlend, hast dich so gesonnt in Vaters Blicken … wie ein Störenfried hab' ich mich da gefühlt … Friedrich wollte mich nicht mehr … und Karol … Ich hab ihn nie mehr gesehen nach dem Treffen … nie mehr irgendetwas von ihm gesehen … gelesen, gehört. … Er hat mir ein Bild geschenkt, zum Andenken … Es war komisch … von dem Platz, wo später unser Haus stand in Josefsburg … Verrückt, oder? Er muss irgendwann einmal heimlich in Josefsburg gewesen sein … Ich habe nichts davon gewusst … Wie verzweifelt muss er gewesen sein … Ich hab mich auch nie mehr bei ihm gemeldet … Er wusste nichts von Dir … So wär's am besten für alle … dachte ich … Ich hab so oft gebetet … alles vergessen zu können … ganz für Euch da zu sein … aber es ging nicht mehr. … Und dann ist Friedrich gestorben … noch so jung … Und Du wolltest nichts mehr von mir wissen … und … ich konnte Dir nie sagen … wie lieb ich Dich eigentlich hatte.«

Mit Mühe setzte sie noch hinzu:

»Friedrichs Tod … war meine Strafe … Und ich war doch auch nur unglücklich und hätte am liebsten …«

Sie brach mitten im Satz ab, sie konnte nicht mehr, unendliche Trauer hatte von ihr Besitz ergriffen. Der gezeichnete Körper zitterte unter der hellblauen Bettdecke.

»Verzeih mir alles, was ich Dir angetan habe, verzeih mir, verzeih mir …«, wimmerte sie unter Tränen. All die strengen Blicke, die sie Marie zugeworfen hatte, all die Ermahnungen, all die überzogenen Verbote, die ganze Ohnmacht, die sie Maries jungem Aufbegehren gegenüber empfunden hatte, verlangten jetzt ihren Tribut.

Unter Maries sanften Berührungen beruhigte sie sich allmählich. Offenbar war sie glücklich, ihre Tochter lächeln zu sehen und die Liebe in ihren Augen zu lesen, in denen sie sicher auch Karols wiedererkannte.

»Mariechen, ich bin so schrecklich müde. … Ich liebe Dich, mein Kind, wirklich … habe Dich immer geliebt … gefürchtet und geliebt.«

Marie wusste darauf nichts zu antworten, es war aber auch nicht nötig. Sie hatten tatsächlich ihren Frieden miteinander gemacht und konnten in Liebe auseinander gehen.

»Mutter, schlaf jetzt ein bisschen, wir wollen heute Abend doch noch zur Kapelle fahren.«

Die alte Frau lächelte selig, nickte kaum merklich und schlief ein.

Marie schaute auf die Uhr, es war spät geworden, in wenigen Stunden würde sie Charly am *Kommune-Raum* treffen, um den Liegestuhl abzuholen. Sie beschloss, sich noch eine Weile in ein Café zu setzen, ein anderes als ihre frühere Arbeitsstätte, um alles, was sie erfahren hatte, sacken zu lassen. Es war so viel und doch so eindeutig. Marie wunderte sich selbst darüber, wie seltsam froh sie das Geständnis ihrer Mutter gemacht hatte.

29

Pünktlich um 20.00 Uhr stand sie vor dem Nebeneingang zum Priesterhaus und sah Charly schon von Weitem auf sich zu schlendern, wie immer gemächlich, gelassen, völlig ruhig. Sie begrüßten sich kurz und holten dann schweigend den Wagen aus dem Schuppen, in völliger Übereinstimmung. Sie wussten, was sie vorhatten, das musste man nicht noch umständlich bereden.

Vorsichtig schob Charly den skurrilen Liegestuhl auf die Straße hinaus und kümmerte sich nicht um die neugierigen Blicke, die sie auf sich zogen. Er nahm einen Schleichweg zum Pflegeheim, um nicht für allzu großes Aufsehen zu sorgen; Charly kannte sich bestens aus. Es waren kaum noch Menschen auf der Straße, es dämmerte schon, bald würde die Dunkelheit ihnen helfen, dieses Abenteuer erfolgreich hinter sich zu bringen. Die Liege parkten sie vor dem Haus; das würde hier keiner merkwürdig finden. Überall im Heim waren schon die Lichter gelöscht und nur die Notbeleuchtungen glommen vor sich hin. Für die Bewohner dieser Endstation hatte die Nacht längst begonnen.

Beklommen betrachtete Charly die alte Frau, die sie als Jugendliche alle ein wenig gefürchtet und die er so viele Jahre nicht mehr gesehen hatte. Als Krankenpfleger konnte er sicher den nahen Tod erkennen, der schon still am Bettrand saß, hin und wieder schaute, ob sie schon bereit war, dann weiter geduldig wartete. Es würde ja nicht mehr lange dauern, sie brauchte diese Zeit noch.

»Mutter«, flüsterte Marie und strich ihr sachte über den Kopf, unter dem sich schon der Schädel abzeichnete, kantig und eingefallen wie der eines Skeletts. »Mutter, Charly ist hier, mein guter Freund von früher. Er wollte Dich auch gerne besuchen und er hilft uns, Dich zur Kapelle zu bringen. Kennst Du ihn noch?«

Die alte Frau wurde langsam wach, das eine Auge halb geschlossen, das andere nur mühsam und flattrig geöffnet. Sie schien die Frage gar nicht gehört zu haben und lächelte nur müde.

»Zur Kapelle?«, kam es kaum hörbar aus ihrem Mund. In ihrem Blick lagen Irritation und Erstaunen. »Darf ich denn noch mal raus?« Und dann, an Marie gewandt: »Hast Du Mama und Papa gefragt?«

»Ja«, erwiderte Marie und griff zu einer Notlüge: »Sie haben gesagt, wenn wir nur kurz zur Kapelle wollen, ist das in Ordnung, Du sollst danach nur wieder schön schlafen, damit

Du morgen frisch bist, wenn die Pilger kommen.« Sie warf Charly einen Seitenblick zu, doch der kannte solche Dialoge offensichtlich aus seinem Arbeitsalltag.

Die Sterbende strahlte jetzt wie ein Kind übers ganze Gesicht: »Oh wie schön, ja das will ich machen, und morgen gibt es dann ganz viel zu tun für uns alle.«

»Wir müssen einfach aufpassen, dass sie keine Angst bekommt«, meinte Charly, der jetzt nervös wirkte. Die Zeit drängte, das war nicht zu übersehen. »Aber wir kriegen das schon hin«, fügte er beruhigend hinzu, als er sah, dass auch Marie unruhig wurde.

Vorsichtig lugte Marie aus der Tür und sah, dass im Raum der Nachtschwester Licht brannte. In gut zwei Stunden würde sie ihre erste Kontrollrunde durch die Zimmer machen, bis dahin mussten sie das Abenteuer bewältigt haben. Plötzlich hörte sie ihre Mutter wieder sprechen:

»Charly, das freut mich aber, Dich zu sehen. Wie geht es Deinen Eltern? Sie sollen mich doch auch einmal besuchen.« Sie sah Charly interessiert an und schien hellwach zu sein.

Charlys Eltern waren älter gewesen als Maries Mutter und schon einige Jahre tot, aber er erwiderte nur:

»Ja, Frau Hagen, da haben Sie recht, ich werde es ihnen sagen, die kommen bestimmt bald einmal vorbei. Aber jetzt sollten wir unsere kleine Wallfahrt zur Kapelle machen. Ich werde Sie ganz vorsichtig hochheben, damit Marie das Bettzeug nehmen und in den schönen Liegestuhl legen kann, in dem ich Sie fahren werde. Dann liegen sie darin ganz weich und warm.«

»Ja, Charly, Du bist stark, Du kannst das«, flüsterte die alte Frau voller Zuversicht und Vertrauen mit einem innigen Lächeln.

Charly klappte das Gitter an der einen Seite des Bettes herunter und schob vorsichtig seine Hände unter den zerbrechlichen Körper. Dann nahm er sie langsam und ganz vorsichtig hoch, um ihr keine Schmerzen zu bereiten. Sie legte ihre dünnen Arme wie selbstverständlich um seinen starken Hals und ließ sich tragen wie ein seliges Kind. Marie war von dem Anblick so berührt, dass sie fast vergaß, die Decken und Kissen zu packen, die sie brauchten, um ihre Mutter heil und warm zur Kapelle zu bringen.

Leichtfüßig verließ Charly mit seiner Last das Zimmer, lief den Flur entlang, vergewisserte sich, dass die Nachtschwester nichts mitbekam, und war noch eher unten als Marie mit ihren ganzen Decken. Schnell drapierte sie alles Weiche auf der Liege und legte ein Kissen darauf, so dass Charly die alte Dame nun vorsichtig, halb liegend, halb sitzend, darauf platzieren konnte. Er deckte sie zu und erntete ein dankbares Lächeln. »Es kann losgehen!«, rief er leise und vertrieb mit seiner positiven Entschlossenheit alle Zweifel und Ängste, die Marie nun doch überkommen hatten. Wie gut, dass er da war, auf ihn konnte man sich hundertprozentig verlassen. Eine seltene Tugend, wie sie hatte feststellen müssen.

Draußen war es ganz dunkel geworden, die Laternen warfen einen milchigen Glanz auf die menschenleere Straße. Der Steinmann an der Bushaltestelle hatte immer noch seine Hand zum Schutz gegen die Sonne erhoben und wartete auf die Herzallerliebste, die drinnen vielleicht mit dem Tod rang oder einfach tief und fest schlief, weil man ihr Schlafmittel gegeben hatte. Marie nahm die Hand ihrer Mutter und stellte beruhigt fest, dass sie ganz warm war. Charly gab das Zeichen zum Start, packte die Tragegriffe und die Fahrt ging los.

30

Neugierig blinzelte Elsje nach rechts und links, manchmal mit ungläubigen Blicken an den Häusern hängend, an denen sie behänden Schrittes vorbeifuhren. Nach all den langen Wochen und Monaten in ihrem Zimmer sog sie die kalte Luft ein wie eine Erfrischung. Charly wusste offenbar um jedes kleine Schlagloch, kutschierte den Liegestuhl gekonnt über den Bordstein, verlangsamte sein Tempo, als sie an den Kopfstein gepflasterten Kapellenplatz kamen, um seine empfindliche Fracht keiner Erschütterung auszusetzen.

Elsje genoss die Fahrt, bestaunte jedes Detail, die Schatten der Bäume, die im Lichtkegel der Straßenlaternen bizarre Gestalten bildeten, den Buchladen der alten Frau Maier gegenüber dem Haupteingang des Doms, wo sie Stammkundin gewesen war, das Devotionaliengeschäft mit angeschlossenem Restaurant im ersten Stock von Jupp Ophoven, die neuen Stühle vor dem *Café Patzelt*, die jetzt angekettet für die Nacht standen. Sie dachte an den Kakao, den sie sich während ihrer Schwangerschaft mit Marie dort einmal am Tag gegönnt hatte, leckte sich mit der Zunge über die Lippen und schmeckte die Süße der Sahne, die sich mit der kräftigen, sämigen Schokolade vermischte. Ein himmlisches Gefühl, wenn dieses warme, köstlich-satte Getränk ihr die Kehle hinunterlief. Das war ihre kleine Auszeit gewesen, in der sie sich erlaubt hatte, die Arbeit, Josefsburg und Friedrich einmal zur Seite zu schieben und in Gedanken scheu Karol herbeizuwünschen, die Zweisamkeit mit dem in ihr wachsenden Baby zu spüren, sich einmal so zu fühlen, wie es ihr im Alltag nicht vergönnt war. Ein Kind, das Geschenk einer großen Liebe, das ein anderer in Empfang nehmen und sich daran erfreuen würde.

Sie strich sich unter der Bettdecke mit der rechten Hand über den Bauch, doch da war kein Leben mehr. Die andere Hand aber hielt die Hand genau dieses Kindes und drückte sie ganz fest. Endlich.

Weiter ging die Fahrt, vorbei am Geschenkeladen, wo früher der Verlag seinen Sitz gehabt hatte, zu dem sie Friedrich damals heimlich gefolgt war. Davor der kleine Springbrunnen mit der Kinderfigur aus Bronze, die einen Fisch in Händen hielt, aus dessen Maul Wasser sprudelte. Elsje hatte so gerne davor gestanden und die Zeit dahinfließen sehen.

Ihr Blick ging nach oben zum sternenklaren Himmel, um dann über die Bäume zu wandern, die den Kapellenplatz säumten. Das riesige, schattenspendende Dach der Platanen, die erst spät im Herbst kahl wurden und deren Früchte wie Weihnachtskugeln in den Ästen hingen, erst recht wenn sich im Winter erste kleine Schneemützen darauf festgesetzt hatten. Bei dem Gedanken an dieses Bild kicherte sie leise und verspürte gleichzeitig die ungeduldige kindliche Vorfreude auf ein bevorstehendes Weihnachtsfest mit einem geschmückten Tannenbaum, hoch bis zur Decke, und schön eingepackten Geschenken darunter, eines sicher nur für sie ganz alleine.

Plötzlich aber legte sie den Kopf schief und horchte in die Nacht. Von ferne drangen die Prozessionsgesänge durch die Nacht, mehrere Gruppen, die auf dem Weg zum Dom und zur Gnadenkapelle gleichzeitig die Hauptstraße entlang zogen, ein flirrender Singsang aus formelhaft gemurmelten Gebeten, begleitet von Posaunen und Klarinetten, darüber, besonders laut, der Gesang der begleitenden Priester, die mit ihren Megaphonen den Ton vorgaben. Eine Kakophonie der Wallfahrt. – Und da, am Rand des Kapellenplatzes, das *Hotel zum goldenen Apfel.* Ein vornehmes Hotel in bester Lage, überall weiße Tischdecken, silbernes Besteck und Blumenschmuck. Da gingen die wohlhabenden Josefsburger hin, wenn sie etwas zu feiern hatten, ein paar Mal war auch Friedrich früher mit ihr dort gewesen.

Wollten sie da jetzt etwa einkehren? Sie überlegte kurz, ob sie dafür gut genug angezogen war, aber noch ehe sie zu einer Entscheidung kommen konnte, fiel schon das kleine, achteckige Gebäude mit der goldenen Kuppel in ihr Blickfeld und lenkte sie von diesen oberflächlichen Fragen ab. Angekommen! Das war es, das war IHR Zentrum, das Zentrum dieses Ortes, ihr Zufluchtsort in guten und vor allem in schweren Stunden. Wie oft hatte sie wohl dort gesessen? Wie im Zeitraffer flogen die eindrücklichsten Gebetsstunden an ihr vorüber:

Als Kind an der Hand ihrer Mutter, ein seltenes Vergnügen, wenn nur sie alleine hatte mitkommen dürfen, und manchmal holte die Mutter dann noch ein Bonbon aus der Jackentasche und reichte es der kleinen Elsje – himmlisch. Sie hatten hier für eine gute Saison oder einen kranken Verwandten gebetet, und ganz besonders oft waren sie gemeinsam zur Gottesmutter gekommen, als Bernhardine, ihre große Schwester, dem Tod entgegengegangen war. Immer wieder hatte sie sich nach deren qualvollem Sterben auch alleine hergeschlichen, ohne zu Hause Bescheid zu sagen, um still zu weinen und Trost bei der *Trösterin der Betrübten* zu finden – *Consolatrix afflictorum, bitte für uns* – und um Kerzen für Bernhardine in die dafür vorgesehenen Kerzenständer zu stellen. Ihr ganzes Erspartes war dabei draufgegangen, denn gestohlene Kerzen nützten nichts.

Zur gleichen Zeit hatte Friedrich um sie geworben, der erste Mann, der Interesse an ihr gezeigt hatte und von dem sie nicht wusste, ob sie ihn ansprechen durfte. Auch da war diese Kapelle ihr wichtigster Hort der Ruhe und des Alleinseins mit sich selbst gewesen. Hier hatte sie sich Rat geholt, hier hatte sie denken dürfen, was sie bewegte.

Natürlich am Morgen ihrer Hochzeit, als sie vor der kirchlichen Trauung ganz früh hergekommen war, während im Haus alle wie die aufgescheuchten Hühner durcheinanderliefen, um sich für ihr neues Leben den Segen zu erbitten, unsicher, ob sie dieses Leben überhaupt wollte. Aber was zählte schon der eigene Wille? Fügung und Vorsehung bestimmten den Weg.

Auch einige Jahre darauf, als Friedrich und die meisten ihrer Brüder schon in den Krieg hatten ziehen müssen und ihnen mitgeteilt worden war, dass sie evakuiert werden würden, hatte sie die Madonna um Unterstützung gebeten, um Stärke, damit sie die Last der Reise ins Ungewisse tragen könne, die ihrer Schwester Klara solche Angst machte, so dass sie auch für deren Kinder mitsorgen musste. Erst einige Zeit nach ihrer Rückkehr aus der Evakuierung hatte sie die fünf Kinder der toten Klara ihrem Vater übergeben können, nachdem dieser schwer verwundet aus dem Krieg zurückgekommen war.

Karol – es hatte nicht mehr sein dürfen, als sie nach diesen besonderen Jahren in Bitkau nach Josefsburg zurückgekehrt war. Der Gottesmutter hatte sie ihn verschwiegen, sie würde das nicht gutheißen, da war sich Elsje sicher gewesen. Statt dessen hatte sie demütig versprochen, ihr altes Leben wieder aufzunehmen.

Sie war hergekommen, als sie bemerkt hatte, dass sie zum ersten Mal schwanger geworden war, um Dank zu sagen, so froh, dass Friedrichs zahlreiche Versuche, bei denen sie nichts Schönes empfand, sondern in die sie sich gefügt hatte, weil es zu ihren Pflichten gehörte, endlich zum Erfolg geführt hatten. Während der Zeit der Schwangerschaft und des Stillens würde sie nun erst einmal ihre Ruhe haben. Das würde Friedrich wohl einsehen. Doch der Herrgott hatte ihr seinen Segen nicht gegeben und ihr das Kind genommen, noch bevor sie sich richtig an den Gedanken hatte gewöhnen können. Und mit der zweiten Schwangerschaft war es genauso gegangen.

Trotzdem war der Schock groß gewesen über Friedrichs schrecklichen Betrug, zumal sich ihr Verhältnis gerade etwas normalisiert hatte. Sie war nur eben schnell aus dem Geschäft ins Lager gelaufen, um neue Ware hochzuholen, als sie aus der Kellerkammer daneben ein Stöhnen hörte. Schlimmes ahnend, riss sie die Türe auf, um auf dem ausgemusterten alten Sofa ihren Mann sehen zu müssen, mit dem neuen Lehrmädchen auf dem Schoß ... Nachdem sie realisiert hatte, was sich dort abspielte, hatte sie, rasend vor Wut und Enttäuschung, die junge Frau am Arm gepackt und sie halbnackt aus dem Haus gejagt, ihr noch die Schuhe hinterhergeworfen, Friedrich, der versucht hatte, Worte der Entschuldigung zu finden, wortlos stehen lassen. Sieben Tage lang hatte sie nicht mit ihm gesprochen. Dann war es genug gewesen.

Bei ihrem täglichen Gang zur Kapelle hatte sie zu ergründen versucht, warum sie sein Betrug so verletzt hatte. Von ihr bekam er keine Leidenschaft, sie wehrte ihn eher ab, sie durfte ihm also eigentlich nicht böse sein, sie hatte kein Recht dazu. Und doch: Sie selbst versagte sich ihr Glück und durfte dafür doch wohl verlangen, dass er sich an das hielt, was er vor Gott und der Kirche versprochen hatte. Und immerhin brachte sie doch ihre ganze Arbeitskraft ein, um ihnen ein gutes Auskommen zu verschaffen. Sie hatte immer alles getan, was er wollte, und dabei für ihn auf so vieles verzichtet. Sie hatten nie wieder darüber gesprochen.

Erst einige Jahre später, als sie aus ihrer Kur zurückgekommen war und gewusst hatte, dass sie ein Kind von Karol erwartete, hatte sie Friedrich wieder den oft erbetenen, aber nie mehr gewährten Zutritt zu ihrem Bett gestattet. Sie hatte nie gebeichtet, dass dies aus reinem Kalkül geschehen war, diese Sünde hätte ihr keiner vergeben können. Wie groß war ihre Angst gewesen, dass der liebe Gott sie dafür erneut strafen und ihr auch Marie wegnehmen würde. Doch der schien das Schicksal dieses Mal auf die Spitze treiben zu wollen und hatte sie das Kind bekommen lassen, als Friedrichs Liebling, der es für sich beansprucht und sie aus dieser Zweisamkeit hinausgedrängt hatte.

Elsje war natürlich auch hierhergekommen, als Friedrich acht Jahre nach Maries Geburt gestorben war. Sie war der Strafe für ihr Fehlverhalten nicht entgangen, es hatte dem lieben Gott nur gefallen, sie aus noch größerer Höhe fallen zu lassen, um ihre Schuld zu sühnen. Sie hatte so viel Schuld auf sich geladen: gegenüber ihrem Ehemann, indem sie ihm seine Wünsche nicht hatte erfüllen können und um ihr eigenes Fehlverhalten zu kaschieren, gegenüber Karol, den seine unglückliche Liebe zu ihr verzehrt hatte, gegenüber Marie, die sie belogen hatte, gegenüber sich selbst: Der Preis war die Einsamkeit gewesen. Sie hatte geheiratet und doch ihr Eheversprechen nicht gehalten. Dafür war sie bestraft worden.

Irdischen Trost hatte sie nur bei ihrem geliebten Bruder Heinrich finden können, der so weit weg gelebt und sie doch zuverlässig in seine Gebete eingeschlossen hatte. Wie oft hatte sie mit ihm telefoniert oder aufgeregt am Telefon auf das ersehnte Klingeln gewartet, während sich die Leitung aus dem fernen Brasilien zu ihr nach Josefsburg aufbaute. Er hatte ihr zugehört, mehr geahnt, als sie ausgesprochen hatte und ihr in den schweren Jahren nach Friedrichs Tod Rückhalt gegeben. Natürlich hatte sie auch ihm nichts von all den schlimmen Dingen erzählen können, aber er hatte ihr Zuversicht und Freude geschenkt, manchmal auch etwas Geld, wenn er bei ihr zu Gast gewesen war. Er hatte sie mit seinen Besuchen und seiner Zuneigung erhöht, dafür gesorgt, dass man sie achtete. Dass auch er ihr durch einen zu frühen Tod genommen worden war, hatte Elsje nur in ihrer Erkenntnis bestätigt, dass sie büßen musste für all das Unsagbare.

Danach verloren sich Elsjes Erinnerungen im Nebel, verschwammen ineinander, gingen unter in einem Leben, das nicht mehr das ihre war.

31

Marie hatte die ganze Zeit über ihre Mutter im Auge behalten, ihre Hand gehalten, gesehen, wie sie vor sich hinbrabbelte, schwach gestikulierte, mit der rechten Hand hierhin und dorthin zeigte, wie sie sich über die Lippen geleckt hatte und ihr die Tränen über die Wangen geflossen waren. Ein paar Mal hatte sie versucht, sie anzusprechen, aber die alte Frau weilte ganz offensichtlich in einer anderen Sphäre, und Marie wollte sie dabei nicht stören.

Sie waren jetzt an der Kapelle angekommen und Charly prüfte die Eingangstür. Gott sei Dank, sie war offen. Er beugte sich zu Maries Mutter hinunter und sagte:

»Frau Hagen, Elsje, wenn Du willst, nehme ich Dich jetzt noch mal auf meinen Arm und bringe Dich hinter den Altar zum Gnadenbild.«

Sie lächelte ihn nur zustimmend an und ließ sich wieder aufheben und forttragen. Sie wirkte gleichzeitig zufrieden und aufgewühlt – und unendlich müde.

Charly trug sie ganz vorsichtig um den Altar herum, hinein in den kleinen Gang, wo man sonst Schlange stehen musste, um das Gnadenbild anzubeten. Jetzt war niemand da außer ihnen; trotzdem war es für den großen Mann und die kleine Person auf seinem Arm fast zu eng. Vor dem Glasschrein mit all den Schmuckstücken blieb er stehen und drehte die alte Frau so, dass sie bequem schauen konnte.

»Marie, komm schnell und bring ein Tuch mit!«

Marie stürzte um die Ecke hinter den Altar. An Charlys panischer Stimme hatte sie gehört, dass etwas Schlimmes geschehen sein musste. Ihre Mutter hatte einen großen Schwall Blut erbrochen. Charly starrte immer noch erschrocken auf seine schwache Patientin, die nicht einmal gemerkt zu haben schien, was gerade passiert war. Marie betrachtete das Blut, das auf dem Nachthemd ihrer Mutter einen großen Fleck hinterlassen hatte, das unbewegliche, bleiche Gesicht der alten Frau, die aber keine Schmerzen zu haben schien, Charly, der sie wie eine seltsame Pieta mit angstvoll verzweifeltem Blick auf dem Arm trug, und plötzlich wusste sie: Nein, ihre Mutter würde jetzt noch nicht sterben. Obwohl es ein schöner Gedanke war, dass sie vor dem Gnadenbild in ihrer Kapelle den letzten Atemzug tun sollte. Sie hatten sich ihre Querelen und Geheimnisse von der Seele gesprochen, sie hatten ihren Frieden gemacht und die gegenseitige Liebe wiedergefunden; die Mutter war bereit zu gehen. Und Marie war bereit, sie gehen zu lassen, aber es würde jetzt noch nicht passieren.

Ganz ruhig wurde Marie und legte Charly sanft die Hand auf die Schulter. Er befürchtete wohl, in Kürze eine Tote auf dem Arm zu tragen, gestorben an Aufregung und Überanstrengung.

»Mach Dir keine Gedanken, Charly, sie stirbt bald, aber nicht jetzt.«

Charly staunte merklich über Maries sichere Ruhe, respektierte aber ihre Gewissheit und widmete sich schon wieder Überlegungen über den Rückweg: »Was meinst Du, wie können wir sie am schonendsten wieder in ihr Bett verfrachten?«

»Genauso, wie wir gekommen sind, Charly«, erwiderte Marie ganz leise, um ihre Mutter nicht aufzuwecken. Die schien fast zu lächeln, ein grotesker Gegensatz zu ihrer ausgemergelten Erscheinung und dem blutverschmierten Nachthemd.

Vorsichtig verließen sie den schmalen Gang hinter dem Altar und legten die alte Frau behutsam auf den bereitgestellten Liegestuhl. Ohne jegliche Regung ließ sie sich ins Kissen sinken, bereit zur Rückfahrt, wohin auch immer.

Endlich wieder im Pflegeheim angekommen, gelang es Charly und Marie, Elsje ebenso unbemerkt wieder ins Bett zurückzubringen, wie sie sie herausgeholt hatten. Sie wachte nicht einmal auf, keine Schwester hatte etwas bemerkt, und auch der steinerne Mann draußen stand da, als sei nichts geschehen.

Es war 22.00 Uhr und Marie und Charly waren sichtlich erschöpft. Marie zog der Mutter noch vorsichtig das blutige Nachthemd aus, Charly half, so gut es ging. Das bleiche Gesicht zeigte keinerlei Reaktion, weder Schmerz noch Freude noch irgendein anderes Gefühl. Schnell suchte Marie im Schrank ein neues Nachthemd, das sich vorne zuknöpfen ließ, um ihre Mutter möglichst schnell in Ruhe schlafen zu lassen.

»Wir sollten jetzt auch schlafen gehen, das war für uns alle sehr anstrengend. Was meinst Du?«, bemerkte Charly fürsorglich.

»Ich bleib noch ein bisschen an ihrem Bett sitzen«, gab Marie zurück. »Aber danke, dass Du mir bei all dem geholfen hast, das werde ich Dir nie vergessen!«

Charly winkte ab und verabschiedete sich leise von seiner Jugendfreundin. Dann verließ er auf Zehenspitzen das Zimmer und ließ Marie mit ihrer Mutter allein.

32

Marie nahm sich einen Stuhl und setzte sich so, dass sie ihre Mutter beobachten konnte. Träumte sie vielleicht von all dem, was sie erlebt hatte? Wer begleitete sie jetzt in ihren Gedanken? Tanzte sie mit Karol ein letztes Mal einen Walzer? Reichte sie Friedrich zur Versöhnung die Hand?

Marie war völlig erschöpft und plötzlich kam eine unbändige Trauer dazu, brennender, unbedingter, viel überwältigender als die, die sie vom Verlust ihrer unglücklichen Lieben kannte.

Wie tief war sie doch mit ihrem Vater Friedrich verwurzelt. Immer noch spürte sie die Lücke, das abgrundtiefe schwarze Loch, das er hinterlassen hatte. Ihr erster Mann, der erste und vielleicht einzige, der sie uneingeschränkt geliebt, sie auf Händen getragen, ihr jeden Wunsch von den Augen abgelesen und dafür seine angetraute Frau, ihre Mutter, völlig in den Hintergrund gedrängt hatte.

Aber welchen Anteil hatte die Mutter selbst, so voller Schuldgefühle, die es nicht gewagt hatte, ihnen ihr Innerstes zu offenbaren? Die in ihrer Rüstung aus Konvention, Schuld und Pflichtgefühl gefangen gewesen war, ohne eine Chance zu sehen, sich daraus zu befreien? Wie nahm ein Kind eine Person wahr, die zwar nicht log, aber doch die Wahrheit mied, deren tiefsitzende Ängste spürbar waren und die doch so tat, als habe sie alles im Griff? Die Konflikte, die in Elsje getobt hatten, hatten sie umwabert wie ein Gespenst, sie hatte sie immer im Schlepptau gehabt, sie hatten ihre Aura verdunkelt. Obwohl sie sich ungemein angestrengt hatte, ihr Schicksal zu akzeptieren, sich damit zu arrangieren, anzunehmen, was sich nicht ändern ließ, demütig das Haupt zu neigen und die Konsequenzen zu tragen, hatte sie doch immer der kaum merkliche schlechte Atem eines Lebens umgeben, das man ihr aufgebürdet hatte. Alle hatten ihre emotionale Schräglage gespürt und befürchten müssen, vom Gewicht ihrer Seelenqualen mitgerissen zu werden wie der brüchige, schlammige Abhang eines Berges, wenn er einmal ins Rutschen geraten war.

War die Mutter wirklich eifersüchtig gewesen auf Marie, deren Existenz sie doch insgeheim als Sieg über Friedrich empfunden haben musste? Das Kind, das sie am Ende doch noch zur Welt gebracht hatte, und zwar von dem Mann, dem sie sich wirklich verbunden fühlte. Rache an Friedrichs schierer Existenz und für ihr viel zu frühes Gelöbnis, bei ihm zu bleiben, das ihr ein anderes Leben, ein besseres Leben, unmöglich gemacht hatte. Doch Friedrich hatte den Spieß umgedreht und dieses Kind abgöttisch geliebt. In ihr hatte er all das gefunden, was ihm Elsje nicht hatte geben können. So hatte er sich ganz dem kleinen großen Glück verschrieben und damit einen Keil zwischen sich und seine Frau, aber auch zwischen Tochter und Mutter getrieben. Die hatte immer abseits gestanden, ausgeschlossen, überflüssig, lästig. So musste Elsje sich gefühlt haben, unfähig, durch einen Eklat, oder schlicht die Wahrheit, alles neu zu sortieren und geradezurücken und so wieder am Spiel des Lebens teilzuhaben.

Marie putzte sich die Nase. Sie betrachtete das blasse Gesicht, das vor ihr in den Kissen lag, die hohen, ausgezehrt wirkenden Wangenknochen. Wie in all den Jahren, an die sich Marie erinnerte, lag sie zum Schlafen auf dem Rücken, die Hände über der Bettdecke gefaltet, das Kissen glattgezogen, und Marie musste unwillkürlich daran denken, dass sie genauso auch im Sarg liegen würde.

»Wollen Sie nicht lieber zu Hause schlafen?«

Marie schreckte hoch, eine der freundlichen Nachtschwestern war ins Zimmer gekommen und hatte ihr die Hand auf die Schulter gelegt. Fragend und nachsichtig schaute sie sie an.

»Wir sind hier, wenn irgendetwas ist, wir rufen Sie sofort an.«

Marie schaute auf die Uhr, es war schon 1.00 Uhr in der Nacht. Sie rieb sich mit der Hand kurz übers Gesicht, streckte ihren verkrampften Körper, der die ganze Zeit über dem Bettgitter gehangen hatte, eine Hand bei ihrer Mutter, und sagte dann bestimmt:

»Nein, lassen Sie mich bei meiner Mutter bleiben, ich glaube, es geht nicht mehr lange, und ich möchte bei ihr sein, wenn sie stirbt.«

»Ja, das verstehe ich, ich glaube auch, dass Ihre Mutter bald erlöst sein wird, ihr Herz und der Kreislauf halten diesen Zustand nicht mehr lange aus. Wenn Sie etwas brauchen oder Beistand möchten, klingeln Sie, ich bin dann schnell bei Ihnen.«

»Vielen Dank, das werde ich gerne tun.«

Die Schwester hatte das Zimmer leise wieder verlassen und Marie betrachtete erneut ihre Mutter. War sie noch da? Hatte sie ihre Reise schon angetreten? Sah sie schon den Eingang zu dem Ort, den sie sich immer vorgestellt hatte? Das Paradies, wo all ihre Lieben auf sie warteten, wie sie es sich so sehr wünschte?

Eigentlich eine schöne Vorstellung, dass man nach dem langen, steinigen Lebensweg wieder auf Freunde und Verwandte treffen würde, keine Sorgen, keine Schmerzen mehr empfände, nur noch Freude. Und vielleicht würde dort ein großes Willkommensfest auf sie warten. Marie wünschte ihrer Mutter von Herzen, dass ihr dieses paradiesische Dasein auf immer und ewig vergönnt wäre.

Draußen schlug die Kirchturmuhr bereits zwei, alles war still, jeder war bei sich, alleine mit seinem Kummer, seinem Glück oder seiner Schlaflosigkeit.

Marie ging zum Fenster. Im weitläufigen Garten des Priesterhauses wiegten sich die hohen Bäume sanft im Wind, ein paar Sterne funkelten und ein großer, fast voller Mond tauchte die Gegend in ein kühles, helles Licht. Auf der gegenüberliegenden Straßenseite konnte sie sogar den steinernen Mann erahnen, der draußen wartete. Marie hatte auf einmal eine ganz andere Assoziation zu ihm. Vielleicht war er der freundliche Herr, der die Seelen aus diesem Haus nach ihrem Tod dorthin bringen würde, wo sie sich hinwünschten. Eine andere, bessere Version des Fährmanns auf dem Fluss zur Unterwelt. Sein gutmütiges Gesicht stand eher für eine Reise in die Wolken; jedenfalls wusste Marie, dass ihre Mutter auf dieser Richtung bestehen würde, da gab es kein Vertun. Sie lächelte bei der Vorstellung, wie die Mutter vehement ihre hart erkämpfte Himmelfahrt einfordern würde.

Sie öffnete die Fenster, um frische Luft herein zu lassen, und stieß dabei an etwas Hartes. Es kippelte gefährlich, und sie konnte es gerade noch auffangen, bevor es herunter gefallen wäre. Ein paar bunte Plastikblumen, in einen Plastiktopf gepflanzt, an Scheußlichkeit nicht zu überbieten. Schon mehrfach hatte sie die Mutter angefleht, dieses geschmacklose Ding wegschmeißen zu dürfen. Doch damit hatte sie nur ihren Zorn provoziert, denn das Bouquet war das Geschenk eines pensionierten Bischofs, der früher mit ihrem Bruder Heinrich in engem Kontakt gestanden und sie nach dessen Tod regelmäßig besucht hatte, erst in ihrer Wohnung, später auch im Pflegeheim. Dann war auch er, dessen Anwesenheit ihr so wichtig gewesen war, dass sie sämtliche Besucher, die in *seiner* Zeit gekommen waren, wieder weggeschickt hatte, gestorben. Das Plastikgesteck war sein Vermächtnis. Und Marie hatte noch schmerzlich ihre Stimme im Ohr, die ihr am Telefon immer wieder eingeschärft hatte, ihr diese Blumen unbedingt mit ins Grab zu geben, wenn es mal so weit wäre.

Liebevoll betrachtete Marie nun das hässliche Ding und versprach ihrer Mutter im Stillen, dafür Sorge zu tragen, dass sie die Bischofsblumen auf ihrer letzten Reise begleiteten. Und sie würde ihr auch die Briefe von Karol mitgeben. Das würde zwar keiner verstehen, aber sie könnte es als letzten Wunsch ihrer Mutter deklarieren, Zeugnisse ihres Geheimnisses, das nur Marie mit ihr teilte.

Ein ganz leises Geräusch kam aus der Richtung des Bettes. Ihre Mutter rief nach ihr; mindestens hörte es sich so an. Schnell lief Marie zum Bett zurück und setzte sich zu ihr, nahm ihre greise, kalte Hand in die ihre und sah sie voller Wärme an. Erst nach einigen Versuchen verstand sie, was ihrer Mutter offenbar so wichtig war. Sie wollte ein *Gegrüßet seist Du Maria* mit Marie beten; ein bittendes Flehen lag in ihrem Blick.

Marie schluckte; was die Mutter früher so häufig und ungefragt von ihr verlangt hatte, fiel ihr immer noch schwer. Aber der Mutter zuliebe wollte sie dieses Gebet mit ihr sprechen. Es war Zeit ihres Lebens Mutters Gleichung für alle Belange gewesen, ihr Hilferuf, ihr Danksagen, ihr Trost, ihr Halt. Alles andere war gekommen und wieder gegangen, dieser Mariengruß aber war ihre Konstante geblieben. Lautlos und mit sichtlicher Mühe formte die alte Frau ihren Mund zu den ihr so vertrauten Worten, und Marie sprach sie flüsternd, aber hörbar mit.

Dann wurde ihr Atem immer flacher, die Atemzüge immer seltener. Marie sah, wie ihr Gesicht sich entspannte. Sie hielt ihre Hand fest in der ihren, und als die Kirchturmuhr von ferne drei schlug, atmete sie zum letzten Mal aus. Marie konnte förmlich hören, wie ihre Seele auf und davon flog. Befreit und befriedet.

Die Tränen liefen ihr übers Gesicht. Ihre Mutter hatte ihr gezeigt, was es hieß, friedlich zu entschlafen. Eine ganze Weile blieb sie noch bei ihr am Bett sitzen, dankbar, sie gehabt zu haben, dankbar, mit ihr zuletzt noch so viel Nähe empfunden zu haben, froh, dass es jetzt für sie keinen Schmerz und keine Gewissensqualen mehr gab. Marie war sich sicher, dass Elsje sie von nun an von anderer Stelle aus wie eine enge Vertraute aufmerksam begleiten würde, aufmerksamer als zu Lebzeiten.

Irgendwann rief sie die Nachtschwester und teilte ihr mit, dass ihre Mutter um Punkt drei mit dem Glockenschlag verstorben sei. Sie habe sich von ihr verabschiedet und würde jetzt schlafen gehen.

33

Wie in Trance lief Marie zurück zum Hotel, fiel ins Bett und wachte nach einem traumlosen Schlaf am nächsten Morgen spät auf. Sie frühstückte in aller Ruhe und begann erst dann, die Menschen vom Tod ihrer Mutter zu unterrichten, die eine Verbindung zu ihr gehabt hatten.

Nichts hatte mehr Eile, ihrer Mutter ging es gut, und der Rest war reine Organisationssache. Sie klärte alle wichtigen Dinge, bestellte die Messe, empfing Mitglieder aus dem weitverzweigten Verwandtschaftskreis. Einige Cousins und Cousinen, die sie lange nicht mehr gesehen hatte, kamen gerne, eine Beerdigung war immer auch ein Anlass, um alte Bekanntschaften aufzufrischen. So hatte Marie das bei all den vergangenen Beerdigungen erlebt, und so war es auch jetzt.

Mit Charly traf sie sich noch einmal am Abend vorher und erzählte ihm von den letzten Stunden mit ihrer Mutter. Er war Teil ihres letzten großen Abenteuers gewesen und in den wenigen Tagen in Josefsburg zu ihrem Vertrauten geworden.

Der Tag der Beerdigung war ein fast schon herbstlich kühler, aber freundlicher Freitag, früher hatte es am Freitag nur Fisch gegeben und am ersten Freitag des Monats hatte man in die Herz-Jesu-Messe gemusst. Marie wunderte sich, wie all diese Kleinigkeiten sich in ihrem Kopf festgesetzt hatten, obwohl sie schon so lange zurücklagen.

Viele Menschen, die Marie gar nicht mehr kannte, darunter auch etliche Kleriker aus dem Priesterhaus, strömten in die Kirche. Elsje Hagen, geborene van Leuwen, war in Josefsburg eine bekannte Person gewesen. Die Mutter hätte das mit großer Genugtuung registriert. Uralte Freunde und entfernte Verwandte begrüßten Marie und drückten ihr ihr Beileid aus, darunter auch Menschen, die sie nicht zuordnen konnte, die aber offenbar sehr viel über sie wussten; die Mutter habe doch so oft von Marie erzählt und geschwärmt. Marie wurde ganz warm ums Herz, das hatte sie nicht gewusst, sie hatte immer gedacht, die Mutter wäre nicht sonderlich stolz auf sie gewesen. Hier präsentierte sich ihr eine ganz andere Version, die sie rührte. Einige lobten ihre verblüffende Ähnlichkeit mit der Verstorbenen in jungen Jahren. Früher hätte Marie das gestört, jetzt konnte sie sich ehrlich darüber freuen.

Die Messe begann mit den salbungsvollen Worten eines Priesters, der auch Elsjes Bruder Heinrich noch gekannt hatte und ihre große Nähe im christlichen Geiste zu ihm herausstellte. Der Organist spielte einige der Marienlieder, die die Mutter so gemocht und die Marie ihm ans Herz gelegt hatte. Eine Stunde voller religiöser Rituale, die der zu Betrauernden sehr gefallen hätte. Auch wenn Marie mit der Institution Kirche schon lange nichts mehr anfangen konnte, ja ausgetreten war, ohne der Mutter das jemals zu beichten, begann sie allmählich zu verstehen, warum genau diese Zeremonien als etwas Vertrautes und ewig Gleichbleibendes ihrer Mutter einen solchen Halt gegeben hatten.

Nach der Messe folgte ein langer Zug von Trauergästen dem Sarg aus hellem Eichenholz, der auf einem Wägelchen saß und von vier schwarz gekleideten Männern gezogen wurde, obenauf ein üppiges Bouquet aus pinkfarbenen Rosen. Marie hatte die Blumen beim Gärtner ausgesucht und darauf bestanden, dass es so viele sein müssten, denn die Rosen standen ja für die Liebe von drei Menschen. Vorneweg lief der Priester mit zwei Messdienern und betete über ein Megaphon den Rosenkranz, in dessen Refrain alle einfielen.

Eine ganze Weile ging es über den Friedhof, der zu gleichen Teilen Kreuzweg für die Pilger und Parkanlage war. Rechts sah sie ihre alte Schule hinter den Bäumen hervorschauen, heute als Bibliothek genutzt, die Kinder des Gymnasiums wurden inzwischen außerhalb der Stadt unterrichtet.

Die letzten Meter bis zu dem Weg, an dem das Familiengrab lag, fielen ihr zunehmend schwer, denn sie kannte diese Strecke zur Genüge. Dort war auch ihr Vater vor so langer Zeit beerdigt worden, und sie sah neben sich das kleine Mädchen mit den roten Zöpfen im hell-beigen Mäntelchen einhergehen, mehr hinter als neben der Mutter, verstört, traurig und leer. Keiner hatte dem Kummer der Achtjährigen Beachtung geschenkt, ihre Angst vor diesem schaurigen Ort bemerkt, so dass sie dem Trauerzug nur widerstrebend gefolgt war. Keiner hatte gesehen, wie sie hinter ihren lautlosen Tränen verstohlen nach rechts und links blinzelte, für den Fall, dass aus einem der Gräber eine wächserne Hand herausragte. Die Mutter hatte sie stets ermahnt, brav zu sein, da frechen Kindern nach deren Tod, einem Menetekel gleich, die Hand aus dem Grab herauswachsen würde. Gott sei Dank schienen hier nur brave Kinder zu liegen.

Marie versuchte, die beklemmenden Gefühle von damals, die auf einmal wieder so präsent waren, abzuschütteln. Sie waren angekommen. Die Grube neben ihrem Vater war schon ausgehoben, die Hecke dahinter herausgenommen, um den Sarg in die Erde lassen zu können. Die vier Männer nahmen nun den Sarg mit dem Rosenbouquet darauf und ließen ihn an Seilen hinunter, damit Elsje Seite an Seite mit ihrem Mann Friedrich liegen könnte, nachdem sie bald doppelt so lange ohne ihn gelebt hatte als mit ihm. Einer ruckelte etwas zu stark, der Sarg kam etwas schräg auf und blieb so liegen. Die Mutter hätte sich furchtbar darüber aufgeregt, die

Ewigkeit in unbequemer Schräglage verbringen zu müssen, wie sollte das denn gehen?

Alle Gebete waren gesprochen, die Trauergäste zum Kondolieren an ihr vorbeigezogen; nur der enge Kern der Verwandten stand noch am offenen Grab, um sich von der Toten zu verabschieden.

Marie durchfuhr es kalt: Der Plastikblumenstrauß war nicht da, sie hatte es versprochen. Die anderen wussten gar nicht, wovon sie sprach. Betretenes Schweigen – bis auf Clarissa, die jüngste Tochter von Elsjes Schwester Klara, die ihre Tante in den letzten Jahren häufig besucht hatte, inzwischen selbst schon eine alte Frau. Tatsächlich hatte Clarissa in weiser Voraussicht das Ungetüm unter ihrem Mantel in die Kirche mitgenommen, um es da zu den anderen Blumen zu stellen. Auch ihr hatte Tante Elsje in den Ohren gelegen, ja an diese Beigabe zu denken. Doch wenn erst einmal das Grab zugeschaufelt wäre, würde es zu spät sein.

Es war Charly, der sich bereiterklärte, das Plastikungetüm aus der Kirche zu holen, zurückrannte, eine Decke aus seinem Auto holte und bald darauf mit dem Monstrum darunter wiederkam, das unter der Decke hervorlugte. Völlig außer Atem holte Charly das hässliche Ding aus seinem Versteck und sah dabei mit seiner kitschigen Fracht so kurios aus, dass sich ein breites Lächeln auf die Gesichter der Umstehenden stahl, auch wenn einige noch versuchten, Contenance zu bewahren.

»Und wer darf das jetzt da reinschmeißen?«, fragte er süffisant in die Runde.

Diese Aufgabe fiel ganz eindeutig Marie zu. Fast ehrfürchtig nahm sie das Plastikungetüm, trat ans offene Grab, kniete sich auf einen der Holzbalken davor und übergab das bischöfliche Geschenk der Gruft und damit ihrer Mutter.

Mit einem lauten, dumpfen Knall fiel es auf den Sargdeckel und blieb aufrecht dort stehen. Die Briefe von Karol warf Marie gleich hinterher. Wie ein überdimensionierter Blütenregen rieselten die weißen Rechtecke, die sich aus ihrem roten Band gelöst hatten, auf den Sarg und verteilten sich über die ganze Oberfläche. Schön sah das aus.

»Und was war das jetzt noch?«, frage Clarissa erstaunt.

»Das ist Mutters und mein Geheimnis«, erwiderte Marie lächelnd und warf eine Kusshand in die offene Gruft. Zwischen den Hecken hinter dem Grab stand die *Muhme Angst* und schaute ihr wohlwollend zu, ohne Vorhaltungen, ohne Vorwürfe – um dann für immer zu verschwinden.

ENDE

Anmerkungen und Dank

Es ist die vornehme Pflicht jedes Schreibenden, Dank zu sagen für all die Hilfestellungen, die einem bei einem solchen Projekt widerfahren.

Letztlich hat es fast zehn Jahre gebraucht, bis dieser Roman seine jetzige Form gefunden hat. Auch wenn diese Geschichte zu großen Teilen frei erfunden ist, liegt ihr doch als Basiston das Leben meiner Mutter und einiger anderer real existierender Umstände zugrunde. Auch der Wallfahrtsort entspringt keiner schriftstellerischen Phantasie. Das Leben in einer Stadt, die jährlich Zigtausende von Menschen anlockt, die dort ihr Heil suchen, prägt alle, die dort aufgewachsen sind.

Mein Dank gilt zunächst meinen bereits verstorbenen Eltern, die mir die Freiheit gelassen haben, aus meinem Leben das zu machen, was ich in der jeweiligen Situation für richtig befand. Ihr Leben ist sehr viel bunter und liebevoller verlaufen als das der Protagonisten in meinem Roman.

Besonders aber danke ich meiner eigenen Familie – meinem Mann und meinen beiden Kindern –, die bis heute mit großem Wohlwollen alles begleiten, was ich tue: mit zugewandter und auch kritischer Auseinandersetzung über Themen, mit gegenseitiger Anteilnahme, mit dem Respektieren und Unterstützen von Plänen. Sie bilden den festen Boden, auf dem ich stehe.

Dank gilt meinen Freundinnen AnnCristine Rommen, Fides Ebert, Dorothea Öhm und Christine Böhm, die als Vorab-Leserinnen mein Manuskript wohlwollend begutachtet und mir wertvolle Tipps gegeben haben.

Dank geht an meinen Verleger, Hubert Klöpfer, dem dieses Debut so gut gefallen hat, dass er es in das exquisite Programm der ›KrönerEditionKlöpfer‹ aufgenommen hat.

Stimmen zum Buch

»Sie kann nicht nur tolle Gespräche führen, sondern auch noch richtig gut schreiben! Meine Empfehlung!«

HARALD SCHMIDT, *Entertainer*

»Dieses Buch hat mich berührt! Es ist die Geschichte einer schwierigen Mutter-Tochter-Beziehung voller Sehnsüchte, in der das Leben immer wieder alles durcheinander wirbelt. Mal ist es komisch und ironisch, mal dramatisch, und immer spannend erzählt mit einem liebevollen Blick auf alles.«

ANGELA WINKLER, *Schauspielerin*

»Genaugenommen hat Bernadette Schoog einen Roman über die Frauengeneration geschrieben, der auch meine Mutter angehörte. Vieles kommt mir aus meiner Familie bekannt vor. Auch die Geheimnisse dieser Frauen, deren Männer, wenn sie überhaupt aus dem Krieg zurückgekehrt sind, nur schwer ins Leben zurückgefunden haben. Es lohnt sich, wie man sieht, möglichst viele dieser Schicksalsgeschichten aufzuschreiben, denn viel zu viele davon sind bereits mit ins Grab genommen worden. Auch in meiner Familie.

Beim Lesen hab ich manchmal an mein Lied vom Chippendale-Tisch denken müssen.«

WOLFGANG NIEDECKEN, *Rocksänger BAP*